KB262344

견디라 한다

검단하 3

운곡 新무협 판타지 소설

초판 1쇄 찍은 날 § 2007년 1월 23일
초판 1쇄 펴낸 날 § 2007년 1월 30일

지은이 § 운곡
펴낸이 § 서경석

편집장 § 문혜영
편집책임 § 유경화
편집 § 서지현 · 심재영

펴낸곳 § 도서출판 청어람
등록번호 § 제1081-1-89호
등록일자 § 1999. 5. 31
어람번호 § 제2-1111호

주소 § 경기도 부천시 원미구 심곡1동 350-1 남성B/D 3F (우) 420-011
전화 § 032-656-4452 팩스 § 032-656-4453
http://www.chungeoram.com
E-mail § eoram99@chollian.net

ISBN 978-89-251-0478-2 04810
ISBN 978-89-251-0475-1 04810 (세트)

Fantastic Oriental Heroes

검단하

3

운곡 新무협 판타지 소설

[외유(外遊), 세상에 나가다]

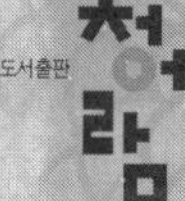

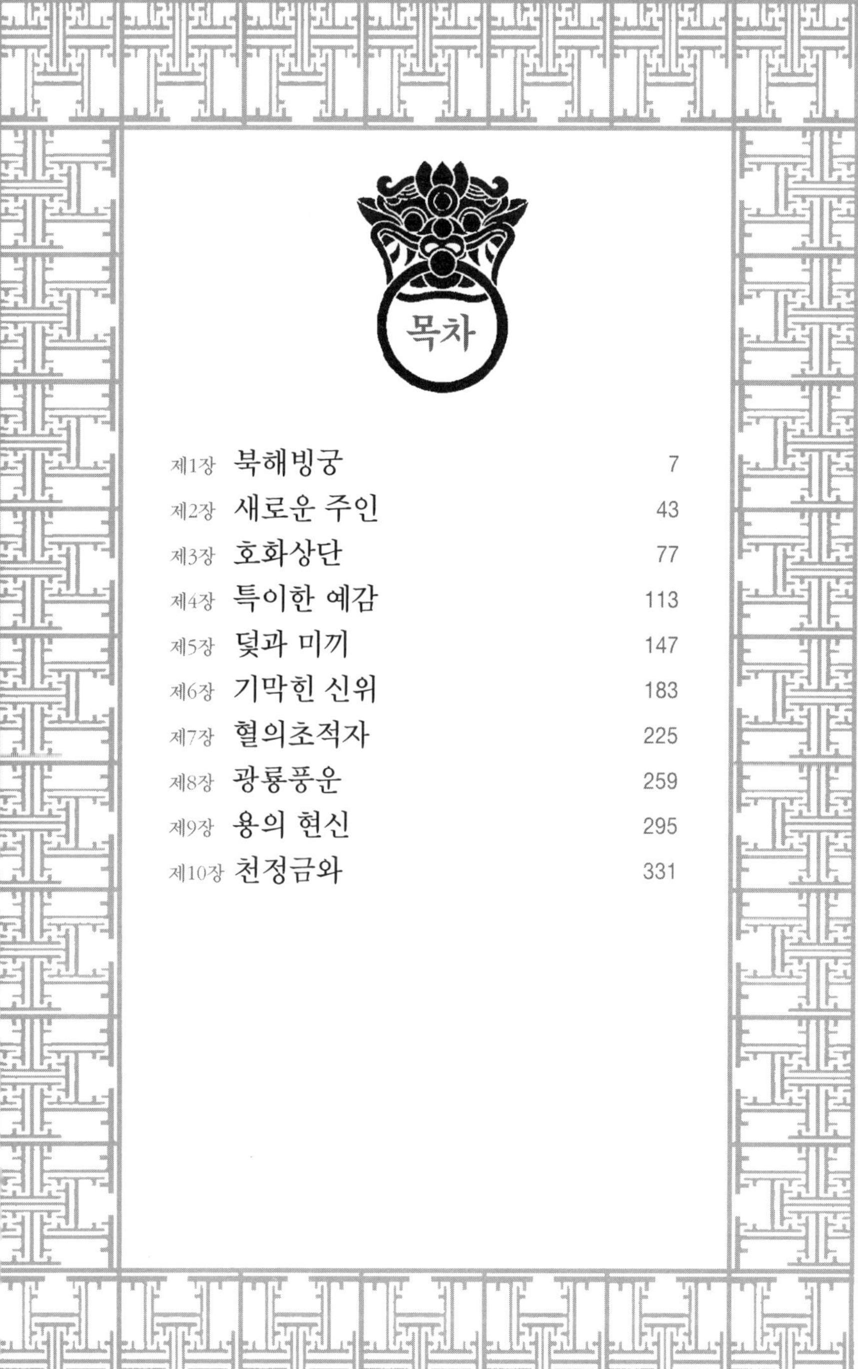

목차

第一章

북해빙궁

진완이 불타오르는 듯한 노인의 회색 눈동자를 보며 크게 외쳤다.

"아이고 노인네, 농담도 참 진짜처럼 살벌하게 하시지! 거참 특이한 재주요."

진완이 눈을 데루룩 굴리며 노인의 눈치를 살폈다.

농담일 것이다. 농담이어야 한다! 왠지 진완은 온몸에 소름이 스멀스멀 기어 다니는 것 같았다.

하지만 노인은 농담이 아닌 듯 진완을 냉랭히, 아니, 뜨겁게 불타오르는 듯한 두 눈으로 노려볼 뿐이었다.

철렁철렁.

노인이 기세를 일으키자, 노인 몸을 감았던 쇠사슬이 허공에 떠올랐다.

마치 생명을 얻은 것처럼, 쇠사슬은 허공에서 춤을 추더니 곧 사나운 맹수로 변한 듯 바닥을 긁으며 괴상한 소리를 만들어냈다.

끼이이익―

폭발할 듯 지펴 올린 노인의 기세에, 죽은 듯 누워 있던 염혼이 몸을 꿈틀거렸다.

“으― 으―”

순간 쇠사슬의 요동이 멈췄다.

노인이 염혼을 보았다.

죽은 듯 누워 있는 아이 하나.

그 누구도 이 아이의 생사엔 신경을 쓰지 않았다.

목숨 걸고 따랐던 서방정토회의 옥나찰뿐만 아니라, 말로는 무림정의를 외치던 무심련 역시 마찬가지였다.

독개가 이 아이를 살핀 것 역시 그저 서방정토회의 무공이 어떤지, 또 칠대금공이 어떤 것인지 연구하려는 목적이 더 강했을 것이다.

솔직히 자신 또한 그랬다. 말로만 듣던 칠대금공이 눈앞에 있다는 것에만 호기심을 가졌다.

그러나 꺼져 가는 한 생명을 그냥 두고 보지 못한 아이가 있었다.

바로 눈앞에 있는 진완이란 소년.

진완은 자신이 내려친 쇠사슬에 윗도리가 갈기갈기 찢겨져 상반신을 다 드러낸 채, 진짜 죽일지도 모른단 생각 때문인지 주위를 둘레둘레 살피고 있었다.

예전 네 괴인에게 했듯, 아무래도 잡고 던질 만한 돌멩이를 찾고 있는지도 몰랐다.

'좋은 아이다.'

노인은 속으로 피식 웃으며 그렇게 생각했다.

생각해 보면 무림이란 사람 죽이는 재주와 방법만 연구하고, 또 거기에 익숙한 사람들이 모인 곳이었다.

노인 스스로도 다르지 않았다.

진환이란 소년은 아무 상관 없는 아이 때문에 위험을 무릅쓰고 여기까지 왔는데, 자신은? 노인은 그제야 온몸에 뻗쳐오르는 살기를 억눌렀다.

진환이 방금 자신이 생사를 오갈 뻔했다는 것도 모르는지 씨익 웃었다.

노인의 몸에서 살기가 사라진 것을 용케 알아본 모양이었다.

할아비에게 야단을 맞고도, 금방 잊어버리고 까부는 손자를 보는 듯해서, 노인은 빙그레 웃었다.

진환이 눈을 끔뻑이다 다시 말했다.

"아참, 또 물어볼 게 있수. 그 위친천 련주란 사람하고 그 마누라 말이우. 아무래도 내가 볼 때는……."

"그만 하거라."

"왜요?"

"그 이야기를 듣는다면 진짜 널 죽일 수밖에 없으니까."

진완은 심통이라도 난 것처럼 양 볼에 바람을 잔뜩 집어넣은 채 노인을 쳐다보았다.

"끄응."

하지만 이번에도 말을 듣지 않으면 죽인다는 농담이 아무래도 진담이 될 것 같았다.

진짜 궁금했던 부분이었지만, 물어볼 수는 없었다.

진완이 퉁명스레 말했다.

"련주 딸내미에 대해 물어도 안 되우?"

"안 된다."

"딸내미가 무심련 안에 있긴 있지요?"

"모른다."

노인이 굳은 표정으로 대답했다.

노인은 애당초 이 아이를 밖으로 내놓지 않는 건데, 라고 후회했다.

위진천 역시 아이를 그저 시간을 끌다 나중에 자신이 사라진 후 밖으로 보내라는 말을 하지 않았다면, 그냥 옆에 두고 지켜봤을는지도 몰랐다.

재미도 있고 덩치는 곰만큼 컸지만 귀엽기도 하고, 정도 가는 아이였으니까.

진완이 벌떡 몸을 일으켰다.

"그럼 진짜 고쳐 주는 줄 알고 가겠수."

"그건 걱정 말거라. 이 아이는 지금 마른 나뭇가지와 같다.

누가 손이라도 대면 그대로 가루로 변해 부서지고 말겠지. 독초 몇 가닥의 기운이 있는 걸 보니, 독개란 놈이 손을 댄 모양인데, 보기보다 똑똑해서 다행히 그 이상 손을 대진 않았구나. 그건 그렇고, 넌 이 일을……."

"말 한마디의 무게! 알고 있다니까 그러슈! 걱정 마시우. 목에 칼이 들어와도 단 한 마디도 안 할 꺼우!"

이 얘기를 하려면 내가 가짜라는 것도 밝혀야 할 테고, 그럼 내 목이 진짜 떨어질 텐데? 진완이 그렇게 생각하며 혀를 쏙 빼물었다.

노인이 빙그레 웃었다.

"놈, 그것도 이젠 불가능한 일이 되었다. 웬만한 고수가 아니라면 네놈 목에 칼자국도 내기 힘들 테니까!"

진완이 마주 웃었다.

＊　　　＊　　　＊

진완이 손을 탁탁 털어 흙을 털어내며 언덕 아래로 발걸음을 옮겼다.

'세상이 다 가짜군.'

왠지 홀가분해진 것 같았다.

가짜 백팔룡 역할을 하느라 뒤가 찜찜했는데, 알고 보니 백팔룡이란 존재 자체가 위진천 딸내미 하나 숨기기 위한 가짜가 아닌가.

커다란 비밀 하나를 알게 됐지만, 왠지 마음속은 더 가벼워진 듯했다.

'그래 노인 말대로 여긴 되도록 안 오는 게 좋겠어. 괜히 들통이라도 나면 진짜 곤란해질 테니까.'

진완이 그렇게 생각하며 고개를 끄덕였을 때, 인기척을 느꼈는지 저 멀리서 망을 보던 호광이 뒤를 돌아보았다.

"잘 있었수?"

진완이 반갑다는 듯 활짝 웃으며 손을 흔들어 보였다.

호광이 진완 주위를 훑어보고는 물었다.

"소년은 어디 있습니까?"

"갖다 묻었수."

"······!"

호광이 이 자식이 기껏 신경 써서 보초까지 서주었건만! 하는 시선으로 쏘아보았다.

"죽어서 묻은 게 아니라, 묻어둬야 살아날 수 있을 거 같아서 그랬수. 걱정 말아요. 얼마나 시간이 걸리냐뿐, 꼭 살아서 올 테니까!"

마치 호광을 흉내 내듯 진완이 가슴을 주먹으로 쾅쾅 내려치며 말했다.

호광이 커다란 눈알을 뒤룩거리며 진완을 쳐다보았다.

성격이 조금 지랄맞아서 그렇지, 나쁜 놈은 아니었다.

또 그냥 죽여 땅에 묻을 거라면 힘들게 어깨에 메고 오지도 않았겠지, 특이한 비방이 진짜 있긴 있나 보군. 그렇게 생각한 호광이 불쑥 물었다.

"옷은 왜 그렇습니까?"

"아, 이거요?"

진완이 거의 넝마가 된 윗옷을 손으로 벗어버리며 툴툴거렸다.

"내가 이 고생을 했다는 거 아니우. 사람 목숨, 그게 중요하니까!"

괜히 척하려고 한 말은 아니었다.

사람 목숨, 그거 정말 중요했다.

진완이 이때까지 살아오면서 처음으로 진짜 죽을 수도 있겠구나 하고 공포를 느꼈던 노인의 시선이었다.

고수는 진한 눈빛만으로도 사람을 죽일 수 있다고 누군가 주장한다면, 진완은 고개를 맹렬히 끄덕여 동의를 해줄 수 있었다.

진완이 윗옷을 벗어 던진 후 돌아서자 호광이 눈썹을 치켜떴다.

용, 생생한 용 한 마리가 눈앞에 있었다.

검붉은 비늘을 잔뜩 치켜세운 채, 언제고 튀어나가 네놈 영혼을 손아귀에 넣겠다는 듯 발톱을 잔뜩 세운 용 한마리가 호광을 노려보고 있었다.

진완이 호광의 시선을 따라 자신의 가슴을 보고는 활짝 웃었다.

"아, 이거요? 어떻수? 진짜 멋지지 않수?"

말만 안 했으면 더 멋있을 수 있었는데, 호광이 콧구멍을 벌렁거리고는 말했다.

"하나도! 안! 멋있습니다! 이제 훈련받으러 갑니다."

호광이 획 돌아서서는 앞으로 쿵쾅쿵쾅 걸어갔다.

진완이 피식 웃었다.

'저럴 때는 제법 귀여운 구석도 있단 말이야.'

진완이 한결 가벼워진 발걸음으로 호광의 뒤를 따랐다.

2

"어때, 이거 멋지지 않냐?"

진완이 활짝 웃으며 조원들 앞에서 가슴 근육에 힘을 잔뜩 주었다.

"뭐가?"

거지도사 허주가 무슨 뜻이냐는 듯 눈을 동그랗게 뜨고 물었다.

"문신 말이다! 이거 정말 죽이지 않냐?"

거지도사 허주, 개대가리 반두홍, 기련소마 옥기영, 돼지새끼 육상산, 망둥어 손형인이 일제히 어이없다는 표정을 지어 보였다.

"응? 안 그러냐고!"

진완이 왜 이 멋들어진 용 문신을 그렇게 태연히 쳐다볼 수 있냐는 듯 다시 물었을 때, 십일조 조원 다섯 명은 양손으로 자신의 가슴 앞섶을 열어젖혔다.

그러자 거기에 진완의 것과 비슷하면서도 조금씩 다른 다섯 마리의 용이 진완 눈앞에 떡하고 나타났다.

"으잉?"

진완이 눈을 커다랗게 떴다.

개대가리 반두홍이 다시 앞섶을 여미며 기련소마 옥기영에게 말했다.

"씨발, 저 새끼 이럴 때 보면 참 멍청해. 지만 백팔룡인가?"

맞다. 그랬다. 진완만 용 문신이 있는 게 아니었다.

그걸 뒤늦게 깨달은 진완이 인상을 찡그릴 때, 저 멀리서 공포의 말발굽 소리가 들려왔다.

훈련장에 앉아 있던 백여덟 개의 머리동이 일세히 한 곳으로 향했다.

덜거덕, 덜거덕. 푸히힝~

덩치 때문인지 말발굽 소리부터 달랐다.

거친 투레질은 용암이 부글부글 끓어 넘치는 걸 직접 보고 듣는 것만 같았다.

덩치가 자그마치 보통 말의 두 배쯤 되는 놈이었다.

지긴 말이라도 부르는 게 아니라, 괴물이라 불러야 마땅할 놈이었다.

어라? 이놈들 또 만났네? 하는 눈빛으로, 괴물이 백팔룡을 내려다보았다.

예전과는 달리 부교관 넷이 나서 고삐를 틀어쥐었지만, 말이 앞발을 들어올리자, 부교관들의 뒤꿈치가 한 뼘 정도 들려 올라갔다.

말이 들어올린 앞발을 땅에 구르자, 훈련장이 우르르 울렸다.

푸히히힝—

거친 투레질과 씩씩대는 거친 숨소리가 백팔룡들 가슴에 뛰는 심장 소리보다 더 크게 들려왔다.

애당초 타는 게 문제가 아니었다.

저런 야생마는 그 누구도 탈 수 없었다.

그렇다면 남은 건 호광 말대로 저걸 업어야 하리라.

호광이 한 걸음 앞으로 나오며 크게 외쳤다.

"자, 미뤄뒀던 훈련 시작합니다. 간단합니다. 타거나 업히거나, 둘 중 하나입니다. 설혹 업어야 하는 일이 있더라도 걱정 안 해도 됩니다. 나 호광이 책임지고 죽기 전에 말발굽 아래서 빼낼 겁니다. 그래도 죽는 놈이 생긴다면? 괜찮습니다. 그런 놈은 나 호광이 책임지지 않습니다. 언젠가 되질 놈이 조금 일찍 죽은 거뿐입니다. 자, 그럼 어느 조부터 시작하겠습니까?"

자자, 어서 말발굽 아래 굴러 들어가 짓밟혀 보라고! 나 호광이 원하는 게 바로 그것이니까! 호광이 그렇게 생각하며 반짝이는 눈빛으로 백팔룡을 바라봤지만, 아무도 나서지 않았다.

저 괴물 발굽 아래서 어찌 사람이 살아 나올 수 있으랴.

모두 마른침만 꼴깍꼴깍 삼키고 있을 때, 용감하게 진완이 손을 번쩍 들어올렸다.

"내가 먼저 하겠수!"

진완이 손을 든 채 굳은 얼굴로 호광을 쳐다보았다.

'까짓거 아무리 말이 길길이 뛰더라도 노인네 채찍질보다 더하겠어?'

진완이 믿는 구석은 단단한 제 몸뚱이 하나뿐이었다.

개대가리 반두홍이 놀라 펄쩍 뛰며 진완의 멱살을 잡고 으르렁거렸다.

"씨발, 진짜 미쳤군. 그래 미친 조장이야 살아 나올 수 있다 쳐도, 우리는? 아니, 기련소마 옥기영 정도나 살겠지. 어쩌면 손형인도 살지 몰라. 하지만 거지도사나 돼지새끼는? 특히 저 돼지새끼는 면적도 넓어서 엄청 밟힐 거라고!"

진완이 씨익 웃으며 반두홍의 어깨를 다독였다.

"그으래? 걱정 말라구! 나만 믿어!"

진완이 씩씩하게 앞으로 걸어나가 호광에게 물었다.

"어이, 교두 아저씨. 수단 방법 가리지 않고 올라타면 된다 이거죠?"

호광이 진완을 쳐다보았다가, 고개를 돌려 말을 바라보았다.

말은 자신 앞에 나타난 진완을 희번덕거리는 눈빛으로 노려보고 있었다.

부교관들이 조금만 고삐를 느슨히 풀어준다면 곧 달려들어 늘씬 밟아줄 기세였다.

호광이 믿음이 간다는 듯 방긋 웃더니, 고개를 돌려 진완에게 말했다.

"물론입니다. 무기만 안 쓰면 됩니다."

진완이 양 손바닥에 침을 퉤퉤 뱉고는 고개를 끄덕였다.

"좋수다! 지켜보슈!"

말이 희번덕거리는 눈알로 진완을 내려다보았다.

그동안 응축되었던 분노를 막 터뜨리려 하고 있다는 걸 그 누가 봐도 알 수 있었다.

부교관들이 고삐를 느슨히 풀었다.

그 순간 말이 힘차게 앞발을 들어올렸다가 크게 땅을 굴렀다.

마치 하늘에서 바위가 떨어져 내린 듯 커다란 굉음과 진동에 진완의 몸이 떨릴 지경이었다.

말은 마치 너 이래도 덤빌래? 라고 말하는 듯 거친 숨을 몰아쉬며 진완을 노려보았다.

진완의 손바닥을 탁탁 치고는 양손을 크게 벌렸다.

"와봐! 내가 바로 진완이야! 진완! 똑똑히 알려주지!"

호통과 함께 온몸에 있는 용 문신이 마치 비상을 준비하듯 꿈틀거렸다.

지켜보던 말의 귀가 무슨 개소리냐는 듯 쫑긋거리더니, 끝내 화살촉처럼 뒤로 납작 누웠다.

푸히히히히힝.

마치 담장을 뛰어넘듯 크게 들어올린 말발굽을 끝내 진완 면상에 내리꽂았다.

그 모습을 호광과 민청, 그리고 엄조가 긴장된 눈빛으로 지켜보았다.

말로는 죽어도 괜찮다고 했지만, 실제 그럴 수는 없었다.

그저 혼이 좀 난 다음, 저 커다란 말이 아닌 자신들이 박박 굴릴 것이다.

말, 그것도 저렇게 커다란 말은 보통 말로 부르지 않고 용(龍)으로 부른다던가?

그런 놈에게 제대로 밟힌다면 살아남더라도 불구가 될 것이다.

그전에 자신들이 빼내와야만 했다.

그리려면 늦지도 빠르지도 않는 적당한 시간이 필요했고, 그게 바로 지금이었다.

호광이 막 자리를 박차고 앞으로 솟구치려는 순간!

키히히히힝~!

보고도 믿지 못할 일이 바로 눈앞에서 벌어졌다.

커다란 말의 앞다리 두 개를 진완이 양손에 나눠 쥔 채 들고 있는 것이었다.

마치 커다란 개의 앞발을 잡고 장난삼아 춤을 출 때처럼 그렇게 서 있었지만, 말은 개보단 수백 배 컸고 진완 역시 강아지들과 사이좋게 놀아줄 만큼 성질이 부드럽지 못했다.

아무리 커다란 통나무 세 개를 단번에 끌어당기는 진완의 힘이라도 살아 요동치는 커다란 말의 무게를 감당하기엔 조금 무리가 있었다.

진완의 어깨가 어른 대가리만큼 부풀어 올랐고, 팔뚝엔 힘줄이 솟아올랐다.

커다란 말 역시 마찬가지였다.

푸드득, 지금 상황이 맘에 안 든다는 듯, 화가 치밀어 오른 나머지 콧구멍을 크게 벌리고는 뜨거운 바람을 세차게 내뿜었다.

잡힌 발을 내리눌러 진완의 팔을 풀어낸 후 면상을 짓밟으려는 듯, 자신의 모든 체중과 힘을 두 발에 옮겨 내려눌렀다.

지—익—

발꿈치를 들고 발끝으로만 버티던 진완이, 발밑으로 깊은 두 개의 고랑을 만들며 뒤로 스르륵 밀려났다.

"이익!"

진완이 어금니를 물며 신음을 토해내었다.

곧 아랫배에 힘을 주며, 있는 힘을 다해 말의 발을 들어올렸다.

진완의 가슴 근육이 꿈틀거리자, 용 문신이 마치 근육을 찢고 나올 것처럼 요동을 치기 시작했다.

검붉던 용 문신 위에 하얗고 파랗고 누런 기운의 빛이 어른거리자, 용들이 살아 비늘을 요사스럽게 움직이며 진완의 가슴을 박차고 튀어나오는 것처럼 보였다.

그 순간, 말이 번쩍 들렸다.

그리고는…….

쿠―앙―!

말이 허공에서 빙글 돌더니, 내동댕이치다시피 땅 위로 털푸덕 떨어졌다.

순간, 자욱한 흙먼지가 피어올랐다.

잠시 후 다시 시야가 맑게 개었을 때는 말이 이해가 안 간다는 멍한 표정으로 커다란 눈만 끔뻑이고 있었다.

말은 영문 모를 표정으로 고개를 천천히 들어 주위를 살피다가 다시 몸을 일으키고는 고개를 흔들었다.

기다란 갈기가 바람에 출렁거렸다.

한참이나 씩씩대던 말이 도무지 방금 전 일을 못 믿겠다는 듯, 더욱 힘을 내어 앞발을 들어올려 내리찍었다.

그러나 결과는 동일했다.

진완이 양손으로 발굽을 나눠 쥐자, 진완 몸의 용 문신이 요동을 쳤고, 말은 다시 땅으로 곤두박질치다시피 내동댕이쳐졌다.

쿵―

진완이 보다 빠른 속도로 말을 넘어뜨리고는 양 손바닥을 탁탁 쳤다.

처음이 어려웠지, 두 번째부턴 요령이 생긴 듯했다.

말이 다시 벌떡 일어섰다.

고개를 양쪽으로 갸웃거리면서 진완을 보았다.

이건 사람이 아니었다.

보통 사람이라면, 설령 힘이 넘치는 장사가 고삐를 틀어쥔다 해도 자신을 감당할 수가 없었다.

커다란 말이 거친 숨을 내뿜으며 진완을 쏘아보았다.

왠지 진완의 가슴에 새겨진 용이 자신을 마주 쏘아보는 것 같자, 기분 나쁘다는 듯 다시 고개를 흔들고는 거친 투레질을 내뱉었다.

푸히히힝—

작전을 바꾸었는지 말이 이번엔 진완의 주위를 빙글빙글 돌며 기회를 엿보았다.

진완 역시 말을 향해 한 발을 축으로 삼아 빙글 돌았다.

그리고 그 순간! 이때가 기회다 싶었는지, 말이 몸을 회전시키며 엉덩이를 진완 쪽으로 돌렸다.

그리고는 힘찬 뒷발질!

말은 뒷발을 잔뜩 앞으로 끌어당긴 후, 진완의 얼굴 쪽을 향해 맹렬하게 내뻗었다.

사람의 경우 발의 힘은 손의 세 배 위력이라고 한다.

덩치 큰 말의 경우라면, 뒷발질이 일류고수의 주먹만큼이나 강할 것이다.

진완은 얼른 고개를 숙였다.

바람을 가르는 소리와 함께 진완 머리카락이 세차게 요동쳤다.

진짜 자신이 금강불괴가 되었는지의 시험을 저런 뒷발질에 해보고 싶진 않았다.

또한 설령 죽지 않는다 해도, 고통은 고스란히 느껴지지 않느냔 말이다.

그런 걸 괜히 맞받아 고생할 필요는 없었다.

진완이 고개를 숙이자 이마 위로 아슬아슬하게 말의 발굽이 스쳐 지나간 이후, 진완은 더 좋은 공격 방법을 찾아내었다.

자신의 머리 위로 두 다리를 세차게 내뻗은 말의 다리 사이 한가운데 있는, 큼지막하고도 덜렁거리는 두 개의 그것이 보였다.

진완이 서슴없이 주먹을 메다꽂았다.

퍼픽!

소리는 작았지만 주먹에 흰 광채가 은은히 감돌고 있었다는 게 문제였다.

크큉큉!

세상에, 말이 저렇게도 울 수가 있구나! 사람들은 그때 처음 알았다.

말은 뒷다리를 뒤로 내뻗은 자세 그대로, 하늘로 석 장 정도를 풀썩 솟아오르더니 그대로 빙글 돌아 등부터 땅에 떨어졌다.

콰—앙—

지켜보던 백팔룡들이 일제히 눈살을 찌푸렸다.

들은 적도 본 적도 없는 말의 비명으로, 지금 말의 고통이 어느 정도인지 알 수 있었다.

암컷들은 모르는, 같은 수컷끼리만 공감할 수 있는 고통이었다.

말이 하늘로 네 다리를 세우고는 거품을 물고 눈을 까뒤집더니 온몸을 부르르 떨었다.

"씨발, 저놈은 남자도 아니야!"

개대가리 반두홍이 가래침과 함께 욕설을 내뱉었다.

같은 남자라면, 같은 물건을 덜렁거리며 매달고 있는 족속이라면, 차마 그 부분은 공격하기는커녕 쳐다보지도 말았어야 했다.

아무리 비열한 뒷골목이라 해도 그 부분만은 예의상 공격하지 않을 정도였으니까.

하늘로 향했던 네 발굽이 스르륵 옆으로 돌아 힘없이 땅에 떨어졌다.

진완은 마음에 든다는 듯 자신의 주먹을 쓰다듬고는 까무러친 듯 혀를 빼물고 있는 말 가까이 다가간 후 올라탔다.

기절한 말 등에 올라탄 게 뭐 그리 좋은지, 말의 갈기를 움켜쥔 진완이 웃으며 크게 외쳤다.

"교두 아저씨, 여기 좀 봐요! 나 말 탔다우!"

호광의 콧구멍이 벌렁거렸다.

저게 말을 탄 건가? 올라앉은 거지!

하지만 아무 말도 할 수 없었다.

수단 방법 가리지 말고 올라타라는 건 자신이 한 말이지 않았던가.

그제야 조금 정신이 들었는지, 말이 초점없는 눈으로 옆구리에 올라타 앉은 진완을 바라보았다.

진완은 아무 말 없이 주먹을 내보이며 씨익 웃었다.

말이 다시 경련을 시작했다.

말은 아예 기절한 척하려는 듯 눈을 질끈 감고는 목을 길게 땅 위로 누였다.

진완이 그럴 줄 알아다는 듯 씨익 웃을 때, 호광이 큰 소리로 외쳤다.

"통과!"

진완이 어깨를 으쓱이고는, 말의 목을 몇 번 토닥여 준 후 말에서 내려와 백팔룡 쪽으로 걸어왔다.

우와~

찬탄과 비난이 반쯤 섞인 탄성이 백팔룡들 사이에서 터져 나왔다.

호광이 말했다.

"말이 상태가 안 좋습니다. 회복히는 대로 다시 시작합니다."

그사이 부교두들이 벌 떼처럼 말에게 달려들어 말의 근육을 안마하고, 이리저리 돌봤다.

말은 커다란 체격만큼이나 힘이 셌고, 회복도 빨랐다.

불과 한 다경이 지나지 않아 벌떡 몸을 일으킨 말이 백팔룡들을 쏘아보며 갈기를 세우고는 푸드덕댔다.

아무 놈이나 나와! 죽여줄 테니까! 말의 눈빛이 그랬다.

그때 백팔룡 무리들 머리통 위로 커다란 주먹이 하나 쑥 삐져나왔다.

말은 그 주먹을 보고 다시 눈알을 아래로 내려 싱글벙글 웃고 있는 낯짝을 확인한 후 다시 온몸을 부르르 떨었다.

말이 얼른 고개를 돌리고는 다른 백팔룡들을 노려보기 시작했다.

'제법 눈치는 있는 놈이라니까!'

진완이 씨익 웃을 때, 호광이 눈알을 부라리며 말했다.

"말이 대강 힘을 추스른 것 같습니다. 십일조가 조장부터 시작했으니 그다음 십일조 백팔룡 중에 하나 나옵니다."

손형인이 아픈 다리를 가슴까지 끌어당기고는 고개를 파묻었다.

기련소마 옥기영의 하얀 얼굴이 아예 파랗게 변했다.

육상산은 고개를 돌려 먼 하늘을 쳐다보며 딴청을 피웠다.

반두홍이 진완을 바라보며 날 지명하면 널 죽여 버리겠어! 하고 으르렁거릴 때, 진완이 옆에 있는 거지도사 허주의 등을 떼밀며 말했다.

"너부터 나가."

허주가 이럴 줄은 몰랐다는 듯 눈을 질끈 감았다.

"나무아미타불!"

진완이 눈을 동그랗게 떴다.

"도사는 무량수불 아니었나?"

"어? 무량수불, 무량수불, 무량수불. 미친 조장 제발 살려주시게."

허주는 정신이 나간 듯했다. 진완은 벌벌 떠는 허주의 팔짱을 끼고 앞으로 걸어나갔다.

"무슨 일입니까? 진완 조장은 이미 통과하지 않았습니까?"

호광이 묻자, 진완이 대답했다.

"아니, 말 다루는 법을 알려주려구요. 조원들끼리 힘을 합치고 서로 나눠 배워야 한다고 하지 않았수?"

"좋습니다. 아주 좋은 정신입니다. 그러나 시간이 너무 오래 걸려서는 안 됩니다."

호광이 기특하다는 듯 고개를 끄덕였다.

진완은 말을 쳐다본 후, 허주와 어깨동무를 했다.

이놈, 내 친구야! 커다란 말이 사람 말을 알아들을 리 없었다.

하지만 눈치는 빠른 놈이라 진완의 행동이 무얼 뜻하는지 대강 알아들은 모양이었다.

말이 눈알을 씰룩거리며 진완과 허주의 얼굴을 번갈아 쳐다보았다.

허주의 어깨를 다독인 후, 진완이 불끈 쥔 주먹을 들어올리고는 눈을 부라렸다.

어린애 대가리만 한 진완의 주먹을 보자, 말이 뒷걸음질을 쳤나.

진완이 다시 왼손으론 허주의 어깨를 다정히 감싸 안고, 오른 주먹으론 땅 위의 작은 자갈 두 개를 주워 쥐었다.

으드득—

돌은 진완의 손에 하얀 빛이 어른거린다 싶은 순간, 가루가 되어 땅에 떨어졌다.

원래 호두 하나를 손에 넣고 깨기는 어려워도, 두 개를 잡고 서로 부딪쳐 깨기는 쉬운 법이다.

진완은 텅 빈 오른손으로 주먹을 불끈 쥐고는 허공에 흔들면서 다시 눈알을 부라렸다.

말의 눈이 흔들렸다.

아예 한 대 맞고 말지, 잡혀서 부서진다면?

말은 부르르 경련을 일으키고는 콧구멍 사이로 뜨거운 한숨을 내쉬었다.

말이 눈을 질끈 감고는 무릎을 꿇었다.

허주가 말 등에 천천히 올라타 갈기를 붙잡았다.

말은 아예 죽는 것보다 모욕을 당하더라도 살아남아 자손을 퍼뜨리는 게 백배 낫다는 듯 질끈 감은 두 눈을 뜨지 않았다.

호광이 어이없다는 듯 쳐다보다 힘 빠진 목소리로 외쳤다.

"통과!"

백팔룡들은 감탄성도 토해내지 않았다.

그저 멍한 눈으로 체념한 듯 엎드려 있는 거대한 말과 그 등 위에 올라타 있는 허주를 번갈아 쳐다볼 뿐이었다.

이런 좋은 기회를 놓칠 육상산이 아니었다.

얼른 몸을 일으키더니, 백팔룡들 사이를 누비며 조장들과 무언가 상담하기 시작했다.

'진완과 함께라면 무조건 통과다. 그래도 안심이 안 되면 일단 진완이 손을 좀 본 다음에 타게 해줄 텐데, 그러면 값이 열 배로 튄다. 자, 니들은 대신 뭘 내놓을래?

보지 않아도 육상산이 조장들에게 무슨 말을 할지는 뻔했다.

3

개대가리 반두홍이 침상 위에 앉은 채 등을 벽에 기대고는 다리를 쭉 폈다.

팔짱까지 낀 자세가 여유로웠지만 두 눈만은 재미난 구경거리를 보듯 반짝였다.

방 한가운데 서 있는 미친 조장 진완 때문이었다.

반 동강난 커다란 돌들이 여기저기 굴러다니는 가운데, 진완이 양손으로 높여 잡은 커다란 도를 가슴께까지 들어올리고는 입술을 앙다물었다.

퍽— 껑—

진완의 머리통이 힘있게 아래로 향하자, 너비가 반 뼘에 가까운 도의 승산이 힘없이 부러져 나갔다.

수수깡으로 만들었어도 저것보다는 더 강하겠다 싶을 정도로 도신은 어이없이 동강나 버렸고, 양손으로 부러진 도신을 잡고 있는 진완 역시 눈을 동그랗게 뜰 뿐이었다.

"우헤헤~ 흐읍. 너 돌도 부수고, 쇠도 부순다."

십일조 방 안에 들어와 함께 구경하던 엄조가 신난다는 듯 엉덩이를 두드렸다.

진완이 부러뜨린 도를 땅에 내던지며 중얼거렸다.

"이게 잘된 일인지, 아닌지 모르겠군."

벌써 몇 번째 시험을 해보았다.

말을 내동댕이친 이후 엄조가 헤벌쭉 웃으며 '너 어떻게 그럴 수 있냐?' 라고 묻자, 진완이 '금강불괴라고 하더구랴' 라고 대답해 벌어진 일이었다.

시험 후, 방 안에 들어온 엄조가 차돌을 내밀며 깨보라고 하자, 진완이 간단하게 손날로 깨버렸다.

그다음엔 조금 더 큰 돌멩이를 깼고, 그다음엔 커다란 돌멩이를 깼다.

나중엔 엄조 가슴 크기만 한 바위까지 깬 이후, 신난 엄조가 부교두에게서 커다란 도를 가져왔는데, 그것 역시 쉽게 이마로 깬 것이다.

엄조가 손가락 하나를 펴 들며 말했다.

"한 번만 더 해보자! 흐으~"

"쇠보다 강한 게 있을라나?"

진완이 입맛을 다시며 중얼거리자 엄조가 부러진 도를 집어 올려 진완 얼굴 앞에 들이밀고는 말했다.

"이번엔 방향을 바꿔보면 된다. 흐으~"

칼날은 진완 이마 쪽으로 꼿꼿이 서 있는 상태였다.

엄조의 뜻은 넓은 도신을 깨는 것에 성공했으니 이번엔 칼날 쪽을 이마로 받아 깨보자는 것.

금강불괴라면 이번에도 칼이 부러질 것이고, 아니라면 진완 이마에 칼이 들어박힐 것이다.

진완이 눈꼬리를 씰룩이며 엄조를 쳐다보다 칼의 손잡이를 넘겨받았다.

"오호, 거 괜찮은 생각이우. 일단 이 칼이 날이 잘 섰나부터 시험해 봅시다."

진완이 반 토막난 칼을 치켜들어 내려치는 시늉을 하자 엄조가 뒷걸음질을 쳤다.

"아니다. 아니다. 그 칼 잘 드는 칼이다. 쥐꼬리 썽둥썽둥 잘린다. 내가 다 시험해 봤다!"

손사래까지 치는 엄조를 보며 반두홍이 피식 웃었다.

"환상의 한 쌍이라니까. 저 두 사람 데리고 공연 다니면 평생 먹을 걱정은 안 할 거야. 한 놈은 이마로 칼을 분지르지 않나, 다른 놈은 지가 알아서 더 미친 짓을 해보라며 흥을 돋우지 않나."

육상산이 안타깝다는 표정과 함께 손수건으로 이마를 훔쳤다.

"넌 그래서 안 돼. 저런 훌륭한 한 쌍을 데리고 겨우 공연으로 돈을 벌 생각을 하다니!"

옆에서 듣고 있던 거지도사 허주가 눈을 깜빡였다.

“다른 방법이 있나?”

육상산이 고개를 끄덕였다.

“매타자가 있지 않은가. 지체 높은 어르신이 죄를 지어 태형을 당하게 되었을 때, 대신 매를 맞아주고 삯을 버는 사람 말이네. 아니, 저 정도라면 목 잘리는 일도 맡을 수 있겠군.”

육상산 말을 듣는 순간, 반두홍은 두 주먹을 불끈 쥐고 다짐했다.

절대 육상산 옆에서 떨어지지 않겠다! 저런 놈이라면 옆에서 있기만 해도 밥은 먹을 수 있겠지. 반두홍이 그렇게 생각하며 이를 앙다물었을 때, 방 안엔 또 다른 사람이 들어오고 있었다.

뭐가 그리 기쁜 일이 많은지 항상 웃고 있는 전검전의 주인인 취우소검과 항상 찌푸린 울상의 투도각의 주인 주구곡도였다.

“……?”

모두들 소검과 곡도의 갑작스런 등장에 멍하니 쳐다볼 때, 소검이 손가락을 까딱거리며 진완에게 말했다.

“너, 가자.”

“어딜?”

“갈 데가 있으니까 부른 게지.”

“왜?”

“그야… 가만.”

소검이 그제야 조금 이상하다고 느꼈는지 한쪽 눈을 찌푸리며 말했다.

"너 말이 좀 짧구나?"

엄조가 맞다는 듯 고개를 끄덕였다.

"애가 좀 짧아. 흐으~"

소검이 이건 또 뭔가 하는 눈빛으로 엄조를 쳐다볼 때, 이번 엔 등 뒤에서 또 다른 목소리가 툭 끼어들었다.

"십일조 조장, 원래 말 짧습니다. 나도 알고 다른 두 교두도 알고, 백팔룡도 알고, 원로원도 다 압니다. 너만 모릅니다. 근 데 왜 오신 겁니까?"

소검이 뒤돌아보니 진완보다 더 큰 덩치에 털이 북슬북슬한 얼굴이 하나 있었다.

소검이 웃으며 고개를 끄덕였다.

"아, 탑탁천왕 호광 나으리셨군. 그런데 내가 아비뻘은 못 되어도 숙부뻘은 되는 설로 알고 있는네?"

호광이 무슨 말이냐는 듯 눈을 실룩거렸다.

"늙어서 좋으시겠습니다. 장강과 황하 물은 바다에서나 섞 이는 겁니다. 전검전이나 투도각과 우리 백팔룡 교두들과는 같은 무심련에 있을 뿐, 아무 상관 없습니다. 또 원익완 원로께 서 더 이상 백팔룡에 지령 따윈 안 내린다고 약속하셨습니다. 그런데 무슨 볼일로 오신 겁니까?"

전검전주 소검이 인상을 찡그렸다.

어느새 상대는 셋으로 불어 있었다.

엄조라는 미친놈에, 호광이란 앞뒤 꽉 막힌 놈도 문제였지만, 뒤늦게 나타난 민청이 새하얀 입김을 내뿜듯, 투명한 눈으로 자신을 노려보고 있었다.

소검이 곤란하다는 듯 옆에 있는 곡도를 쳐다보았다.

원로원 늙은이들과 자신들은 한 수 정도의 실력 차이가 났다.

그렇게 본다면, 이 세 교두와 자신들 역시 한 수 차이가 난다고 봐야 했다.

'하지만 어찌 됐든 무심련 무사들 아닌가. 밖에서 만난다면 콱 조져 놓으련만.'

소검이 입맛을 다셨다.

하기야 이런 놈들이어야만, 간섭하기 좋아하는 사람들이 많아 탈 많고 말 많은 무심련에서 흔들리지 않고 백팔룡들의 훈련을 시킬 수 있을 것이다.

이런 놈들과 부딪쳐 봐야 좋을 것 없다는 생각을 했는지 곡도의 웃음이 더욱 진해졌다.

"아, 원 노선배하고는 상관없는 일이네. 크게 보면 무심련 전체 일이고, 작게 보면 백팔룡과 연관된 일이지."

소검이 '나 보통 때는 이렇게 친절하지 않아. 그러니 잘 들어주길 바라' 라고 써 있는 웃음 띤 얼굴로 설명해 나갔다.

"자네도 변외사세(邊外四勢)는 알고 있지? 저 멀리 떨어져 작은 땅을 지니고도 큰소리치는 작자들 말이야. 무심련 어른들이 혹시 마교의 잔당들이 도망쳐 숨어든 후 그들과 손잡을까 봐 걱정하고 있는 것도 물론 알 테고, 또 그래서 변외사세 중 하나인 서방정토회 옥나찰과도 협상하지 않았냔 말이야."

"그게 지금 일과 무슨 상관입니까?"

호광의 물음에 소검이 '이봐, 너무 몰아붙이지 마, 나도 이 일이 싫다구'라고 말하듯 씁쓸한 웃음을 웃었다.

"서방정토회가 서쪽이라면, 북쪽엔 북해빙궁(北海氷宮)이 있지. 빙궁이야 저 멀리 북쪽 얼음판 한가운데 있어 별 볼것 없다 쳐도, 영향력이 몽고와 여진족에게 미치고 있으니 그게 문제지."

듣고 있던 호광이 눈을 씰룩거렸다.

"걱정없습니다. 북해빙궁의 주인과 위진천 련주와는 마교 때려잡을 때부터 만나 친구라 들었습니다. 그런 사람이 마교 와 손잡을 리 없고, 친구 속 썩힐 일도 없을 겁니다."

"맞네, 맞아. 자네 참 잘도 아는구먼!"

소검이 손이 근질근질하다는 듯 가슴을 북북 긁고는 말했다.

"아무튼 무시 못하는데다, 련주와 친구라는 작자가 지금 이리 오고 있단 말일세."

"그게 백팔룡과 무슨 상관이냔 말입니다."

호광도 절대 지지 않았다.

그동안 간섭받느라 골치 아팠는데 눈앞에 직접 간섭하는 놈이 나타났으니 네놈에게 따져 물어야겠다는 듯, 안 그래도 큰 눈을 뒤룩뒤룩 굴리며 따져 묻고 있었다.

"그러니 백팔룡이 마중 나가야지!"

소검이 드디어 폭발했다. 여기서 몇 마디 더 어깃장을 놓는 다면 뎅겅 목부터 베어내겠다는 듯 눈가가 시뻘게져 있었다.

하지만 이번엔 호광이 아닌 엄조가 불쑥 물었다.

"흐으~ 또 나가?"

소검의 고개가 휙 돌아가 미친놈 보듯 엄조를 보았다.

엄조가 다시 헤벌쭉 웃었다.

"아무나 오면, 백팔룡 나간다? 흐으~ 백팔룡이 손님 올 때 마다 의자 위에 깔아주는 꽃방석도 아닌데?"

엄조가 횡설수설하는 미친놈인 건 확실했지만, 이번엔 그리 틀린 데가 없었다.

소검이 고개를 끄덕였다.

"맞네. 사실 이번 옥나찰 경우에도 운이 좋았을 뿐, 잘못될 뻔했지. 그런데 어떻게 하겠나. 북해빙궁주가 오는 이유가 우 리 무심련에 있는 게 아니라, 백팔룡에 있는걸."

"헤에~? 백팔룡이 그렇게 유명했나?"

엄조가 붉은 머리를 벅벅 긁으며 백팔룡들을 쳐다보았다.

소검이 한심하다는 듯 엄조를 보며 말했다.

"북해빙궁주 엄극인(嚴戟刃)과 무심련주 위진천은 젊을 때 한 가지 약조를 했지. 각자 일가를 이룬 후 둘 다 아들을 낳는 다면 의형제를 맺고 딸이면 의자매를 맺되, 장남 장녀를 본다 면 그 둘을 혼인시키기로 말일세."

"……!"

소검이 그것 보라는 듯 어깨를 으쓱이고는 말했다.

"한마디로 장인이 사윗감을 보러 온다는데, 원로원이 막을
수 있겠는가?"

"……."

호광은 말이 없었다. 처음 듣는 이야기였지만, 있을 법한 이
야기였다.

아니, 그런 이야기가 오갔을 가능성이 컸다.

어찌 보면 정략결혼이라 볼 수 있었지만, 서로 나쁠 것은 없
었다.

도리어 위진천 련주나 엄극인 모두 술 좋아하고 뒤끝없으며
사람 좋은 호인이라 했으니, 마음 맞는 친구끼리 술김에 혼인
이야기를 하는 거야 당연하다 할 수 있었다.

호광이 마음에 안 든다는 듯 고개를 저었다.

"그런데 왜 십일조입니까?"

소검이 싱긋 웃었다.

"왜? 다른 조를 추천해 줄 텐가? 아니면 사윗감 백여덟 명을
늘어놓고 하나하나 따져 보게끔 할 텐가? 그맇다면야 나야 좋
지민."

호광이 고개를 저었다.

"그건 곤란합니다!"

엄극인의 성질이 어떻다는 거야 이미 들어서 알고 있었다.

그린 사람이 백팔룡 훈련을 지켜보고 따진다면 감당할 수
없었다.

더욱이 무심련 사람도 아니니, 호광으로서도 무심련에게 따

져 물을 수도 없었다.

엄조가 이상하다는 듯 고개를 갸우뚱거렸다.

"흐으… 괴상하다, 괴상해! 련주 아들은 하나뿐, 그것도 일 년 후에나 밝혀질 텐데 왜 백팔룡 모두를 본다고 그러지?"

소검이 거기까지 생각한 게 기특하다는 듯 엄조를 돌아보았다.

"엄 빙궁주 역시 백팔룡 이야기를 들었지. 자신의 아들이 아니더라도 백팔룡 중 성취가 뛰어난 자를 무심련의 주인에 앉히겠다고 하니, 엄 빙궁주 역시 무릎을 탁 치며 소리쳤지. 좋다! 친구의 흉금이 이리 넓으니 나 역시 백팔룡 모두를 친구 아들이라 생각하고 그중 하나를 사위로 맡겠다! 일이 이렇게 된 게야."

엄조가 손가락으로 붉은 머리카락을 배배 꼬며, 눈알을 데루룩 굴렸다.

"흐으, 백팔룡 훈련시키는 교두가 더 괜찮더라고 말해봤어요? 흐으… 난 좋은데. 북해빙궁의 사위라… 흐으……."

소검이 역시 이놈은 미친놈이 틀림없다고 생각하며 고개를 돌렸을 때, 호광이 말했다.

"안 됩니다. 그런 소식을 들으면 백팔룡들 마음이 들떠서 훈련 안 됩니다."

"맞네. 그래서 내가 왔지. 사실 엄극인은 외동딸만을 두었지. 곧 그 말은 사위가 장차 빙궁을 차지한다는 얘기네. 백팔룡 중 아무나 빙궁의 사위가 된다면 무심련으로도 나쁠 게 없지. 하지만 사위가 무심련주 자리도 함께 떠안게 된다면?”

소검이 굳이 말 안 해도 알 수 있었다.

아니, 그럴 확률이 컸다.

엄극인 역시 빙궁의 주인, 자연히 사람 보는 눈이 남다를 것이다.

백팔룡 중에 성취가 뛰어난 자를 택해 사위로 삼은 자가 장차 무심련까지 물려받을 확률이 컸다.

소검이 고개를 끄덕이며 말을 이었다.

“두 거대 단체가 하나로 이어지는 거야 나쁠 것 없지. 하지만 과연 변외사세 중 나머지 세 세력이 가만히 두고 볼까? 분명 세 세력은 서로 손을 잡는 걸로도 모자라 어쩌면 마교의 암종들과도 손을 잡으려 할 거야. 그렇게 되면 무림에 또 다른 혈풍이 불겠지. 원로원에서 걱정하는 것이 바로 그것이네.”

호광이 알겠다는 듯 신완을 쳐다보있다.

원로원의 걱정은 간단한 문제였다.

결코 무심련의 련주가 될 수 없는 백팔룡이 사위가 되거나, 아니면 빙궁주가 백팔룡을 사위로 삼지 않거나 하면 되는 것이다.

그렇다면 실력 좋고, 얼굴 좋고, 성격 좋은 백팔룡을 보기 전에 덜 떨어지고, 낯짝 별로고, 성격 지랄 같은 백팔룡을 보여주면 되는 일이다.

그런 의미에선 십일조가 안성맞춤이었다.

진완 낯짝이야 위진천 련주를 쏙 빼닮았으니 무심련 측에선 최대한 성의를 보여준 것이다.

그나마 십일조에서 제일 번듯하게 생긴 건 기련소마 옥기영 정도인데, 엄극인처럼 사내다운 사람이 계집애같이 곱상한 청년을 좋아할 리 없었다.

그래도 엄극인이 좋다면? 사위가 되겠지.

하지만 엄극인이 백팔룡을 본 후, 가래침을 콱 뱉고 되돌아간다면? 그거야 엄극인 마음 아니던가!

호광 입장에선 문제 조인 십일조만 조금 손해 본다면, 나머지 백팔룡의 훈련에 방해될 게 없었다.

호광이 오랜만에 흡족한 웃음을 웃으며 말했다.

"좋습니다! 전검전과 투도각의 주인께서는 후딱 빨리 데려갑니다!"

第二章

새로운 주인

　소검이 고개를 끄덕인 후 몸을 돌렸고 그 뒤를 마치 실에 꿰인 바늘처럼 곡도가 따랐다.

　하지만 두 사람의 발걸음은 곧 멈추어져야만 했다.

　투명한 두 눈빛이 가로막고 있었기 때문이다.

　"……?"

　소검이 의아하다는 듯 쳐다봤지만 가로막고 있는 민청의 시선은 소검이 아닌, 조금 왼쪽, 그러니까 곡도의 얼굴에서 떨어지지 않았다.

　"……."

　곡도의 태도 역시 이상했다.

　다른 사람도 아니고 무심련 투도각의 주인이었다.

그런 자신을 누군가가 투명한 눈으로 노려보는데도 마치 십년 만에 막내 동생을 만난 것처럼 그저 흐린 두 눈으로 말없이 민청을 바라볼 뿐이었다.

먼저 움직인 것은 민청이었다.

아무 말 없이 발끝으로 바닥에 떨어진 돌멩이 중에 하나를 툭 차서 올렸다.

진완이 이마로 깨뜨린 돌 중에 하나였다.

허공에 떠오른 돌이 민청의 눈높이까지 솟았을 때 민청의 검고 펑퍼짐한 장포에서 검붉고 하얀 채찍이 튀어나왔다.

챠라라라락—

검은 몸체에 하얀 날개를 가진 나비 수백 마리가 민청의 손끝에서 날아오르고 있었다.

검은 사슬 양쪽에 한 뼘이 채 되지 않는 검날이 마치 지네의 다리처럼 다닥다닥 붙어 있었다.

첫 번째 나비가 돌을 가르고, 두 번째 나비가 다시 횡으로 갈랐다.

한 사슬에 이어진 하얀 나비들이 허공중에 날아올랐다 싶은 순간, 돌멩이는 이미 모래로 변해 바닥에 떨어졌다.

마치 하얀 날개의 나비를 길게 이어 붙인 듯한, 채찍을 닮은 독특한 무기 역시 어느새 민청의 품속으로 사라진 후였다.

후두둑—

먼지처럼 조각난 돌들이 그제야 땅바닥에 떨어졌다.

민청이 곡도를 노려보며 얇고 새빨간 입술을 열었다.

"겨뤄볼 만하겠습니까?"

곡도가 깊게 가라앉은 눈으로 민청을 보다가 천천히 고개를 저었다.

민청의 눈이 더욱더 투명해졌다.

"그럼 언제쯤 가능하겠습니까."

곡도가 말없이 손가락 네 개를 펴 보였다.

민청이 눈을 깜빡였다.

소검이 빙긋 웃고는 설명했다.

"사 년이네. 그래도 대단하군. 사 년의 고련 후 투도각의 주인 정도의 실력이 될 수 있는 자가 있다면, 아무도 믿지 않을 것이야."

곡도가 소검의 해석이 마음에 안 든다는 듯 고개를 젓고는 오른 손가락을 활짝 벌린 채 좌우로 흔들었다.

순식간에 다섯 개의 손가락이 열 개가 되더니, 곧 스무 개 이상으로 변했다.

대략 손가락이 수십 마리의 지네 발보다 더 많아 보인다고 느꼈을 때야 곡도가 손을 멈추고는, 손가락을 모아 쥔 후 천천히 위에서 아래로 내려 그었다.

의미를 알 수 없는 손짓 후 곡도가 민청을 깊은 눈으로 바라보았다.

이번에노 곡도 손짓의 의미를 소검이 해석해 주었다.

"현란함은 단순함만 못하다고 말하는 것이네. 변화를 모두 버린 후, 사 년을 더 고련한다면 뜻을 볼 수도 있겠다고 말하는 것이네."

민청이 잠시 생각에 잠겨 있다가 고개를 숙였다.

"감사합니다."

오늘따라 민청은 평소에 비해 몇백 배 말수가 많았다.

소검이 기특하다는 듯 웃고는 다시 말했다.

"내가 볼 때도 지금 자네의 변화는 그 한계에 와 있네. 하지만 그 정도 가지고 투도각의 주인과 겨루려면 십 년을 더 공부한다 해도 모자랄 것이네. 주구곡도가 자네의 재주를 높이 사는 것 같군."

곡도가 소검을 보고 인상을 찌푸려 더욱 울상을 짓고는 다시 민청을 바라보았다.

한참이나 말없이 민청을 보던 곡도가 무언가 결심을 했다는 듯 품 안에서 한 장의 양피지를 꺼내 들었다.

민청이 소중한 물건을 건네받듯 양손으로 조심스럽게 받아 들고는 곡도를 쳐다보았다.

옆에서 보고 있던 소검이 가볍게 놀라며 껄껄 웃었다.

"허허, 곡도 이 친구가 자넬 정말 괜찮게 보고 있군. 그 귀한 걸 넘겨주고 말이야."

민청이 무슨 뜻이냐는 듯 소검을 보자 소검이 고개를 끄덕이며 말했다.

"이 친구 도법이 그 양피지 하나에서 시작되었다 해도 과언이 아니네. 곡도의 사조(師祖)가 세상을 뜨기 전 자신의 깨달음을 정리한 것이니까."

양피지를 들고 있는 민청의 양손이 가볍게 떨렸다.

소검이 괜찮다는 듯 웃으며 말했다.

"너무 감격하지 않아도 되네. 곡도가 맘에 드는 친구를 만날 때마다 꺼내 들어 보여주는 것이니까. 이번에 꺼내 든 것이 세 번째겠군. 사실 내용이야 별게없다네. 사실 깨달음이 글자 몇 개로 전해지는 것도 아니고, 어찌 보면 황당할 만큼 간단하기 일쑤 아닌가. 그러니 자네도 자네 그릇만큼 채워가면 된다네."

민청의 투명한 눈이 빠르게 양피지를 훑었다.

잠시 후 민청이 천천히 고개를 들고 천장을 바라보고 한숨을 몇 번 내쉰 뒤 조심스런 태도로 고개를 숙인 후 양피지를 곡도에게 돌려주었다.

곡도가 고개를 끄덕이고는 더욱 울상을 지으며 양피지를 건네받을 때, 두툼한 손 하나가 중간에서 잽싸게 양피지를 뺏어갔다.

"이거 나도 좀 봅시다!"

진완이었다.

민청의 투명한 눈이 진완을 향했다.

아무리 몰라도 저렇게 모를 수가 있을까! 무인에게 있어 손과 발을 놀리는 법보다 더 귀한 것이 있다면, 극의에 달한 무인이 남긴 깨달음이었다.

한마디로 마누라 속살보다 더 중요한 것인데, 그걸 나도 좀 봅시다라고 한마디 달랑 남기고 빼앗아가다니!

민청뿐 아니라 호광 역시 놀라 얼른 진완 쪽으로 손을 내밀

때, 소검이 껄껄 웃었다.

"괜찮네. 누구든 봐도 괜찮다네. 깨달음이란 각자의 것이지. 마치 그림과 같다네. 누구는 붓 하나로 천하를 그리고, 누구는 개꼬리만 그리다 그만두는 게지. 저 양피지는 붓이라네. 그것으로 무엇을 그리느냐는 각자의 몫이고. 능력껏 얻어갈 뿐, 양피지 자체는 그리 대단한 것이 못 된다네."

진완은 소검의 말을 이해하지 못했다.

그저 무림인들의 무공비결이라는 게 어떤 것인지 호기심을 느꼈을 뿐이었다.

게다가 고수들이 득시글거리는 무심련 중에서도 일류고수로 손꼽히는 곡도의 무공을 적은 것이라지 않은가.

양피지를 빠르게 훑어본 진완이 투덜거렸다.

"이게 뭐야. 몇 줄 되지도 않네?"

역시나 진완만큼 무식한 반두홍이 침상에서 벌떡 일어서며 외쳤다.

"미친 조장, 큰 소리로 읽어봐!"

호광이 당황했다.

진완까지야 무공의 무 자도 모르니 심오한 깨달음을 적은 비결을 본다 해도 큰 문제가 되질 않았다.

하지만 지금 이 자리엔 호광 자신을 비롯해 엄조까지 있지 않은가.

"안 됩니다!"

호광이 어림없다는 듯 큰 호통을 치자, 옆에서 울상을 짓던 곡도가 고개를 저었다.

역시나 해석은 옆에 있는 소검의 몫이었다.

"괜찮네. 도리어 큰 소리로 읽으라고 하게. 각자 무엇을 얻었는지 나 역시 알고 싶으니까."

까짓거 곡도의 허락까지 받았겠다, 진완이 신난다는 듯 큰 소리로 읽기 시작했다.

"난 사씨 성에 자를 굉, 명을 요명이라 하며 병오년 강남 진영 출신이다. 나이 열넷에 부모를 잃고 스물하나에 그 원한을 갚았다. 그 후 삼백일흔 번을 싸워, 모두 이겼다. 내 무공의 처음은 도였으며, 마지막 또한 도였다. 하나 처음에 잡은 도와 지금의 도는 달랐으니 그 같음과 다름을 깊이 성찰한 후, 나의 작은 깨달음을 후인을 위해 남긴다. 이 사람 엄청 단순하게 살았군!"

"미친 조장, 그다음! 그다음이 중요한 거리고!"

반두홍이 더 잘 들으려 귓바퀴를 손바닥으로 감싸며 외쳤다.

진완이 다시 읽었다.

"내가 죽기 전 깨달은 도의 극의는 이것이다. 첫째, 한 사람을 상대할 때는 칼을 빠르게 놀려 적을 찌르고 베어라. 둘째, 다수를 상대할 때는 칼을 적의 몸에서 빠르게 뽑아라. 이 두 가지를 신경 써 네 마음대로 할 수 있다면, 넌 겨우 도의 빛을 보기 시작했다 할 것이다. 엥? 이게 뭐야! 이게 끝이야?"

진완이 눈을 끔뻑이고는 피식 웃었다.

"별거 아니군. 빨리 쑤시고 빨리 뽑아라. 단순하네? 근데 왜 빨리 뽑으라 한 거우?"

진완이 호광에게 물었지만, 호광은 두 눈을 감은 채 무언가 깊은 생각에 잠긴 상태였다.

다시 엄조를 보았지만 엄조 역시 호광과 별다를 게 없었다.

마지막으로 소검을 보았지만 소검은 그저 웃는 낯으로 십일 조의 조원들을 쭉 둘러보며 되묻고 있었다.

"너희는 어떻게 생각하느냐?"

기련소마 옥기영이 고개를 갸웃거리다 조심스럽게 대답했다.

"빠르게 적의 목을 취하라는 것은 이해가 갑니다. 빠르게 칼을 뽑으란 말은, 다수의 적을 상대할 때는 조심하란 뜻 같습니다. 제가 듣기론 칼이란 근육과 뼈에 박히면 생각 외로 잘 안 빠진다고 합니다. 특히 죽음을 목전에 둔 무인의 근육은 긴장으로 단단해지기 때문에 상상외로 질겨 칼을 빼내기가 힘들다더군요. 결국 사람을 죽이고 그 뒤에 있을 다른 상대를 죽이려면 칼의 수발이 자유로워야 한다는 뜻 같습니다."

소검이 웃었다.

"넌 스무 개 중에 겨우 하나를 알 뿐이다. 그래도 듣자마자 거기까지 헤아렸으니 재능이 없는 건 아니다."

그때 호광이 감은 눈을 뜨고는 진심으로 포권을 취하며 말했다.

"감사합니다. 나 호광 오늘 하나의 은혜를 빚으로 남겼습니다.”

“무슨……. 겨우 그것 가지고.”

소검이 마치 자신이 양피지를 내린 것처럼 껄껄 웃을 때, 눈을 감고 연신 헤에~ 거리던 엄조가 곧 무언가 깨달았는지 몸을 부르르 떨었다.

진완은 이해하기 어려웠다.

그 간단하고도 당연한 이야기에 뭐 저렇게 대단한 반응인지 몰라, 불편한 한쪽 다리를 감싼 채 벽에 기대고 있는 손형인에게 물었다.

“넌 무슨 뜻인지 알겠냐?”

손형인이 얼굴을 붉히며 조심스럽게 말했다.

“글쎄, 빠르게 뽑으란 대목이 그저 칼의 놀림을 두고 말한 게 아닌 것 같은 느낌밖에는……. 무언가 더 있을 것 같아.”

소검이 웃으며 말했다.

“너 역시 스무 개 중에 하나를 얻었구나.”

소검이 다시 고개를 돌려 남은 십일조 소원들을 돌아보았다.

허주가 조심스레 입술을 열었다.

“무량수불. 사람을 찔러 죽이고, 칼을 빼는 것은 생사를 가르는 일이니 신중하고 또 신중하라는 경구가 아닐는지. 결국 뼈름이란 신중함의 또 다른 이름이니 쾌검의 끝이란 곧 느리디느린 둔검을 두고 이른 것이 아닐까 한다는……. 무량수불~”

“너도 하나를 얻었다.”

소검의 평가는 단순하고 빨랐다.

육상산이 얻은 하나는 또 달랐다.

"이문이 있으면 득달같이 달려들어라. 대신 남은 이문 뒤에 뜯길 인건비와 운송비, 그리고 보관비 등이 더 크다면 냉큼 도망가거라!"

"색다른 해석이군! 그 또한 일리는 있으니 틀린 것은 아니다. 거기 광룡, 자네의 의견은?"

소검이 기대에 찬 시선으로 진완을 쳐다보았다.

진완이 혀를 차고는 자신만만하게 팔짱을 꼈다.

"그게 뭐 어려울 게 있수."

"그럼?"

진완이 주먹을 들어올리고는 말했다.

"결국 이 말 아니요. 싸움은 선빵이 최고다. 단! 여러 놈들이 떼거지로 몰려들 땐, 뒤통수 조심해라! 단순한 걸 가지고……."

여러 사람, 특히 무공을 아는 사람들은 기도 안 찬다는 듯 입을 쩍 벌리고 진완을 쳐다보았지만, 이 짧은 경구 하나로 진완이 훗날 무림을 뒤흔들 거란 건 아무도 알지 못했다.

유일하게 개대가리 반두홍만이 맞다는 듯 손바닥으로 대머리를 쓰윽 쓰다듬으며 찬성했다.

"탁월한 해석이야! 역시 조장이군. 씨발, 선빵 그거 하나면 끝난다구! 뒤통수, 그거 아주 중요해! 특히 밤길을 혼자 걸을 때는 말이지!"

에휴, 이놈이나 저놈이나. 호광이 고개를 절레절레 젓고 있을 때 소검의 냉정한 평가가 내려졌다.

"어떻게 된 게 니들은 그 모양이냐? 에휴."

소검의 웃는 얼굴이 처음으로 울상으로 변했다.

2

사람은 변한다.

변화에는 시간이 필요없었다.

그래서 어떤 때는 단 하루만 지났을 뿐인데도 전혀 다른 사람으로 변하곤 했다.

그 짧은 순간 모든 것에 버림받고 생과 사를 넘나든 사람이라면 변화의 폭은 더 클 것이다.

염혼의 경우가 그랬다.

"저기 이 사람이 진완이란 이름을 계속……."

염혼을 데려온 무사가 곤란하다는 표정으로 중얼거릴 때, 염혼은 방 안으로 휘청거리며 들어오더니 땅에 쓰러졌다.

염혼은 겨우 목뼈를 가누어 고개를 들더니 주위를 둘러보며 곧 꺼져 버릴 듯한 작은 목소리로 물었다.

"어느 분이……?"

진완이 놀라 눈을 동그랗게 뜨고 중얼거렸다.

“어떻게 벌써?”

염혼이 진완을 알아봤는지 힘없이 웃고는 말했다.

“당신이었군요.”

염혼이 천천히 몸을 일으켜 엎드렸다.

땅을 짚은 손목과 무릎이 가늘게 떨렸지만, 그래도 힘들게 앞으로 기어오더니 진완 발등에 입을 맞추었다.

“새로운 주인님께 저 염혼이 인사드립니다.”

하지만 거기까지가 한계였는지, 마치 땅이 꺼지기라도 한 듯 염혼의 신형이 풀썩 내려앉았다.

소검이 놀라듯 눈을 크게 뜨고 물었다.

“이 아이는 그때 그……?”

진완이 무릎 꿇고 염혼의 겨드랑이 사이에 팔을 넣어 안아 올리며 고개를 끄덕였다.

“맞수! 제길!”

동굴의 노인이 살릴 수 있을 거라 믿었다.

하지만 이건 살렸다고 보기 어려울 정도로 엉망이지 않은가!

진완이 염혼을 껴안은 채 마주 보며 물었다.

“어이, 정신 좀 차려봐!”

닫혀 있던 염혼의 눈꺼풀이 힘없이 떨어졌다.

“주인님, 주인님의 신공은 하늘에 닿아…….”

“으응?”

진완이 눈을 가늘게 뜨고는 어이없다는 표정을 지었다.

"옛 주인님을 깨뜨리시고 저를 취하시니, 새로운 주인님의 무위는 당할 자가 없고, 신태 또한 비교할 자 없어, 얼굴은 관옥과 같고 풍채 또한 헌앙하시니……."

졸린 듯 힘없는 목소리, 반쯤 감긴 눈꺼풀, 축 늘어지는 몸뚱이.

마치 졸린 애를 억지로 깨워 어려운 책을 읽게 만들면 지금 염혼의 상태와 비슷할 것이다.

하지만 진완은 어쩌면 이렇게 낯 뜨거운 이야기를 정신이 반쯤 나간 상태에서도 중얼거릴 수 있는지가 더 놀라웠다.

거지도사 허주가 '얼굴은 관옥, 풍채는 헌앙' 이란 대목에서 참지 못하고 킥 소리를 내며 웃었다.

진완이 매섭게 허주를 쏘아보고는 주위를 두리번거렸다.

"이게 도대체 어디에 이상이 있는 거우? 맛이 참 참신한 방법으로 완전히 갔구랴!"

소검이 진완 말에 웃었다.

"원래 서방정토회 사람들이 그렇다네. 신과 신의 대리자인 금사자와 옥나찰을 제외한 나머지 사람들은 모두 노예와 다름없지."

소검이 곤란한 표정을 짓고 있는 진완이 재미있다는 듯 껄껄 웃고는 다시 말했다.

"문제는 그 말이 아부가 아닌 진심이라는 데 있지. 어릴 때부터 절간에서 사미승 생활을 한 동자승이 부처를 바라볼 때의 마음이랄까? 지금 그 아이가 새롭게 주인이 된 너를 보는 눈길이 바로 그것이지."

"아니, 내 말은 아부 따위가 아니우. 어찌 이 몸이 되어서도 여기까지 올 수가 있는가! 바로 그것이지."

솔직히 진완은 분노했고, 그 대상은 동굴 속 노인이었다.

그래도 멀쩡히 돌아다닐 정도는 만들고 나서야 내보낼 것이지, 어떻게 반쯤 혼이 나간 상태로 허깨비처럼 비틀거리는 애를 떡하니 밖으로 내놓을 수 있냔 말이다.

다행히 소검이 진완의 분노를 누그러뜨리는 이야기를 했다.

"죽지 않는다면, 기어서라도 왔겠지. 잊지 말게, 그 아이는 죽음을 두려워하지 않아. 아니, 주인을 위해 죽을 수 있다면 극락에 간다고 믿지. 그냥 죽는 것보다, 그래도 주인을 찾아다니다 죽는 걸 더 원하고, 죽기 이전까지 머릿속엔 주인님밖에 없는 존재가 바로 그 아이네."

소검이 목소리를 조금 높였다. 그 목소리엔 분노가 은은히 어려 있었다.

"그래서 마교가 무서운 것이네. 서방정토회와 일월신교는 애당초 그 뿌리가 같지. 죽음도 두려워하지 않는 사람들, 죽어 극락에 간다고 믿는 사람들이 저지르지 못할 일이 무엇이 있겠는가!"

염혼은 진완의 품 안에서 까무러친 듯 아무런 반응도 없었다.

진완이 염혼의 어린 얼굴을 바라보다 한숨을 내쉬었다.

이리저리 작은 상처로 뒤덮인 염혼의 얼굴은 마치 여름날 갈라진 논바닥을 보는 듯했다.

그렇게 고생하고, 생사를 넘나들었으면서도 입만 열면 주인님이라니, 이해가 가지 않고, 적응도 되지 않았다.

"주인님? 이런 떠그럴."

진완이 욕설을 내뱉자 소검이 그게 무슨 소리냐는 듯, 고개를 저었다.

"무슨 소리! 자네가 그 아이의 주인임을 부정한다면, 그 아이는 미쳐 버릴 걸세. 주인에게 버림받은 종자는 지옥에도 가지 못하지. 그 아이를 위한다면 당분간 주인 행세를 하는 게 좋을 게야. 물론 조금씩 신의 그림자에서 벗어나게 해야겠지만."

소검이 다가와 진완 품에서 염혼을 건네받은 후, 조심스레 맥문을 잡았다.

"쯧쯧, 완전히 말라 버렸군."

"……?"

"깊은 우물과 같던 이 아이 내공이 바싹 말라 버렸다는 것이네. 물론 원비탕이 있으니 시간이 흐른다면 예전 수위의 무공을 되찾을 수는 있겠지만, 지금 이 아이는 개미새끼 한 마리 죽일 힘도 없어. 아니, 살아 움직인다는 게 기적이지."

"바로 그 살아 움직인다는 게 중요한 거우!"

진완이 빽 고함을 지른 후, 염혼을 자신의 침상 위에 올려놓았다.

한동안 말없이 염혼 얼굴을 쳐다보던 진완에게 소검이 말했다.

"북해빙궁은……."

"난 안 갈 거우."

소검이 머쓱한 표정으로 곡도를 쳐다보았다.

하지만 곡도는 그저 울상을 짓고 있을 뿐, 아무런 말이 없었다.

소검이 어깨를 으쓱이고는 말했다.

"뭐, 급한 것은 아니야. 중간에 처리할 일이 있어 일찍 떠날까 했던 게지. 오늘 밤은 그냥 거기 눕혀두게. 대신 내일 아침 일찍 떠날 때는 약왕당에 맡기고 가면……."

진완이 고개를 휙 돌려 소검을 쳐다보았다.

"바로 약왕당인가 뭔가 하는 곳에서도 살리지 못한 걸, 내가 살린 거라우."

진완은 이놈이 숨은 쉬는가 싶은지, 다시 손가락을 염혼의 코 밑에 가져다 대며 중얼거렸다.

"제길, 혹덩이 하나만 더 늘었구나!"

그냥 아픈 정도라면 쉽게 떠날 수도 있었다.

하지만 소검 말대로라면 그토록 소중한 주인님인 자신이 말 없이 훌쩍 떠난다면, 이놈은 자살할지도 몰랐다.

어찌 됐든 자신이 살렸으니, 도로 죽일 수는 없는 일 아닌가.

지켜보던 육상산이 입을 열었다.

"몸이 아플 때는 세 가지가 필요하지. 절대적인 안정, 적절

한 치료, 제대로 된 음식! 미친 조장, 걱정하지 마. 일단 무심련 밖은 내 땅과 마찬가지니까. 내가 바로 섬서 호화상단의 전귀가 아닌가. 편안하다 못해 파묻힐 편안한 침상에, 제법 솜씨 좋은 의원에, 입에 찰싹 달라붙는 음식까지 대령하지!"
　진완이 그것 괜찮다는 듯 고개를 끄덕이며 말했다.
　"그것 괜찮군. 하지만 지금은 못 움직여."
　소검이 다시 흘깃 곡도를 보았다.
　소검과 곡도가 한동안 눈짓으로 무언가 이야기하는 듯하더니 소검의 고개가 끄덕여졌다.
　"시간이야 넉넉하네. 하지만 내일 아침엔 떠나야 한다네."
　진완이 알았다는 듯 고개를 끄덕였다.

＊　　　＊　　　＊

　밤이 늦었다.
　마음 씀씀이가 우락부락한 겉모습보다 한결 부드리운 호광이 이디서 죽을 구해오긴 했지만, 정신을 잃은 사람이라 잘못하면 음식물이 기도로 넘어갈 우려가 있어 먹이지도 못했다.
　진완은 말없이 침상 옆에 걸터앉아 염혼의 얼굴을 내려다보다 머리를 벅벅 긁었다.
　"어휴, 나란 놈은 어떻게 일이 꼬여도 더럽게만 꼬이냐!"
　거지도사 허주가 진짜 그렇다는 듯 고개를 끄덕이며 말했다.

“그야 돌아다니면서 온갖 참견 다 하니까 그렇지. 그나저나 에휴, 이 아이 얼굴 좀 봐봐. 아이구, 등짝까지! 칼날을 촘촘히 박아놓은 솥 안에 집어넣고 푹푹 며칠을 찌면 이런 상처가 생길 것 같군. 어쩌다가… 쯧쯧.”

허주 말대로였다. 염혼의 얼굴과 몸은 온전한 곳을 찾기 힘들 정도로 온갖 상처들로 뒤덮여 있었다.

개대가리 반두홍이 맞다는 듯 고개를 끄덕였다.

“칼 들고 설칠 때는 무시무시하더니, 이렇게 눕혀놓고 보니 어린 티가 나는데? 많이 먹어야 열네댓 살밖엔 안 됐을 거 같아. 씨발, 무진장 잔인한 놈들이 엄청 족쳐 댄 게 틀림없어!”

반두홍의 욕설에 염혼이 정신이 들었는지 힘없이 눈을 떴다.

“깨어났군.”

다행이라는 듯 걱정 어린 얼굴로 쭉 지켜봐 왔던 기련소마 옥기영의 얼굴이 발그레해졌다.

염혼이 고개를 돌리더니 지금 자신의 상황을 파악하려는 듯 눈을 깜빡거렸다.

“아……!”

자신 옆에 앉아 있는 진완을 보자 염혼의 신형이 마치 용수철이 퉁겨지듯 벌떡 몸을 일으켰다.

“괜찮아! 누워 있어!”

“무리하지 말게. 무량수불!”

개대가리 반두홍과 거지도사 허주가 깜짝 놀라 외쳤지만,

염혼은 천천히 일어나더니 곧 밖으로 비칠비칠 걸어가기 시작
했다.

"너 어디 가냐?"

진완이 어이없다는 듯 멍한 눈으로 염혼의 뒷등을 보며 물
었다.

염혼이 곧 몸을 돌려 땅바닥에 고개를 파묻고는 대답했다.

"주인께서 침소에 드시면, 전 문밖에서 경계를 봅니다. 세상
그 누가 있어 감히 주인을 범할 수 있겠습니까마는, 주인의 평
온한 자리에 혹시나 삿된 무리가 함부로 날뛰어 누를 끼칠까
저어되오니 문밖에서……."

"으응?"

진완이 이해하기 어렵다는 듯 인상을 찡그리고는 손가락으
로 귓구멍을 쑤시며 되물었다.

"그러니까 니가."

진완이 손가락을 혹 불고는 자신의 가슴을 가리켰다.

"날 지킨다고?"

염혼이 아직 어지러운지 고개를 흔들며 대답했다.

"예, 매 시진 향을 태워 주인의 코를 즐겁게 하고, 낮고 부드
러운 음악으로 귀를 즐겁게 하며, 일정한 통기로 주인의 피부
를 즐겁게 하고……."

진완이 기가 찬 듯 피식 웃었다.

"향을 태워?"

염혼이 순간 고개를 들고 눈을 깜빡이다가 곧 당혹한 표정

을 지었다.

염혼이 머리를 땅바닥에 쾅쾅 박으며 힘없이 외쳤다.

"속하 준비가 모자라 향을 준비 못했습니다. 또한 악사들도 준비하지 못했습니다. 이는 죽어 마땅한 죄입니다. 주인의 깨끗한 손을 더럽힐까 걱정되오니, 대신 속하에게 자결을 명하시면……."

진완이 답답하다는 듯 손바닥으로 얼굴을 가리고는 벅벅 문질렀다.

"제기랄! 난 언제쯤이나 제대로 된 인간을 만나보냐? 진완아, 진완아, 너는 세상의 특색있게 미친놈들을 종류별로 골고루 죄다 만나보는구나!"

진완이 투덜거리며 앞으로 쿵쾅쿵쾅 걸어가서, 문 앞에 엎드려 있는 염혼의 뒷등을 잡고 들어올렸다.

염혼은 주인이 자신의 뒷등을 잡자, 두려움을 느끼는 듯 몸을 바싹 웅크린 채 큼지막한 진완 손에 매달려 있었다.

진완이 차마 아픈 사람을 패대기칠 수 없다는 듯, 자신의 침상 위에 염혼을 살짝 올려놓고는 으르렁거렸다.

"넌 방 안에서 잔다! 문밖에서 자는 건 개나 하는 짓이다! 네가 개는 아니지 않느냐!"

거지도사 허주가 진완의 말이 틀렸다는 듯 불쑥 끼어들었다.

"맞아! 하지만 개만 밖에서 자는 건 아니지. 시험 통과 못한 지렁이들도……. 합!"

허주가 이글이글거리는 진환의 눈을 본 후에야 입을 닫았
다.

진환의 말에 염혼이 고개를 더욱 조아리며 말했다.

"속하, 주인께서 개라 하시면 개가 될 것이고, 뱀이 되라 하
시면 뱀이……."

"아, 정말 돌아버리겠네!"

진환이 염혼의 멱살을 잡고 얼굴을 바싹 들이대고는 으르렁
거렸다.

"내가 자라면 자! 이 방 안에서 자라고!"

"예? 예!"

염혼이 고개를 끄덕였다.

진환이 멱살을 잡았던 손을 풀고, 자신의 머리카락을 신경
질적으로 쓰다듬을 때, 염혼이 다시 슬그머니 침상 아래로 내
려갔다.

역시나 비칠비칠 걸어 한쪽 구석에 가더니 몸을 애벌레처럼
둥글게 말고는 등을 벽에 기대었다.

"너 뭐 하냐?"

진환이 어이없다는 듯 물었다.

염혼이 무릎을 가슴에 대고, 두 손으로 무릎을 껴안아 둥글
게 몸을 만 상태로 대답했다.

"속하, 방 안에서 자고 있습니다. 주인께서 하해와 같은 아
량을 베푸시어 비천하고 더러운 제게 방 안에 몸을 두라는 영
광을 하사하셨으나, 어찌 감히 주인의 침상을 더럽힐 수 있겠

습니까. 속하, 이 작은 구석 자리일망정 주인의 배려 덕에 있을 수 있으니, 몸을 둠에 있어 마땅히 마치 천 길 낭떠러지 위를 걷듯 조심스러워야 합니다.”

진완이 어이없다는 듯 툴툴거리며 웃었다.

“내가 무심련에 들어온 후, 갖은 미친 개종자들을 만났지만, 이놈이 제일 중증이군!”

진완이 다시 쿵쾅쿵쾅 걸어가 염혼의 멱살을 잡은 후, 아까보다 훨씬 거칠게 침상 위로 던졌다.

“내가 여기서 자라면 자는 거야! 알았어?”

“속하, 어찌 감히…….”

“자! 자라구! 너 아프지! 그러니까 자는 거야!”

“속하, 이런 영광을…….”

“야 이 자식아! 이제부터 대답은 짧고, 간단하고, 쉽게 하는 거야! 알았어? 짧고! 간단하고! 쉽게!”

“예…….”

이런 주인은 처음 본다는 듯 염혼이 한결 기죽은 목소리로 대답했다.

“그리고 주인은 무슨 얼어죽을 주인! 그냥 형이라고 불러! 내가 네놈 큰형뻘은 되니까!”

“속하, 감히 두려워 그 명을 따르기에는…….”

진완이 주먹을 불끈 쥐어 보이며 말했다.

“짧고, 간단하고, 쉽게! 그냥 알았어, 형! 이렇게 대답하면 되는 거야!”

"속하, 주인의 명을 어찌 저버리겠나이까. 짧고, 간단하고, 쉽게! 그냥 알았어, 형! 부디 주인의 마음에 드셨기를……."

"……."

진완이 대책이 안 선다는 듯 고개를 절레절레 젓고는 한숨과 함께 물었다.

"그렇게 주인이 좋냐?"

염혼이 얼른 침상 위에 무릎을 꿇고 머리를 조아렸다.

"주인의 명을 따르면 극락에 갑니다. 주인을 위해 죽으면 또한 극락에 갑니다. 주인을 위해서라면 불속이라도 가리지 않고 뛰어듭니다."

"극락? 극락이 그렇게 좋냐?"

그 순간 진완은 분노했다.

이제 막 열네댓 살에 지나지 않는 소년이었다.

자신은 그보다 더 어릴 때부터 산판일을 했지만, 이렇게 앞뒤가 꽉 막히진 않았다.

아니, 하다못해 강아지라 해도 제 목숨 귀한 줄은 알 것이다.

세상 어디에 개 같은 종자가, 어린 소년을 어떻게 홀렸기에 이런 병신이 되었단 말인가!

진완이 참지 못하겠다는 듯 염혼의 멱살을 잡고 들어올려 앞뒤로 흔들었다.

"극락? 극락이 그렇게 좋더냐! 내가 보내줄까? 한 방에 보내줄게! 그래서? 극락에 가면? 뭐 좋은 게 있을 줄 알아?"

염혼이 얼굴 앞에서 오락가락거리는 진완의 커다란 주먹을 본 후, 마치 기다렸다는 듯 미소를 지으며 눈을 감았다.

진완이 다시 소리쳤다.

"극락? 거기 가면 뭐 좋은 게 있다고 하든? 미끈하게 잘 빠진 선녀들이 벌거벗고 널 덮쳐 준다든? 짜샤! 너 같은 꼬맹이는 꼬추가 작아서 선녀들도 좋아하지 않아! 알아?"

옆에서 지켜보던 반두홍이 울상을 지으며 말했다.

"심하다! 아직 어린애야, 말 좀 가려서 하라구. 씨발, 그러다 애 진짜 죽이겠다."

하지만 진완은 멈추지 않았다.

염혼이란 아이가 아닌, 이렇게 키워놓은 그 망할 서방정토회를 향한 분노였고, 희로애락을 지우고 알량한 신이란 존재를 머릿속에 박아 넣은 어른들을 향한 분노였다.

"그래, 극락에 가면 뭐 좋은 게 있다든? 응? 뭐가 그리 좋은 게 있기에 극락극락 하는 게냐!"

진완이 버럭 소리를 질렀을 때, 염혼이 눈을 떴다.

"엄마가 있잖아요."

"……!"

진완의 온몸이 순간 굳어버렸다.

염혼의 눈에서 처음으로 감정이란 게 떠올라 있었다.

촉촉한 습기, 흔들리는 눈동자, 가늘게 떨리는 뺨.

염혼이 다시 차가운 목소리로 조용히 말했다.

"엄마가 있어요. 날 기다리고 있을 엄마가요. 날 먹일 퉁퉁

불은 젖가슴을 안고서 날 그리워하며 극락에서 기다리고 있어요. 나 낳고서 먹지 못해 젖이 안 나와, 음식점에서 국물이라도 훔쳐 날 먹이려다 맞아 죽은 엄마가 있어요. 엄마가 날 애타게 기다리며 극락에 있다고 했다구요.”

“……!”

진완은 아무 말도 하지 못했다.

염혼이 다시 눈을 감았다.

안 좋은 몸에 흥분을 해서 그런지 한차례 부르르 떨고는 다시 눈을 떴다.

“속하, 죄를 지었습니다. 비천한 속하 어미는 극락에 가, 어질고 밝으신 분 무릎 아래 계시니, 저 역시 공덕을 쌓아 극락에 가야 합니다. 그래야 어미를 만날 수 있습니다. 주인을 모심에 모든 정성을 바친다면, 속하 역시 극락에 갈 수 있습니다.”

진완의 손에 힘이 빠졌다.

염혼은 얼른 침상 위에 무릎을 꿇고 머리를 깊이 파묻었다.

방 안은 깊이를 알 수 없는 정직에 빠져들었다.

한참의 시간이 흐른 후, 거지도사 허주가 축축해진 눈가를 닦으며 중얼거렸다.

“무량수불, 무량수불. 참으로 불쌍하게 미친 아이로고……. 아니, 반쯤 미쳐야 살 수 있었겠지.”

진완이 염혼 앞에 쪼그려 앉아 침상 위에 두 팔꿈치를 올리고는 턱을 괴었다.

“어이, 소년. 아니, 염혼이라 했나?”

염혼이 고개를 들고 진완을 보았다.

진완이 피식 웃으며 말했다.

"세상엔 엄마만 있는 게 아니야."

염혼이 다시 고개를 파묻었다.

"속하의 비천한 아비는 어디 있는지 모릅니다. 어르신 말로는 어머님이 몹쓸 짓을 당해 저를 낳은 탓이라 했습니다만, 어리석은 속하는 그 뜻을 알지 못합니다."

"으휴~"

제일 마음이 약한 망둥어 손형인이 한숨을 내쉬었다.

대강 어떤 일이 있었는지 알 것 같았기 때문이다.

진완이 고개를 저었다.

"아니, 세상엔 엄마와 아빠만 있는 게 아니야."

갑작스런 얘기에 염혼이 다시 고개를 들어 진완을 쳐다보았다.

진완이 웃으며 말했다.

"세상엔 형이란 존재도 있지."

"속하, 형제를 둔 적이……."

염혼은 말하다 말고 눈을 동그랗게 떴다.

진완의 커다란 손가락이 진완 자신의 코끝을 가리키고 있었기 때문이다.

"나 말이다. 내가 네놈 형이 되어주지! 그냥 형이 아니라 진짜 형이!"

"……?!"

염혼이 눈을 껌뻑이다, 곧 당치 않다는 듯 고개를 숙였다.

"속하, 감히 그 명을 받들어 모시지 못합니다."

"오늘로 속하는 없다. 주인도 없다. 오로지 형과 동생만 있다! 이게 주인으로서 네놈에게 하는 마지막 명령이다!"

염혼의 눈이 순간 흔들렸다.

3

작고 허름한 창문이었지만, 달빛은 어김없이 찾아들었다.

진완은 품에 안은 염혼의 머리카락을 손가락으로 가볍게 쓸었다.

"출출하진 않더냐? 네놈 나이 땐 죽 한 그릇으론 모자랄 테데."

"예, 속하… 아니, 전 괜찮습니다. 주인… 아니, 형님."

염혼이 몸을 가늘게 떨었다.

아무래도 하늘과 같던 주인이 갑작스레 형님으로 바뀌고, 더구나 덩치가 곰만 한 형님과 함께 침상에 누운 것이 적응이 안 되는 모양이었다.

진완이 한숨을 쉬며 말했다.

"만약에 말이다. 네가 그 극락이란 데 가서 어미를 만나면, 어떨 거 같으냐."

“…무지 좋을 것 같습니다.”

“엄청 좋겠지. 아마 네가 세상에서 경험한 가장 좋은 때보다 몇백만 곱절은 더 좋을 거야. 예를 들어서 말이다. 그러니까 흠… 네가 살아오면서 가장 좋았던 때가 언제였냐?”

나이 차는 진완과 겨우 네댓 살밖에 안 났지만, 염혼의 지금 상태는 세상 물정 모르는 어린아이와도 같았다.

어디서 배웠는지 어려운 말은 잘도 주워 섬겼지만, 일단 보통 사람이 가질 만한 보통 생각은 전혀 가지고 있지 않은 아이였다.

본래 나이보다 절반 정도는 더 어리다고 가정해야 대화가 그런대로 통할 것이다.

진완의 질문에 한동안 말이 없던 염혼이 입을 열었다.

“어미가 극락에 있다는 얘기를 들었을 때입니다.”

“아니, 그거 말고. 아, 즐겁다. 진짜 행복하다. 엄청 기쁘다. 뭐 이런 거 말이다.”

“…없었습니다.”

염혼의 대답에 어둠 저편에서 훌쩍이는 소리가 들렸다.

십중팔구는 마음이 여린 손형인이 억지로 눈물을 참으며 내는 소리일 것이다.

‘어쩌면 마음이 고운 기련소마 옥기영일지도 모르고.’

진완은 그렇게 생각했다.

어린아이가 아무런 추억도 없었다.

즐거움도 없고, 친구들과 재미있는 놀이도 해보지 못했을 것이다.

그저 죽어라 무공만 익혔을 것이다.

그것도 목숨을 걸어야 하는 죽음의 무공을…….

진완이 한숨을 쉬고는 다시 물었다.

"그래, 그건 그렇다 치고. 극락에서 어머니를 만나면 어머니가 뭐라고 하실까? 에구, 우리 아들 잘 왔구나! 그럴까?"

"틀림없이 기뻐하실 겁니다."

"진짜? 진짜 그럴까? 도리어 일찍 왔다고 혼내지 않으실까? 어머니라면, 아들이 일찍 죽어 오는 걸 과연 반기실까? 도리어 좋은 여자 만나 알콩달콩 아들딸 낳고 오래오래 살다가 오길 바라지 않으실까?"

"……."

염혼은 아무 말도 없었다.

아마 이때까지 살아오면서 그렇게 생각해 본 적이 단 한 번도 없을 것이다.

뜨거운 차 한 잔 마실 시간이 지난 후, 염혼의 몸이 작게 떨리는 게 느껴졌다.

"어디 아프냐?"

진완이 놀라 묻자 염혼이 젖은 목소리로 대답했다.

"저는… 저는 어떻게 해야 할지 모르겠습니다."

엄조처럼 미친놈이 아니라면, 당연히 극락에 있는 어미가 자신이 일찍 오는 걸 반기지는 않을 거란 걸 헤아릴 수 있었다.

그저 공덕을 쌓아 극락에 가 어머니를 만나는 게 소원이었는데, 그렇게 가더라도 어미가 반기지 않을 거란 걸 깨닫자 혼란에 빠진 모양이었다.

"난 답을 알고 있지."

진완의 말에 염혼이 고개를 들어 진완을 쳐다보았다.

달빛 아래로 촉촉해진 염혼의 눈가가 드러났다.

진완이 나름대론 푸근한 웃음을 지으려 노력하며 말했다.

"생각해 보거라. 나중에 극락 가서 어머니를 만난 후, 그래 저편 생활은 어땠느냐 물으면 뭐라고 할래? 그냥 칼로 사람 푹푹 찌르다 왔어요. 그러다 몇 놈 일찍 올려 보냈는데 못 보셨어요? 그렇게 말할래?"

염혼이 고개를 저었다.

"그러니까 이러는 거야. 오래오래 살면서 여기저기 다녀보는 거지. 사람도 많이 만나고. 그래야 나중에 어머니를 만났을 때 체면이 설 것 아니냐. 어머니, 제가 어딜 갔는데 거기서 이런저런 일이 있었어요. 또 어떤 여자를 만났는데, 얼굴이 곰보딱지였어요. 또 육상산을 만났는데, 돼지인간은 처음 봤어요. 또 반두홍은 침 좀 뱉는 놈이었나 본데 보자마자 재수없었어요."

육상산과 반두홍 침상 쪽에서 나무 베개가 날라들었다.

혹시 다칠까 싶어 염혼 머리 위로 손을 쳐들고는, 슬쩍 고개를 돌려 피한 진완이 계속 말했다.

"쥐새끼인지 도사인지 모를 놈도 만났고, 계집앤지 사낸지 모를 놈도 만났고, 나이는 나보다 많은데 체구가 작아 더 어려 보이는 다리 불편한 놈도 하나 만났고……. 뭐 이런 얘기 들려 드리면 좋아하시지 않을까?"

"……."

염혼이 아무 말 없이 생각에 잠겨 있을 때, 개대가리 반두홍이 어둠 속에서 빽 하고 고함을 질렀다.

"그중에 제일 신기한 게, 아무나 보면 물어뜯는 미친개도 한 마리 봤다고 그래! 그 개새끼 이름이 진완이라고 꼭 말씀드 려!"

진완이 피식 웃고는 염혼의 머리카락을 손으로 쓸어 넘겼 다.

"저거 봐라. 세상엔 참 웃기는 놈들도 많지 않느냐! 어때, 재 미있고 웃겼지!"

염혼이 진완의 눈치를 보다가 소심스럽게 물었다.

"웃어야 합니까?"

"……."

염혼이 다시 눈치를 살피고는 말했다.

"웃어야 했나 보군요. 하! 하! 하!"

웃음소리는 단절되고 딱딱했다.

진완이 끄응 하고 앓는 소리를 냈다.

그렇다고 염혼의 잣은 아니었다.

도리어 시답잖은 농담 따 먹기 할 시간도 없었던 가련한 아 이라 더 불쌍하게 여겨질 뿐이었다.

진완이 다시 부드럽게 말했다.

"아무튼 이렇게 재미있는 일이 많지 않더냐! 그러니까 오래오래 살면서 구경한 재미있는 이야기를 나중에 어머니께 전해 드리는 거야. 어때? 괜찮은 생각이지?"

"그렇군요."

염혼이 고개를 끄덕였다.

진완이 웃으며 속으로 욕설을 내뱉었다.

'씨부럴! 내가 어떻게 이런 생각을 해냈나 했더니, 이미 들어본 얘기 아닌가! 그 백대가리 교욱 늙은이랑, 외눈박이 범소 형님이 나보고 세상 구경 많이 해야 제비에게 얘기해 줄 재미난 것들을 많이 볼 게 아니냐고 했던 게, 내 발목을 무심련에 오래오래 잡아두려고 했던 것이로군!'

지금 와서 화내봐야 소용이 없었다.

염혼이 등 뒤에서 자신을 안고 있는 진완의 커다란 손을 감싸 쥐었다.

"……?"

염혼의 뺨이 가늘게 떨리는 게 보였다.

태어나 처음 지어보는 미소 때문에 근육이 놀란 탓이리라.

염혼이 말했다.

"전 주인님이 좋아요."

진완이 눈을 부라리며 말했다.

"형님!"

第三章

호화상단

아침은 예상보다 일찍 찾아왔다.

진환은 뒷간 앞에 기다리고 있다가 염혼이 나오자 팔뚝을 잡고 물었다.

"일은 봤냐?"

"예."

"색깔은 괜찮고?"

"예, 걱정을 끼쳐 드려 죄송합니다."

염혼이 고개를 숙이려 하자, 진환이 턱을 잡고 으르렁거렸다.

"더 이상 주인은 없다니까! 형으로서 묻는다. 그래, 피는 안 나오고?"

“피는 보았습니다만, 그런 일이 있을 거라 그 어른이 말씀하셨습니다. 어른께서 말씀하시길 검은 혈변을 보았다면 치유가 되어가는 것이라 괜찮은데, 선홍빛 선혈이 비친다면 다시 찾아와야 한다 하셨습니다. 다행히 검은 혈변이었습니다.”

“어른이라면, 그 동굴 속에 노인네?”

“예.”

“빌어먹을 노인네! 완전히 완치가 되면 내보내지!”

“아닙니다. 제가 나간다고 했습니다. 옛 주인에게 버림받은 후, 새로운 주인이 받아들이지 않으면 지옥에 떨어진다 말했습니다.”

하긴, 염혼의 고집을 그 누가 꺾으랴.

또 노인 역시 마교의 인물, 자연 서방정토회를 잘 알기에 더 이상 말리지 않고 내보냈으리란 것쯤은 알 수 있었다.

진완이 은밀하게 물었다.

“너도 웬 소녀가 데리고 나왔지?”

염혼이 고개를 끄덕였다.

“예, 어른께서 다른 이에겐 비밀이되 주인, 아니, 형님께는 말해도 된다 하셨습니다.”

“예쁘디?”

“눈을 감고 있었습니다.”

“그 노인네, 참으로 고지식하군! 아참, 이 얘기 하러 온 게 아닌데.”

진완이 주위를 둘레둘레 둘러보고는 아무도 없다는 걸 확인하자 염혼의 귀에 조그맣게 속삭였다.

"지금부터 하는 얘기는 비밀이다. 죽어도 너랑 나랑만 아는 얘기다."

염혼의 얼굴이 긴장으로 굳었다.

"속하, 아니, 동생은 비밀을 지킬 것입니다."

"내가 사실 약혼자가 있단다. 제비라고 하는데 엄청 예쁘지!"

"동생이 뒤늦게 알았습니다. 축하드립니다!"

염혼의 말에 진완이 빙그레 웃었다.

염혼이 진완 귀에 조심스레 속삭였다.

"형님의 신통력은 과연 하늘에 닿았습니다. 걱정 마십시오. 형님의 부인께서 알을 낳으시면, 이 동생이 잠시도 떠나지 않고 품어드리겠습니다."

"……!"

진완이 멀뚱멀뚱 염혼을 쳐다보았다.

상상력이 탁월한 건지, 아니면 지능이 떨어지는 것인지 알 수 없었다.

하지만 그 어느 것도 염혼의 탓이 아니었다.

세상과 단절되고, 사람과의 교통이 없었던 삶이 지금의 염혼을 만든 것이다.

진완이 한숨을 푹푹 내쉬고는 말했다.

"이름이 제비다, 이름이! 또 사람이고! 아무튼 말이다."

진완은 대강 자신의 처지를 설명했다.

가짜 백팔룡에 대한 얘기는 빼고, 어쩔 수 없이 여기 있게 되었는데, 지금 하얀 머리통에 더러운 성격을 지닌 교욱과 복면으로 얼굴 반쯤 가린 사마귀를 닮은 범소란 형님이 제비를 보호하고 있다, 그런데 그들이 약속처럼 잘 보호하고 있는지 걱정된다는 이야기였다.

염혼이 눈빛을 반짝였다.

"그들을 죽이고 여자 분을 구출할까요?"

"그게 아니다. 네 예전 실력이 있다 해도 그 백대가리 교욱이란 늙은이를 이기기 힘들지 모를 일인데."

"……."

염혼의 얼굴에 굳은 결의가 어렸다.

설령 죽는 한이 있더라도, 이렇게 좋은 주인을 위해 교욱과 범소를 쳐 죽이고 제비를 데려와야겠다고 결심한 게 틀림없었다.

진완이 고개를 저으며 말했다.

"성질이 지랄맞지 죽일 만큼 나쁜 사람들이 아니다. 특히 범소 형님은 내가 형님으로 모셨으니 너한테는 큰형님이 되지. 그들이 약속만 지킨다면 알아둬서 나쁠 게 없다. 단지 너는 제비가 잘 있나 확인한 후, 내게 소식을 전해주면 된다."

"어떻게 해야 합니까."

"지금 당장은 아니야. 네가 몸을 추스른 후에 해도 늦진 않다. 아니면 나랑 같이 가도 되고."

진완이 말하다 말고 고개를 갸웃거리고는 다시 입을 열었다.

"아참, 내게 무슨 일이 생길지도 모르겠군. 만약 그런 일이 있다면 넌 이곳 장안 팔방통이란 시장 골목에 구씨 성 사내가 하는 목기점에 찾아가거라. 그에게 가짜 목기를 진짜 목기로 바꿔치기하려면 얼마나 드냐고 묻는다면, 그가 용 한 마리 값은 받아야 하겠다고 대답할 것이다. 그때, 죽은 용 한 마리밖에 없다고 답하면 그가 알아서 교욱 노인에게 데려가 줄 것이다."

이미 무심련 안에서 헤어질 때, 범소와 약속이 된 이야기였다.

밤마다 잊지 않으려 노력했으니, 단 한 글자도 틀리지는 않을 것이다.

염혼이 신중한 태도로 진완 얘기를 몇 번 되풀이하더니 고개를 들고 말했다.

"석성 마십시오, 형님. 동생은 단 한 마디 글자도 헛되이 흘려보내지 않을 겁니다."

"그래. 이만 돌아가자꾸나."

진완이 진짜 믿음직한 동생을 대하듯 웃으며 어깨를 다독이고는 등에 업었다.

아직 염혼의 몸은 움직일 만큼 회복된 게 아니기 때문이다.

진완의 넓은 등에 업힌 염혼이 황공하다는 표정을 지었다.

하지만 잠시의 시간이 흐른 후, 진완의 등이 참으로 따뜻하고 편안하다고 느꼈다.

어느새 염혼은 눈을 감은 채, 진완의 등에 얼굴을 대고 건강하게 뛰는 심장의 고동을 느끼고 있었다.

진완이 돌아왔을 때, 이미 취우소검과 주구곡도가 와 있었다.

세 교두 중에는 호광만 와 있었다.

다른 두 교두는 백팔룡들의 훈련을 위해 오지 않은 듯했다.

소검이 웃통을 벌거벗은 채 염혼을 등에 업은 진완을 흘깃 보더니 웃으며 말했다.

"몸에 뭘 좀 걸치는 게 좋겠다."

육상산이 걱정 말라는 듯, 두툼한 볼살을 출렁거리며 말했다.

"제가 준비해 두었습니다. 제가 호화상단 아이들에게 말해 놨으니, 알아서 준비해 둘 것입니다."

그래도 아이들을 떠나보내는 게 걱정이었는지, 호광이 조심스럽게 물었다.

"기간은 얼마나 걸릴 것 같습니까?"

"글쎄, 대략 사오 일 잡았는데 더 길어질지도 모르겠군."

"그건 곤란합니다. 예상보다 더 깁니다. 그럼 훈련에 차질이 오게 됩니다."

소검이 웃으며 대답했다.

"온서까지 가는 데 길어야 이틀, 오는 데 이틀. 그래서 사오일이라 한 것이네. 그럼 어떻게 할까? 백팔룡 모두를 데리고 가서 선을 뵐까? 아니면 빙궁주를 이리로 데려올까?"

호광의 커다란 눈이 데루룩 굴렀다.

"무사히 다녀옵니다. 아직 초반 기초 훈련에 지나지 않으니 그리 걱정할 건 없습니다. 호광은 오래 기다려도 됩니다."

호광의 약간은 기뻐하는 듯한 배웅을 뒤로하고, 일행은 백팔룡의 훈련장을 나섰다.

무심련은 규모만큼이나 길이 넓었다.

특히 정문에서부터 길게 이어지는 웅혼대로(雄魂大路)는 양팔을 활짝 편 사람 이삼십 명이 나란히 설 수 있을 만큼 넓었다.

황제가 사는 황궁과 비교해도 그리 떨어지지 않을 정도였는데, 지금 웅혼대로의 한가운데를 십일조 여섯과 소검과 곡도, 그리고 염혼만이 활개 치듯 걸어가고 있었다.

무심련 사람들은 광룡이란 별명을 얻은 진완과 무심련 안에서 피에 굶주렸다 알려진 전검전과 투도각의 두 주인 때문에 멀찌감치 피해 돌아갔다.

"여기 와보면 정말 무심련이 크다는 걸 알겠더라니까. 난 처음에 황궁에 잘못 온 거 아닌가 싶었네. 무량수불."

거지도사 허주가 주위를 둘레둘레 살펴보며 말하자, 소검이 피식 웃었다.

"우리 집에 와보면 깜짝 놀라겠군."

"왜요?"

허주가 되묻자 소검이 자랑스럽다는 듯 웃었다.

"우리 집도 꽤 넓다네. 우리 집에 대면 무심련은 개집 정도

랄까? 내가 무심런 일로 어쩔 수 없이 여기 살게 되었지만, 항상 답답함을 느끼곤 한다네.”

진완이 또 취우소검의 구라질이 시작되었구나 싶었는지 피식 웃고는 고개를 끄덕였다.

“맞아요, 맞아! 댁 집에 비하면 여긴 개집일 거요.”

소검이 이 자식이 웬일로 자신의 말에 맞다고 고개를 끄덕일까 싶어 진완을 쳐다봤을 때, 진완이 큰 소리로 말했다.

“개집이니 개가 살지! 아참, 아저씨 여기 산다 그러지 않았수?”

당황했는지 소검이 활짝 웃으며 손으로 옆에 찬 검을 만지작거렸다.

그때였다.

우두두두두―

바닥에 깔아놓은 청석판이 우르르 울릴 정도의 굉음이 등 뒤에서 들렸다.

일제히 뒤를 돌아보니, 저 멀리서 누런 흙먼지와 함께 시커먼 괴물 같은 것이 웅혼대로를 치달려오고 있었다.

“저건?”

개대가리 반두홍이 눈을 동그랗게 떴다.

눈에 익은 물건이었다.

백팔룡들의 말 타는 연습을 위해 동원되었던, 괴물 같은 말이 분명했다.

바로 그 괴물 같은 말 뒤로 또 다른 사람들이 말을 타고 우르르 달려나왔지만, 좀처럼 따라잡지 못하고 있었다.

"꺄아아악."

웅혼대로 양옆으로 조심스레 걸어가던 여자들 중 몇이 찢어져라 고함을 질렀다.

소검이 웃는 낯으로 말을 쳐다보았다.

말은 두 눈을 까뒤집은 채, 홍분한 듯 더운 콧김을 내쉬며 눈에 보이는 것은 모두 짓밟아 버리겠다는 듯이 힘차게 발을 구르고 있었다.

소검이 한숨을 쉬었다.

"탕마제당(蕩魔蹄堂)에서 길들이지 못한 말이 탈출한 모양이군. 사람들이 다치기 전에 베어버리는 수밖에."

소검이 검을 뽑아 들었다.

"잠깐만! 기다리슈."

진완이 '댁이 원래 베고 싶었던 게 나 아니었수?' 라고 묻는 듯 눈을 씰룩거리며 소검의 앞을 막아섰다.

"……?"

소검이 영문 모르겠다는 듯 진완을 쳐다보았다.

진완이 씨익 웃었다.

"쉽고 간단하게 합시다."

진완은 천천히 몸을 돌리고 주먹 쥔 손을 불끈 위로 치켜 올렸다.

홍분한 말은 넓은 길을 달릴 수 있어 좋았다.

물론 앞을 몇 명의 사람이 막아서고 있다는 건 알았지만, 가볍게 뛰어넘을 자신이 있었다.

하지만 무언가 찜찜했다.

말이 맨 처음 본 것은 자신을 쏘아보고 있는 용이었다.

그것도 사람 가슴에 새겨진 검붉은 용.

말은 맨 처음 용을 확인하고, 용 문신 위의 싱긋 웃고 있는 낯짝을 확인한 다음, 허공으로 치켜 올린 커다란 주먹을 보았다.

말은 그 순간 거품을 물고, 네 다리를 꼿꼿이 세웠다.

끼이이익―

어찌나 급하게 멈췄는지 발굽 아래, 청석판이 밀려날 정도였다.

대략 일 장 앞에 멈춰 선 말을 보고 진완이 웃으며 물었다.

"너 여기 웬일이냐?"

그제야 겨우 말을 따라잡은 사람들이 올가미를 던져 말의 목에 걸었다.

대략 일곱 개의 올가미를 단단히 건 후에야 한 사람이 포권을 취하며 말했다.

"아, 전검전과 투도각의 주인들이셨군요."

"무슨 일이냐? 탕마제당에서 길들이지 못하는 말도 있더냐?"

소검이 묻자, 사내가 창피한 듯 얼굴을 붉혔다.

"마침 저희 제당의 주인이 일이 있어 안 계십니다. 그걸 알고 이놈이 길길이 뛰는군요. 저희로서도 이런 놈은 처음 봅니다.”

소검이 말을 보고는 고개를 끄덕였다.

“훌륭한 말이다. 하지만 길들이지 못한다면 도리어 해가 될 물건이구나.”

무슨 소리냐는 듯 진완이 앞으로 걸어나가 말의 콧잔등을 쓸었다.

“이놈, 알고 보면 제법 귀여운 구석도 있는 놈이우.”

말의 눈동자가 불안한 듯 흔들렸지만, 그저 씨근덕댈 뿐 별다른 반항은 없었다.

진완 등 뒤에 업혀 있던 염혼이 고개를 들고는 작은 목소리로 말했다.

“오성추(五星趨)군요. 좋은 말입니다. 역시 형님의 위세는 천지를 진동시키니 오성추마저 감화되어 이렇게 온순해졌습니다. 동생은 형님의 위대한…….”

“짧고, 간단하고, 쉽게! 그리고 그따위 어투는 버리라고 했지!”

진완이 질렸다는 듯 빽 고함을 지르고는 한숨을 내쉬었다.

하지만 염혼의 한마디에 바빠진 사람들이 있었다.

말에 올가미를 씌워 간신히 제어한 탕마제당의 열두 명 사내였다.

사내들은 먼저 말의 이마를 살폈다.

윤기나는 까만 털 한가운데 작은 별 모양으로 흰 털이 나 있었다.

또한 앞다리와 뒷다리 안쪽으로 나 있는 같은 모양의 흰털을 확인하고는 서로의 얼굴을 쳐다보며 외쳤다.

"오성추다! 과연 오성추로구나!"

소검이 어이없다는 듯 피식 웃었다.

"천하에서 말에 정통하다는 놈들만 모아놓았다는 제당(蹄堂)보다, 다 죽어가는 어린 소년이 말에 대해 더 잘 아는구나!"

맨 처음 포권을 취했던 사내가 부끄러움에 얼굴이 발갛게 달아올랐다.

"저희 탓이 아닙니다. 제당의 주인이 계셨다면 분명 알아보셨을 것입니다. 또한 저 소년은 분명 서역 땅에서 왔을 겁니다. 오성추는 서역에도 백 년에 한 번 볼까 말까 한 명물이니, 저희 또한 이름만 들었지 본 것은 처음입니다."

사내는 곧 진완 등에 업힌 염혼에게 포권을 취했다.

"소형제 고맙네. 형제 덕에 내 큰 고민을 덜었다네."

염혼이 힘없이 고개를 끄덕였다.

소검이 비웃듯 말했다.

"이름을 몰라서 걱정이지, 이름을 알았으니 걱정이 없다, 이건가?"

"그 말씀이 맞습니다. 오성추는 밤마다 북두칠성 일곱 별을 건너뛰며 희롱한다고 알려진 명물입니다. 그래서 하늘의 신장(神將)을 섬겨 인간은 주인으로 두지 않는다고 합니다. 물론 전하는 이야기일 뿐입죠."

사내가 가늘게 떨고 있는 말의 콧잔등을 슥슥 문지르는 진완을 믿기지 않는다는 눈으로 보며 말을 이었다.

"보통의 말들은 자신을 꺾은 이를 주인으로 모시지만, 저놈은 끝까지 반항합니다. 그래서 꺾이고도 나중에 다시 겨룰 힘을 키우기 위해 이리저리 날뛴 것입니다. 보아하니 이미 한차례 꺾인 적이 있는 듯하군요. 아마 오늘 난동을 피운 것 역시 좁은 마방을 벗어나 뛰고 차며 힘을 기르려 한 게 틀림없습니다. 그렇다면 해결책은 쉽지요."

사내가 웃으며 고개를 끄덕였다.

"그냥 놓아두면 됩니다. 놓아주어도 자신을 꺾은 이를 다시 되꺾기 전까진 도망가지 않을 겁니다. 완전히 승복을 하던가, 아니면 계속 꺾으려 노력하거나 둘 중 하나입죠. 그냥 사람 드문 넓은 자리 골라 사람 피해 안 가게 놓아주면 되는 일입니다."

어썬시 달려오는 품새가 남달랐던 것이, 말은 한참 근육의 힘을 모으려 한 것이 틀림없었다.

사내가 진완에게 포권을 취하며 말했다.

"형제, 내가 보아하니 형제 손에서 한번 큰 코가 꺾인 모양이네. 나중에 저놈 힘이 길러졌다 싶으면 연락할 테니, 한 번 더 찾아와 주게나. 잘하면 형제가 오성추의 주인이 될지도 모를 일이니. 그런데 형제의 이름이……?"

진완이 피식 웃었다.

"진완이라 부르면 된다우."

진완이란 이름이 나오자, 고개를 갸웃거리던 사내가 조심스럽게 되물었다.

"혹시 광룡(狂龍)?"

"남들이 어떻게 부르든 난 지극히 정상이라 생각한다우."

진완이 눈을 부릅뜨며 대답했다.

세상에 미친 용이라니! 억울하기 짝이 없었다.

그렇게 부르는 놈 앞에 진짜 미친놈인 적발귀 엄조 하나만 떨어뜨려 놔도, 당장 미친 용이란 말은 목구멍 안으로 쑥 들어갈 게 틀림없었다.

사내가 한차례 온몸을 부르르 떨더니 급한 인사만 남기고는 바짝 얼어 있는 오성추를 끌고 멀리 사라졌다.

진완이 말없이 오성추의 푸짐한 엉덩이를 보다가 개대가리 반두홍에게 물었다.

"나 되게 유명해졌나 봐."

"씨발, 그 지랄을 떨고도 안 유명해지면 그게 더 이상한 거지!"

2

교수단악(巧手斷岳) 팽무숙(彭武肅).

팽가의 원로이자 무심련의 얼굴인 정문을 책임지고 있는 노강호였다.

"오! 마지막 백팔룡! 그래, 서방정토회 얘기는 들었다. 그렇다고 너무 교만하지 말아라. 우리 팽가는 나 때문에 네게 기대가 크다는 걸 알아주었으면 한다. 어라? 바쁜 일이 있나 보군. 그래, 돌아올 때 많은 얘기를 하자꾸나."

거친 세월을 지나왔다는 것을 고스란히 드러내고 있는 주름진 얼굴은 싱글벙글 웃고 있었다. 그것도 반갑다는 듯 손까지 흔들면서 말이다.

진완은 고개를 휙 돌려 정면을 바라보며 발걸음 속도를 빨리했다.

'난 아는 게 쥐뿔도 없는 백팔룡' 이나 '위진천 개나 물어가라 그래!' 사건도 그랬지만, 그 못지않게 진완의 악명을 높여준 사건이 강호 원로이자 팽가의 큰 어른인 팽무숙을 상대로 '영감탱이, 댁은 뉘슈?' 했던 사건이었다.

그런데도 저렇게 반가운 얼굴로 맞이하다니!

진완은 무심련 안의 늙은이들은 죄다 미친 게 틀림없다는 생각을 하며 굳은 얼굴로 대꾸도 없이 무심련의 정문을 빗어나고 있었다.

정문 앞엔 마차가 두 대나 서 있었다.

무심련이야 사람과 물자의 거래가 많으니 마차는 흔하게 볼 수 있는 물건이었지만, 이 마차는 달랐다.

일단 마차 앞에 말이 네 필이나 묶여 있었다.

높은 신분의 사람만 허락된 사두마차에, 마차 역시 질 좋은 나무로 솜씨 좋은 장인이 만든 호화로운 것이었다.

소검이 주위를 두리번거리며 무심련에서 마련한 말들을 찾을 때, 육상산이 천천히 마차 쪽으로 걸어갔다.

곧 마차 옆에 서 있던 장정 하나가 마차 문을 열고는 한쪽으로 비켜서서 허리를 깊숙이 숙였다.

육상산이 손수건으로 이마를 닦으며 일행을 돌아보고는 말했다.

"오르시지요. 제가 미리 준비해 두었습니다."

"……?"

소검이 의외라는 듯 육상산을 쳐다보았다.

따지고 보면 그리 놀랄 일도 아니었다.

틀림없이 돈으로 매수한 부교두 하나를 통해 호화상단에 미리 언질을 넣은 게 틀림없다고 생각한 진완이 먼저 마차에 당당하게 올랐다.

반두홍이 '역시 내가 줄 하나는 기똥차게 잡았어' 라는 표정으로 진완 뒤를 이어 마차에 올랐다.

육상산이 빙그레 웃으며 말했다.

"두 어르신은 앞에 마차에 오르시지요. 저희는 이걸 타고 뒤따라가겠습니다."

소검이 짐짓 헛기침을 하며 고개를 끄덕였다.

"흠흠, 좋네. 어차피 다친 아이를 호화상단에 두고 떠난다 미리 말을 했으니……."

으레 출정 때면 무심련에서 마련해 주는 탈 것들이란 게 별 볼일이 없었다.

많은 돈을 굴리긴 해도, 항상 예산은 빠듯했기 때문이다.

소검과 곡도가 사양치 않고 마차에 오르자, 두 대의 마차가 천천히 굴러가기 시작했다.

마차가 내린 곳은 붉고 단단한 벽돌로 단아하게 쌓아 올린 건물 앞이었다.

아무것도 모르는 사람은 그냥 지나칠 단정한 벽담 사이로 문이 뚫려 있었고, 한쪽 구석에 눈여겨봐야 겨우 보일 만큼의 크기로 편액이 박혀 있었다.

단정하고 깨끗한 건물과는 달리 편액에는 거창하게도 호화당포(豪華當鋪)라 써 있었다.

편액에 쓰인 호화라는 말과는 달라도 너무 달랐다.

또한 당포라니? 보통 서민들이 급전을 빌리거나, 물건을 맡기고 질권을 쓴 다음 논을 융통해 가는 곳이 당포가 분명한데, 그런 당포와는 분위기부터 달랐다.

육상산이 멍하니 서 있는 사람들을 보며 웃었다.

"여긴 아무나 못 들어오지. 아니, 아무나 들어오면 안 되는 곳이야."

육상산이 안으로 들어서자, 단정한 얼굴의 사내가 웃으며 다가와 머리를 숙였다.

"나으리께서 오셨군요."

마치 이마에 '회계와 접대, 그리고 관리 모두에 능통하답니다' 라고 써놓은 듯한 사내의 훤한 미소는 어딘가 일그러진 듯

한 취우소검의 웃음과는 질적으로 달랐다.

"그래, 큰일은 없고?"

육상산이 불룩한 배를 앞으로 더 내밀며 물었다.

"역시 무심련 일이 제일 큽니다. 그것 때문에 총관 어른과 제가 매우 바빠졌습니다."

"바쁜 게 좋은 거지!"

육상산이 고개를 끄덕이고 앞으로 걸어나갔다.

신기한 듯 주위를 두리번거리던 개대가리 반두홍이 물었다.

"여기가 당포가 맞긴 맞는 건가?"

반두홍의 의문은 당연한 일이었다.

그 어디에도 맡기는 물건 값을 후려치려는 점두고(點頭賈) 같은 사람은 없었다.

또 은밀히 양옆으로 마련된 방 안은 마치 귀한 가문의 서재처럼 간결하고도 품위가 있었다.

육상산이 웃으며 고개를 끄덕였다.

"여기서 거래되는 것은 최소 단위가 천이지. 권력과 힘있는 사람들만 상대하니까. 그런 사람들은 남의 이목을 가장 무서워하지."

"힘있고 권력있는 사람이 왜? 그런 놈이면 돈도 많을 텐데."

반두홍이 이해 안 간다는 듯 되물었다.

"권력있는 놈은 뇌물로 받은 물건 처분을 위해서, 또 그 마누라는 샛서방 관리를 위한 돈을 마련하기 위해서, 돈 있는 놈들은… 아! 그 외에 눈 뒤집힐 얘기도 많지만, 영업 방침상 비밀이라서.”

육상산이 대강 말을 끝내고 당포 뒷문을 열고 나갔다.

당포의 뒷문은 또 다른 건물의 정원과 연결되어 있었다.

사방이 높은 건물로 막혀 있어, 그 누구도 이 안에 이런 넓은 정원과 호화로운 건물이 들어서 있으리라곤 생각지 못할 절묘한 위치였다.

거지도사 허주가 혀를 내두르며 말했다.

“도깨비놀음 같군!”

“돈이 원래 도깨비라네.”

육상산이 짧게 대답하고는 인상 좋은 사내에게 물었다.

“준비는 다 된 건가?”

“예.”

육상산이 몸을 돌려 소검과 곡도에게 말했다.

“두 분은 따로 방을 마련하였으니 차 한잔 하시며 쉬십시오. 저 소년의 진료는 길어봐야 반 시진을 채 넘기지 않을 것입니다.”

육상산의 말이 끝나기가 무섭게 하늘하늘한 옷을 걸친 미녀들이 양쪽에서 나와 기품있게 절을 올렸다.

웬만한 고급 기루에서도 만나지 못할 만큼 빼어난 미모에 행동하는 자태에선 교양이 엿보였다.

소검이 활짝 웃었다.

“소년의 치료보다 자네가 미뤄둔 일을 보려 하는 것이겠지. 좋네. 그런데 이 사람들은 돈 있고 권력있는 높은 사람들만 상대할 텐데, 나 같은 무인이야 우습게보겠군."

여인들이 살짝 무릎을 굽히며 일제히 외쳤다.

"천만부당한 말씀이십니다. 저희 어르신의 가장 귀한 진객이시니 혹여 저희가 미진한 점이 있을까 걱정되옵니다."

미녀들이 하늘하늘한 소매를 얼굴까지 들어올려 살짝 무릎을 굽히며 꾀꼬리 같은 목소리로 외치자, 거지도사 허주가 헤벌쭉 입을 벌렸다.

"여기가 천국이로구나!"

소검과 곡도 역시 허주의 마음과 다르지 않는지 못 이기는 척 미녀들의 뒤를 따라나섰다.

소검은 그저 허허 하고 웃었고, 곡도는 더욱 울상을 지었지만 마음은 크게 기꺼운 게 틀림없었다.

피 냄새 나는 무림에서 언제 이들이 이 같은 환대를 받았겠는가.

마치 날아갈 듯 가벼운 발걸음으로 소검과 곡도가 사라지자 육상산이 사내에게 말했다.

"옷은?"

인상 좋은 사내가 활짝 웃었다.

"물론 준비해 두었읍죠."

사내가 가볍게 손가락을 튕기자, 다시 깔끔하게 차려입은 사내들이 조심스러우면서도 기품있는 발걸음으로 나타났다.

조심스럽게 내뻗은 두 손 위에는 잘 개켜진 청의 무복이 들려 있었다.

육상산이 약간 인상을 찡그리고 있는 반두홍을 보며 말했
다.

"걱정 마. 자로 잰 듯이 맞을 테니. 눈썰미 하나는 남부럽지
않다네."

하지만 반두홍의 불만은 육상산의 생각과는 달랐다.

"우린 왜 남자냐?"

육상산이 네놈이 그럼 그렇지, 하듯 콧방귀를 뀌고는 손수
건으로 이마를 닦으며 정원과 운치있게 맞닿은 방 안으로 들
어섰다.

집무실로 이용되는 듯 두터운 탁자 위엔 서류가 가득 쌓여
있었고, 단아한 탁자 위엔 오래돼 보이는 화병 하나가 놓여져
있었다.

개대가리 반두홍이 처음 도시에 나온 시골 촌뜨기처럼 이리
저리 고개를 돌리며 외쳤다.

"집 진짜 좋구나!"

"내가 기거하는 곳이 아니야. 그저 사업상 필요해서 구입한
게지. 그냥 별장이라 생각하면 될 거야."

이런 집이 별장? 그럼 진짜 집은 얼마나 화려하기에! 반두홍
이 질렸다는 듯 혀를 빼물었을 때, 육상산이 마치 모범이라도
보이듯 청의 무복으로 먼저 갈아입었다.

먼저 번개처럼 빨리 갈아입은 반두홍이 육상산의 뒷조임을
당겨 매무새를 고쳐 주며 물었다.

"밑에 애들을 시키지?"

"특히 여자가 갈아입혀 주면 더 좋겠지?"

육상산이 반두홍 마음속을 짐작한 듯 씨익 웃고는 말했다.

"아랫것들에게 맡기는 건 확실해야 해. 신발을 신기게 하면 다음엔 옷을 여며주려 하지. 그다음엔 모자를 고쳐 주려 하고, 마지막엔 모자의 주인을 바꾸려 드는 게야. 휴~ 좀 씻고 갈아입었으면 좋으련만 시간이 없으니."

그때, 한 사내의 안내를 받으며 단삼 차림의 사내가 들어섰다.

코 밑에서 얇게 갈라진 수염과 매서운 눈, 약간의 거만함이 묻어 있는 턱 선까지 한눈에 보기에도 꽤나 실력있어 보이는 의원이었다.

"오셨군요."

육상산이 포권을 취하자, 의원이 고개를 끄덕였다.

"환자는?"

"저 아이입니다. 바로 옆에 조용한 방을 마련하였으니 찬찬히 살펴봐 주십시오."

진완이 옆방으로 가 침상 위에 염혼을 눕혔다.

의원이 마치 현을 고르는 일류악사처럼 나풀거리는 손가락들로 염혼의 맥을 잡더니 지그시 눈을 감았다.

"성마각염천공(醒魔覺焰天功)을 익혔군. 무심련 바로 앞에서 칠대금공을 익힌 자를 만나리라곤 생각하지 않았거늘."

꽤나 경험 많고 노련한 의원이 틀림없었다.

대강 한번 훑어보고 진맥을 짚고는 단번에 염혼의 무공 연유를 꿰뚫고 있었다.

의원은 잠시 눈꼬리를 씰룩이더니 다시 입을 열었다.

"독으로 흐트러진 기를 절묘하게 되잡았어. 어려웠을 텐데, 일류 솜씨군. 그러나 그것도 임시방편일 뿐인데……."

의원이 눈꼬리를 파르르 떨며 고개를 갸웃거렸다.

"이상하군, 이상해."

의원이 손을 거두며 말했다.

"저승 문을 열어젖힌 아이를 누군가 강제로 뒷목을 잡고 이승으로 끌고 왔네. 현 생에 있어 이런 솜씨를 지닌 사람이 있을 거라 상상치도 못했거늘."

누굴 말하는 것인지 진완은 알 수 있었다.

아마도 동굴 안에 갇혀 있는 노인을 가리키는 것이리라.

'솜씨보다 생긴 낯짝이 더 재미있는 노인이라우!'

진완이 그렇게 생각하며 물었다.

"그래서 살 것 같수?"

의원이 고개를 끄덕였다.

"예전보단 못하겠지만, 위험한 고비는 넘긴 것 같네. 그저 기운을 북돋아주면 될 것 같네. 자리를 좀 피해주겠나?"

염혼의 눈빛이 불안한 듯 떨렸지만, 치료가 우선이었다.

방문 밖으로 나온 진완이 일단 푸른 경장을 갖춰 입었다.

원래 덩치가 크고, 벌목 일로 다져진 근육 덕분인지 거울에 비추어본 모습은 꽤나 멋졌다.

어느새 의자에 앉아 수북이 쌓인 서류를 검토하던 육상산이 피식 웃으며 말했다.

"옷이 날개군. 누가 지금 조장의 모습을 보고 미친개라고 보 겠나."

반두홍이 맞다는 듯 고개를 끄덕이다가 곧 갸우뚱거렸다.

"그런데 왠지 기분이 찜찜해. 꼭 그믐밤 으슥한 골목에서 뒤 통수 맞을 때의 기분이야."

난데없는 말에, 일제히 반두홍을 쳐다보았다.

반두홍이 머쓱한 표정으로 뒤통수를 긁을 때, 손형인이 아 픈 다리가 드러나지 않게 천을 덧댄 매무새가 마음에 든다는 듯 손으로 옷을 쓰다듬으며 고개를 끄덕였다.

"나 역시 조금… 뭐라고 설명하긴 곤란하지만 말이야."

육상산이 무슨 재수없는 얘기냐는 듯한 눈길로 두 사람을 보다가 곧 서류 더미 안으로 고개를 처박았다.

옷이 꽤나 마음에 든다는 듯 진완은 자신의 모습을 이리저 리 거울에 비추어보다가 깜빡했다는 듯 물었다.

"아참, 여기 팔방통이 어디지?"

육상산이 얼굴을 찡그리며 막 서류에 무언가 기입하던 붓을 탁하고 책상 위에 놓았다.

"설마 지금 도망치려는 건 아니겠지? 옥나찰과의 건수는 꽤 나 크다고! 잠시만 참아달라니까!"

눈치는 정말 빠르다고 생각하며 진완이 씩 웃었다.

"도망은 무슨… 그럼 일이 커진다니까. 그냥 자연스럽게 쫓 겨나거나 사라져 주는 거지. 걱정 마. 일을 봐야 할 게 있어서 그러니까."

'도망이라도 쳤다가, 뒷조사가 들어오면 더 곤란하게?'

진완이 고개를 저을 때, 육상산이 못 믿겠다는 듯한 표정으로 한 방향을 가리켰다.

"저 문으로 나가서 왼쪽으로 꼬부라지면 바로 팔방통이야. 안내하는 사람 붙여줄까?"

"아니, 금방 끝날 일인데 뭐."

진완이 얼른 육상산 손가락이 가리키는 곳으로 뛰었다.

대문을 열고 나가 왼쪽으로 향하니, 과연 사람들이 바글바글한 난전골목으로 들어설 수 있었다.

이런 떠들썩한 시장통은 처음 겪느라 머리가 어질어질해졌지만 다행히 찾아야 할 목기점 거리는 금방 찾을 수 있었다.

여기저기 걸려 있는 여러 목기들 중엔 진완이 베어낸 나무를 깎아 만든 게 있을지도 몰랐다.

'세상 참 요지경이구나!'

진완은 어리둥절해졌다.

저 많은 목기들은 분명 베어낸 나무에서 나왔을 것이다.

그런데 한 나무에서 나온 목기 가격을 모두 합치면 나무 열 그루를 훌쩍 넘어가는 것이다.

물론 깎은 사람 몫도 있겠지만, 눈앞을 어지럽히는 수많은 목기를 보며 진완은 왠지 억울했다.

푸른 경장을 멋있게 차려입은 청년이 목기점 앞에서 울상을 짓고 있자, 이상하게 생각했는지 주인 하나가 물었다.

"보시는 물건이라도 있으십니까?"

"이거 얼마우?"

진완은 눈에 보이는 것들 중 아무거나 들고 물었다.

"헤헤, 물건 볼 줄 아시는구랴! 그건 그저 나무가 아닌, 예술품이라 말해야 하는 거지요. 아무리 못 받아도 그러니까……."

주인이 곧 헤헤 웃는 얼굴로 바뀌어 가격을 말하는 순간, 진완은 눈이 튀어나오는 줄 알았다.

주인이 이상하다는 듯 쳐다보며 물었다.

"무슨 문제라도?"

문제? 당연히 있지! 수많은 나무를 베고 받은 돈보다, 손바닥 안에 들어올 만큼 앙증맞고 작은 목기 하나가 더 비쌌다.

진완은 손에 쥔 물건을 힘없이 내려놓으며 물었다.

"여기 구씨 성의 주인이 하는 목기점이 어디우?"

주인의 눈이 세모꼴로 변하더니, 진완이 내려놓은 목기 그릇을 천으로 벅벅 닦으며 대답했다.

"여기 구씨 성이 하나둘인감!"

진완은 화낼 힘도 없었다.

재주는 곰이 넘고 돈은 누가 챙긴다는 말이 맞았다.

멍하니 서 있는 진완에게 주인이 퉁명스레 말했다.

"거 안 사실 거면 비키쇼. 장사 방해되니까."

진완이 순간 주인을 노려보았다.

주인이 뜨끔했는지, 곧 헤헤 웃는 얼굴로 돌아가더니 두 손을 모으고 흔들었다.

"아이고, 요즘 장사가 안 되서요. 손님께서 거기 계시면 손님들이 물건을 볼 수 없잖습니까요."

허허, 웃긴다, 웃겨. 세상이란 정말 요상하다는 생각과 함께 진완이 툴툴 웃었다.

돈 몇 푼에 헤헤거리고, 돈 몇 푼에 얼굴을 붉히더니 커다란 덩치를 보고는 다시 헤헤거렸다.

숨 한번 쉴 동안 얼굴 표정이 수백 번 더 변할 수도 있을 것이다.

그렇게 해야 돈을 벌 수도 있겠지.

그렇게 해야 커다란 나무 값보다 작은 목기 한 점이 더 비쌀 수 있겠지.

헤헤거려야 돈 벌고, 힘을 과시해서 돈 벌고, 남을 비웃어 돈을 버는 세상, 그런 세상이라면 더 이상 머물고 싶지 않았다.

제비랑 둘이 살면서 배만 곯지 않으면 되지 않은가!

다행히 제비는, 너무도 예쁜 제비는 돈을 보고 자신을 선택하지 않았다.

깊은 숨을 들이키지 그제야 마마했던 가슴 한 켠이 뻥 뚫리는 듯했다.

진완이 커다란 주먹을 내보이며 다시 으르렁거렸다.

"댁이랑 같은 장사 하는 구씨 성의 주인을 아냐고 물었수!"

주인이 기가 질린다는 듯 눈을 동그랗게 뜨더니, 다시 헤헤거렸다.

"구씨 성이야 많지만, 장안 팔방통 목기점 구씨는 단 하나입죠. 저기 보이는 허름한 가게가 바로 그 가게입니다요.”

주인의 얼굴은 짖어보라는 한마디만 하신다면 땅바닥을 뒹굴거리며 멍멍 짖어줄 수 있다는 듯, 간사하게 웃고 있었다.

진완은 몸에 소름이 돋는 듯해서 얼른 몸을 돌렸다.

하지만 맞은편 가게에 걸려 있는 동경 속으로, 주인의 표정이 다시 싸늘하게 굳으며 무지렁이 촌뜨기를 보는 듯한 비웃는 얼굴로 돌아가는 걸 볼 수 있었다.

저렇게 빨리 표정이 바뀌다니!

만약 저 표정을 초식이라 부를 수 있다면, 어쩌면 소검의 검보다, 곡도의 칼보다 더 빠를 것이다.

아무리 천변만화하는 초식이라도 간사한 마음의 변화보다 빠를 수는 없을 테니까.

3

어지러운 마음을 진정시키느라 크게 숨을 들이켠 후에야 진완은 눈을 뜰 수 있었다.

그러자 조금 전 가게에 비해서 너무도 초라한 목기점 하나가 눈앞에 있었다.

한 켠에 치우쳐 눈에 띄지 않는 위치였다.

더욱이 진열해 놓은 목기 역시 투박하게 깎아놓은 물건들밖엔 없었다.

진완은 그중에 하나를 집어 올려 이리저리 살폈다.

'이자는 나무를 아는 자다!'

진완은 그렇게 생각했다.

사람을 죽일 때, 흔히 숨통을 끊는다는 표현을 쓴다.

나무 역시 마찬가지였다. 벌목꾼들 사이에선 '결'로 표현되는 그것을 이 나무를 깎은 사람은 알고 있었다.

나무에도 결이 있었다. 그저 매끄러운 면이 아닌 진짜 숨결을 이 목기를 깎은 사람만은 알고 있었다.

비록 겉으로 보기엔 투박하고 엉성했지만 조금 전 그저 예쁘게만 깎은, 나무 하나보다 더 비싼 목기보다 이것이 더 훌륭했다.

진완이 가게 주인을 찾으려 고개를 들었을 때, 한쪽 구석에서 나무를 깎는 한 사내를 볼 수 있었다.

오래된 나무뿌리 하나를 골라 다듬고 있었는데, 그 자세가 범상치 않았다.

적어도 진완이 볼 때는 그랬다.

짧게 끊어 쉬는 호흡, 안정된 자세, 조각도를 들고 있는 손가락에 집중되는 힘.

비록 도끼 대신 작은 조각도를 들었지만, 그 모든 것이 절정에 달한 도끼질이었다.

"물건 좋수다!"

진완이 크게 외치자, 그제야 사내가 고개를 돌려 진완을 쳐다보았다.

사내는 거친 피부에 수북한 수염을 기르고 있었다.

커다란 어깨 근육, 곧추선 허리, 우람한 허벅지. 모르긴 몰라도 사내는 분명 산에서 산 적이 있다고 진완은 믿었다.

위아래로 한참을 살펴보던 사내가 퉁명스레 말했다.

"얼마 줄 수 있수?"

진완이 곧 물건을 내려놓고 뒤통수를 긁었다.

"사려고 하는 게 아니라 뭘 좀 물어볼 게 있어 왔수. 가짜 목기를 진짜 목기로……."

사내가 인상을 찡그리더니 투덜거렸다.

"물건 볼 줄 아는 놈은 항상 돈이 없고, 돈 있는 놈은 늘상 물건 볼 줄 모르지! 옛다!"

사내가 구석으로 가서 누런 봉투 하나를 꺼내 들더니 진완에게 휙 던졌다.

얼떨결에 봉투를 받아 든 진완이, 다시 자리 잡고 앉아 나무를 다듬는 사내를 쳐다보았다.

"살아 있는 용, 죽은 용, 뭐 그런 거 안 물어봐도 되는 거우?"

진완이 묻자 사내가 피식 웃었다.

"살 놈은 여기 안 오고, 돈 없어 못 살 놈만 와서 구경하는 곳이 여기다. 가짜 목기 운운할 덜떨어진 놈이 너 하나밖에 더 있겠느냐? 범소에게 골치 아픈 동생 하나가 생겼다던데, 딱 봐도 누군지 금방 알겠구나."

"동생이 맞긴 맞수만, 골치는 나만 아프다우!"

진완이 빽 고함을 지르자 사내가 어이없다는 듯 또 한 번 피식 웃었다.

"볼일 다 봤으면 돌아가거라. 난 오늘 내로 이쪽 뿌리를 잘라내야 한다."

"그게 어려운 일이우?"

"목기는 팔리지 않으니 이걸 만드는 게지. 이 고목 뿌리가 잘만 다듬으면 학과 비슷할 것 같지 않느냐? 제대로 형태만 잡힌다면 꽤나 돈이 되는 일이지. 돈 있는 놈들은 이런 걸 좋아하니까."

사내는 마치 적을 대하듯 나무뿌리를 노려보고 있었다.

진완이 재미있다는 듯 사내 모습을 지켜보다 말했다.

"그 조각도 잠깐만 주시우."

사내가 의외라는 듯 진완을 쳐다보다가, 말없이 조각도를 넘겨주었다.

일단 손에 쥐어본 조각도는 묵직하면서도 무게 분배가 고르게 되어 있었다.

깊이 찔러 넣을 땐 힘이 집중되었고, 가볍게 뒤를 잡아채면 쉽게 뺄 수 있었다.

던지기 직전에 손바닥에 움켜쥔 돌멩이에도 생명이 있었고, 이빨이 있었다.

비록 쇠와 나무가 이어진 조각도였지만, 마찬가지로 피가 돌고 심장이 뛰었다.

아니, 쇠로 된 이빨은 돌보다 더 날카로웠다.

진완이 숨을 멈추고는 손목을 가볍게 허공에서 잡아 제치듯 튕기자 조각도가 날았다.

쉭—

조각도가 정확히 나무뿌리에 박혔다.

"으악!"

사내의 비명 소리를 들으며 진완이 흐뭇한 미소를 지었다.

'별다를 게 없군. 돌팔매질과 원리는 똑같잖아!

사내가 눈을 동그랗게 뜨고 박혀든 조각도를 조심스럽게 잡아당겼을 때, 나무뿌리의 한쪽 구석이 풀썩 무너지듯 갈라졌다.

너무도 허무한 결과에 사내가 허탈하게 웃었다.

"맞아, 딱 여기까지 깎아내려 했지!"

사내가 고개를 돌려 진완을 의미심장한 눈으로 지켜보았다.

진완이 별거 아니라는 듯 말했다.

"그 안에 학이 있어 학처럼 보이는 거라면, 학만 남기고 베어내면 될 것 아니우? 굳이 학처럼 보이려고 꾸며서 칼날을 대는 게 멍청해 보여서 그랬수."

진완 말에 사내가 멍하니 천장을 바라보며 허탈한 웃음을 웃었다.

"개똥도 약에 쓰일 때가 있다더니……. 짖어대는 소리에도 용케 얻어들을 말이 있구나."

사내 말엔 악의가 없었다. 그렇다고 놀리는 것 같지도 않았다.

하지만 막상 말을 꺼내고 보니, 상대는 범소 형님의 친구, 자연히 무공의 고수일 게 틀림없었다.

공연히 공자 앞에서 문자를 쓴 셈이라 머쓱해진 진완이 말했다.

"마음속에 뭘 담아둔 채 칼날을 박아 넣지 말라고 합디다. 또 마음을 먼저 베어버린다면, 세상에 베지 못할 게 없다고도 하구요. 아, 물론 들은 얘기우."

진완이 민망하다는 표정으로 뒤통수를 긁었다.

"나무도 고통을 느끼는지는 잘 모르지만, 베어낼 때 텅텅하고 울리는 소리를 들으면 울고 있는 것처럼 느껴져서 찜찜했다우. 그때 그 말을 들었수. 그렇게 칼날을 박아 넣으면, 아무 고통이 없을 거라고, 그게 고통을 덜어준다고 하기에 그 말대로 했더니 적어도 텅텅 울리는 소리는 없어지더구랴."

사내기 고개를 숙인 채 아무 말이 없었다.

한참을 한숨을 내쉬던 사내가 문득 고개를 들었을 때는 어느덧 눈기가 벌겋게 달아오른 상태였다.

"마음을 베어낸다면, 천하에 베지 못할 게 없다. 내 사부의 말씀이시지. 그걸 난 이때까지 몰랐고, 넌 듣는 순간 알았구나."

"어라, 그랬수?"

진완이 놀라 되물을 때, 사내가 작은 조각도를 들어 나무뿌리 한가운데를 살짝 찔러 넣었다.

쩌―억―

커다란 나무뿌리가 두 동강난 채 좌우로 쓰러지는 순간, 진
완은 분명 볼 수가 있었다.
그 한가운데서 날아오르는 학 한 마리를…….
사내가 조용히 중얼거렸다.
"이제야… 얻었구나……."

第四章

특이한 예감

날아오른 학은 환영이었다.

눈을 채 끔뻑이기도 전에 활짝 나래를 펴고 날아올랐던 학의 자취는 그 어디에서도 보이지 않았다.

시내 또한 변했다.

무언가 거칠고 정제되지 않은 듯했던 사내의 기운은 어느새 오래된 책방, 낡은 책 위로 내려앉은 먼지처럼 차분하게 가라앉아 있었다.

"네 이름이 무엇이냐?"

"진완이우."

진완이 방금 전 무슨 일이 일어나긴 일어났는데, 정확히 어떤 일이 벌어졌는지 알 수 없어 눈만 깜빡이며 대답했다.

“기억해 두겠다.”

사내는 짧게 말하고는 다시 제자리에 앉아 반쪽이 난 나무 뿌리를 어루만지고만 있을 뿐이었다.

‘범소 형님은 참 특이한 인간을 알고 있었구나. 밤낮 예술 어쩌고저쩌고하더니 따지고 보면 저 사람도 예술을 하는 놈이 었나 보군.’

진완은 그렇게 생각하다가, 그제야 깨달은 듯 서둘러 누런 봉투를 열어젖혔다.

밀납으로 봉인된 봉투를 열자, 그 안엔 편지가 들어 있었다.

편지 내용은 짧았다.

성공, 네 색싯감과 가까운 온서 땅에 일단 잠시 머물 곳을 보러 간다. 온서 허운화방에 가서 날 찾거라.

진완은 뛸 듯이 기뻤다.

너무나 기뻐 편지 맨 아래 장난스레 범소가 스스로 그려 넣 은 복면을 반쯤 비껴 쓴 채 혀를 삐죽 내밀고 웃고 있는 그림에 뽀뽀를 할 정도였다.

‘하하, 일이 짝짝 맞아 들어가는구나! 안 그래도 찾아가려던 온서 땅에 머물 곳을 마련하다니! 하긴 내 급한 성격을 알고 있 는 범소 형님이니 가까운 데 마련하려고 했겠지.’

진완이 너무 기뻐 고개를 꾸뻑 숙여 인사를 하고는 막 몸을 돌려 앞으로 뛰어나가려 할 때였다.

“엥?”

무언가 커다란 그림자 두 개가 진완을 막아서고 있었다.

고개를 들자 환하게 웃는 낯짝 하나와 상갓집에라도 온 듯 잔뜩 찌푸려 있는 낯짝 하나를 볼 수 있었다.

“여긴 웬일이우?”

진완이 놀라 소검과 곡도에게 물었다.

하지만 소검과 곡도는 진완 쪽으로는 고개도 돌리지 않았다.

묵묵히 의자에 앉아 다시 조각도를 잡고 나무뿌리를 다듬고 있는 사내만을 쳐다볼 뿐이었다.

소검이 입을 열었다.

“넌 여기 웬일이냐.”

시선은 사내를 향했지만, 묻는 상대는 진완이었다.

“범소 형님 편지를 받아보려고 온 거우. 그런데 여긴 웬일이우?”

“네놈이 어딜 신나게 뛰어가기에 무언가 재미있는 일이 있나 싶어 따라온 게지. 그런데 진짜 신나는 일이 있었구나.”

소검은 말을 하면서도 시선은 사내에게서 떼질 않았다.

아니, 그 옆에 있는 곡도는 아예 잡아먹을 듯 사내를 쳐다보고 있었다.

소검이 다시 말했다.

“예전 운학자란 선배가 한 분 계셨지. 일찍 세상을 뜨지 않았다면 능히 위진천 련주와 한판 겨루어도 승패를 알 수 없다는 평가를 받는 분이시다.”

소검 입에서 운학자란 말이 튀어나오자 사내의 조각도가 순간 멈칫거렸다.

“세상 사람을 눈 밑에 내리깔아 본다는 무외자 교육이 평생 존경했던 세 명의 선배 중 한 분이자, 투도각의 주인인 주구곡도의 평생의 표상인 사람이니 그 실력이 하늘에 닿았다 할 수 있겠지.”

그제야 진완도 어렴풋 눈치를 챌 수 있었다.

그 운학자란 사람은 분명 구씨 성 사내의 스승이 틀림없었다.

또 무외자가 존경하는 사람이었다니, 무외자를 모시는 범소와 운학자의 제자인 사내가 친한 것 역시 이해 못할 일도 아니었다.

“하지만 제자인 구범학(具凡鶴)의 재주가 너무나 뒤떨어진 나머지 운학자의 맥은 끊겼다고 알려졌거늘……. 오늘 보니 강호 말이 다 맞는 건 아닌 듯싶구나.”

그때 이때까지 말이 없던 곡도가 성큼 한 걸음 걸었다.

분명 걸음은 한 걸음이었는데, 어느새 사내 목에 커다란 도를 가져다 대고 있었다.

“아니, 저 양반이 미쳤나!”

진완이 깜짝 놀라 외쳤을 때, 소검이 큰 소리로 웃었다.

“세상에 곡도의 도를 꿈틀거리게 만들 수 있는 사람이 아직 남아 있었구나!”

그 순간만은 곡도의 커다란 도의 무게가 만 근은 넘어 보였
다.

하지만 정작 사내, 구범학은 호흡조차 흐트러뜨리지 않은
채 조용히 묻고 있었다.

"날 베고 싶소? 기다리시오. 지금 벤다면 반밖에 베지 못할
거요."

"……?"

곡도가 의아하다는 눈길로 구범학의 뒤통수를 노려보았다.

구범학이 다시 말했다.

"아직 마음의 반밖에 베어내지 못했소. 그러니 기다리시오.
마음을 완전히 베어낼 때까지……."

순간 곡도의 눈이 희번덕거렸다.

마치 삶의 희열을 살짝 엿본 듯 눈에선 알지 못할 광채까지
내뿜고 있었다.

곡도가 천천히 검을 거둬들여 갈무리했을 때, 소검이 껄껄
대며 웃었다.

"나머지 반을 베어내기까지 천년만년이 걸릴지 누가 알까?"

하지만 곡도는 기다릴 수 있다는 듯 소검을 보며 고개를 끄
덕였다.

그 뜻이 구범학의 도법이 완성될 때까지 비무는 미뤄두겠다
는 것임을 알아차린 진완이 가슴을 쓸어내렸다.

'빌어먹을. 이 자식들은 만나기만 하면 서로 물어뜯으려 으
르렁대는군! 제길, 미친개와 뭐가 달라!'

진완은 아무리 생각해도 자신은 강호 체질이 아니라고 생각하며 고개를 내저을 때 소검이 물었다.

"그래, 그 편지엔 뭐라고 쓰여 있는가?"

진완이 말없이 편지를 소검 낯짝 앞에 들이밀었다.

웃느라 반달꼴로 접힌 두 눈 사이로 번뜩이는 그 무언가를 느꼈기 때문이다.

"보시우. 별거없수. 난 애당초 백팔룡이 마음에 들지 않았수. 그래서 형님이 날 달래며 무심련 안으로 들여보낼 때 색싯감 구해놓을 테니 걱정 말라고 하더구랴. 애당초 련주 자릴 차지할 놈은 아니니 어떻게든 마음을 잡아보려 한 거겠지. 그런데 편지 보니까 어디서 괜찮은 처녀 하나 구했나 보우. 제길, 어디서 호박덩이를 구해놓았다면 단단히 각오해 두는 게 좋을 거우!"

솔직히 등 뒤로 식은땀이 났다.

구범학이라는 고수를 눈앞에 두고 있어선지 소검과 곡도의 기운은 보통 때와는 다른 숨 막히는 살기를 흩뿌려 대고 있었기 때문이다.

하지만 진완의 기우와는 달리 소검은 고개를 끄덕이며 너털웃음을 웃었다.

"과연 네 말과 다르지 않구나. 범소의 몇 안 되는 친구는 죄다 예술을 한답시고 칼을 버린 사람들이지. 온서에 허운화방이라면 분명 칠섬검 광가 놈이겠구나!"

소검이 진완을 보며 짐짓 한쪽 눈을 감았다.

"네 색싯감이라면, 커다란 암컷 곰이어야 할 텐데……."

곰은커녕 이름인 제비처럼 맵시있는 몸이라우! 진완은 속으로 비웃으며 얼른 소검과 곡도의 팔을 끌어당겼다.

"자자, 어서 갑시다. 지금쯤 염혼의 진찰도 끝났을 텐데……."

미친개들은 서로 붙기 전에 멀리 띄워놔야 했다.

곡도가 미련이 남는 듯 구범학을 계속 뒤돌아보다가 소검이 눈짓을 주자 곧 고개를 돌렸다.

소검이 웃으며 말했다.

"세상은 넓은 듯하면서도 매우 좁은 물건이야. 누가 무심련 바로 앞에 고수가 숨어 있으리라고 생각했겠는가. 하긴 세상 고수가 죄다 무심련 안에만 있는 건 아니지. 무심련 안엔 미친 용 한 마리도 있으니……."

"개집 삼아 살고 있는 개 한 마리도 있고."

진완이 이죽이듯 말했다.

이놈 진짜 강적이란 눈빛으로 소검이 진완을 쳐다보았지만 사실 진완의 마음은 그리 편하지 않았다.

소검과 곡도가 자신의 좌우에 서서 팔방통 거리를 걷고 있었다.

어찌 보면 보호하는 것도 같았고, 또 다르게는 감시하는 것 같기도 했다.

아니나 다를까, 육상산의 집에 도착하자마자 두 사람은 진완의 곁에서 떨어져 나갔다.

"아직 차가 식지 않았으면 좋겠군. 그럼 나중에 보자꾸나."

소검이 너털웃음을 웃으며 건물 한 켠으로 사라지자마자, 진완이 우다다 육상산의 방으로 뛰어들었다.

눈을 크게 부릅뜨고 뛰어든 진완을 십일조 조원들이 이상한 듯 쳐다보았다.

진완이 씩씩거리며 먼저 개대가리 반두홍을 손가락으로 가리킨 후 물었다.

"너, 여기 왔을 때 왠지 뒤통수 맞을 것 같다 그랬지?"

끄덕끄덕. 이놈이 끝내 진짜 미쳤구나 싶었는지 반두홍이 그저 고개만 끄덕였다.

진완이 다시 손형인을 가리키며 물었다.

"너도 왠지 찜찜하다고 했을걸?"

손형인 역시 고개를 끄덕였다.

"그냥, 느낌에……."

"무슨 느낌?"

"느낌을 말로 하라고 하면 곤란해."

"그냥 말해봐, 그냥! 느끼는 대로! 다 들어줄게!"

진완이 씩씩대며 말하자, 손형인이 살짝 낯을 붉히며 말했다.

"그냥 느낌이었을 뿐이야. 사실 내가 다리가 불편하잖아. 그래서 사람들이 나만 나타나면 쳐다보거든. 누구는 비열하게 비웃으면서, 또 누구는 동정심 가득한 눈으로……."

"그래그래, 다 말해봐."

진완이 손형인 앞에 바짝 다가앉았다.

손형인이 더욱더 얼굴을 붉혔다.

"사실 그런 시선엔 익숙해. 하지만 제일 싫은 건 동정심을 가장한 눈빛이지. 속으론 비웃으면서 겉으론 남의 시선 의식해서 날 불쌍하다고 말하거든. 또 어떤 놈은 대놓고 비웃으면서도, 속으론 걱정하는 게 보여. 혹시 이놈이 병신 꼴값 떤다고 자기한테 달려드는 건 아닐까 걱정하는 게 말이야."

손형인이 '물론 미친 조장은 속마음까지 고스란히 들여다보여!' 라고 말하듯 빙그레 웃었다.

"그런 건 본능적인 느낌이야. 나같이 몸이 불편한 사람들은 모두 느낄 수 있을걸?"

"그래서?"

손형인이 다시 약간 찌푸린 얼굴로 말했다.

"겉과 속이 다른 얼굴, 속으론 다른 생각을 하면서 겉으론 안 그런 척하는 얼굴. 오늘 그걸 봤거든. 선섬선과 두도각의 주인 얼굴에서 말이야."

전검전과 투도각의 주인이라면 분명 소섬과 곡도였다.

손형인처럼 조심스러운 아이의 말이 틀릴 리가 없었다

또 특이한 그 예감 역시 틀리진 않을 것이다.

진완이 탁자를 손으로 쾅 치면서 외쳤다.

"무언가 있어! 틀림없이 무슨 수작질을 피우고 있는 거라고!"

2

진완은 염혼을 내려다보며 한숨을 내쉬었다.

염혼이 당황한 듯 두 눈을 내리깔며 말했다.

"저… 저는 괜찮습니다."

괜찮기는, 의원 말대로라면 큰일이 난 거지! 진완은 인상을 찌푸렸다.

고통은 몸의 언어다. 의원의 말대로라면 그랬다.

몸이 더 이상 견딜 수 없는 한계에 왔을 때, 몸의 주인에게 호소하는 것이 고통이라고 했다.

날 조심스럽게 다뤄주세요, 잘못하면 더 이상 날 가지지 못할 거예요.

그렇게 몸이 말해주는 언어가 고통이라는 것이다.

꽤나 독특한 발상이었지만, 실력있는 의원의 말이니 귀담아 들을 만했다.

하지만 그 뒤로 이어진 말이 문제였다.

사실 몸에서 느껴지는 고통의 대부분이 마음에서 온다는 것.

불안하고, 집착하고, 자신만만한 그 마음들이 이리저리 얽히다 탈이 나면 곧 몸에 병으로 나타난다는 것이다.

'그러니까 간단하게 생각하면……'

진완이 한숨과 함께 의원의 말을 정리했다.

이 녀석은 무진장 아프다. 하지만 그걸 내색하지는 않고 있다.

그것이 사실 몸에 나타난 병보다 더 큰 걱정거리다.

왜냐하면 이 녀석의 제일 큰 병은 집착인데, 정에 굶주린 탓 때문이다.

해결은? 굶주린 정을 채워주는 것, 그리고 홀로 두지 않는 것.

'제길! 그러니까 턱 밑에 매달린 혹덩어리라는 거 아냐! 뗄 수도 없고, 단번에 해결도 되지 않는!'

진완은 답답함을 느끼고는 또 한 번 땅이 꺼져라 한숨을 내쉬었다.

염혼이 다시 떨리는 목소리로 말했다.

"전 괜찮습니다. 혼자 있을 수 있습니다. 이때까지 그래 왔습니다."

짜샤! 그래서 병이 깊어졌다는 거 아니냐! 이때까지 혼자 있었으니까! 또 그래서 내가 데리고 다녀야 한다는 거고! 진완이 그런 뜻을 담아 눈알을 부라리자 염혼이 아예 눈을 감았다.

지켜보던 육상산이 말했다.

"서둘러, 소검과 곡도가 벌써 문밖에서 기다린다구."

육상산의 표정은 염혼이란 커다란 혹덩이는 당연히 진완, 네놈 턱에 붙어야 한다구, 라고 말하는 것 같았다.

어쩔 수 없이 진완이 몸을 돌리고는 구부정하게 허리를 굽혔다.

염혼이 낯을 붉히다가 슬며시 진완 등에 업혔다.

"죄… 죄송합니다."

면목은 서지 않는 일이었지만, 한 가지만은 확실했다.

어젯밤 진완이 물었던 대답을 지금은 할 수 있다는 것!

세상에서 가장 행복한 곳? 진완의 넓은 등이었다.

또한 세상에서 가장 재미있었던 곳? 진완의 넓은 등이었다.

그래서 염혼은 스르륵 눈을 감고 진완 등에 귀를 가져다 대었다.

"그래도 가벼워서 다행이군!"

진하고 굵은 진완의 목소리가 등을 통해 들려왔다.

*　　　*　　　*

마차는 기분 좋은 달그락거리는 울림을 등으로 전해주고 있었다.

진완 옆에 앉아 있던 염혼이 송구스럽다는 듯 고개를 숙였다.

"저 때문에……."

"아니야."

진완이 고개를 가로저을 때, 맞은편에 있던 반두홍이 무슨 소리냐는 듯 눈알을 부라렸다.

"무슨 소리! 저 미친 조장이 네 형님이라면, 우리 역시 네놈 형이다."

염혼이 다시 고개를 숙였다.

당연한 일이었지만, 소검과 곡도는 염혼과의 동행에 반대했다.

그때 진완이 뻣뻣이 고개를 들고 말했었다.

"이놈은 내 혹덩이우!"

"……?"

"이놈이 안 가면 나도 안 가우. 그 북해빙궁 주인에게 날 보여주려면, 내 머리통을 떼어가서 보여주면 될 거 아니우."

"그게 말이 되느냐!"

"그러니까 하는 말이우. 이놈은 내 머리통처럼, 내 몸에 붙은 혹덩이라 떼어놓고 갈 수 없다 이 말이우!"

소검의 웃음이 더욱 화사해지고 곡도의 얼굴이 더욱 울상으로 변했을 때, 기련소마 옥기영이 말했다.

"제 혹덩이기도 합니다."

망둥어 손형인도 그답지 않게 시선을 피하지 않은 채 소검을 쏘아보며 말했다.

"제 혹덩이기도 합니다."

거지도사 허주와 개대가리 반두홍, 그리고 돼지새끼 육상산까지 똑같은 말을 내뱉자 소검이 곤란한 듯 턱을 긁었다.

진완의 침상 위에서 달빛에 촉촉이 젖은 염혼의 불쌍한 과거를 듣는 순간, 염혼의 형은 어느새 여섯으로 불어나 있었던 것이다.

정에 굶주린 아이, 마음에 상처를 받은 아이를 떼어놓는 일은 젖먹이를 떼어놓는 어미의 심정과 다를 게 없었다.

소검이 어이없는 듯 피식 웃었다.

"그래, 북해빙궁주를 만나러 갈 때야 내가 봐주면 되겠지. 하지만 그 뒤에는? 무심련 안에까지 데리고 갈 테냐?"

진완이 씨익 웃고는 말했다.

"당연하지요! 생각해 보니까 말이우, 이놈을 내게 준 사람이 그 원익완인가 뭔가 하는 원로였수. 옥나찰 건을 잘 처리한 선물로 무심련 안에서! 약속대로! 내게 준 물건이다 이거우! 그러니까 당연히 무심련뿐만 아니라 내가 어딜 가든 내 동생은 내가 데리고 다닐 수 있다 이거지! 그게 못마땅하면 그 원익완인가 뭔가 하는 늙은이한테 따지슈!"

소검이 입을 헤벌리고 웃었다.

말이야 틀리지 않았다. 또 원익완이 분명 진완에게 준 물건, 아니, 사람이 분명했다.

"좋아, 나중에 따져 보기로 하지!"

어쩔 수 없다는 듯 소검이 고개를 끄덕이자, 기련소마 옥기영이 곱상한 얼굴 가득 미소를 띠며 염혼의 머리를 쓰다듬었었다.

그렇게 십일조 조원들과 그들 몸에 붙은 혹덩이를 태운 마차가 천천히 속력을 늦추었다.

마차가 멈추자 육상산이 입을 열었다.

"내려서 요기라도 하고 가지."

"여기서?"

거지도사 허주가 마차 창문을 열어 밖을 내다보며 물었다.

"온서와 장안 사이에 있는 객잔 중에선 가장 크고 가장 맛이 있는 집이 여기니까."

육상산이 당연하다는 듯 대답했다.

허주가 창문을 닫으며 투덜거렸다.

"그런데 창문은 또 왜 이래?"

단단한 나무로 좌우에서 얽어 닫게 만든 특이한 창문이었다.

열고 닫기가 불편한 건 둘째 치고, 단단한 나무로 만들어 무겁기는 또 엄청 무거웠다.

개대가리 반두홍이 그것도 모르냐는 듯 타박하듯 말했다.

"원래 부자들이 두 가지를 엄청 무서워하거든. 바로 가난과 강도지! 씨발, 나도 그걸 엄청 무섭게 느껴보고 싶어."

반두홍이 단단한 창문을 손바닥으로 탁탁 두들기며 말하자, 막 문을 열고 나가려던 육상산이 고개를 돌렸다.

"무서운 것보다는 중요함 때문이야. 부자들이 가장 중요하게 생각하는 게 바로 사생활이지. 왜 부잣집 담장이 높다고 생각하나? 단지 강도 때문에?"

그건 또 몰랐군! 반두홍이 계면쩍다는 듯 웃으며 육상산의 뒤를 따라 내렸다.

허주와 손형인, 그리고 기련소마 옥기영까지 내린 후, 맨 마지막으로 진완이 염혼을 업고 내렸다.

육상산이 눈짓으로 진완을 가리키며 말했다.

"사실 가난과 강도보다 난 미친 조장이 제일 무서워."

시답지 않은 농담이 오갈 때, 앞선 마차에서 내린 소검과 곡도가 합류했다.

소검이 운휴객잔(雲休客棧)을 흘깃 보더니 활짝 웃었다.

"구름도 쉬어가는 객잔이라… 여기 음식 맛이 괜찮다고 들었다. 역시 호화상단의 전귀 나으리랑 같이 다니니 이런 호사를 누려보는군."

"별말씀을. 안으로 드시죠. 삼층에 예약된 자리가 있을 겝니다."

육상산이 마치 자신의 가게라도 되는 것처럼 손을 들어 안을 가리킬 때였다.

"꺄악! 살려주세요!"

뾰족한 젊은 여성의 비명 소리가 귓구멍을 파내듯 날카롭게 울려 퍼졌다.

'으응?

진완이 고개를 돌렸을 때 아리따운 한 소녀를 볼 수 있었다.

창백한 하얀 피부 때문에 더 도드라져 보이는 붉은 입술.

작고 앙증맞게 솟아오른 콧날. 기다란 속눈썹 아래로는 겁먹은 듯한 커다란 눈동자.

한눈에 보기에도 꽤나 예쁘장한 소녀였다.

더욱이 중원 여성과는 다른 독특한 옷차림은 소녀의 예쁘장하고 귀여운 외모와 잘 어울려 보였다.

그러나 귀엽고 예쁜 소녀는 지금 두 명의 장한에게 붙들려 있는 상태였다.

한눈에 보기에도 거친 칼 밥을 먹고 사는 게 분명한 털북숭이 남자 둘이 소녀의 손목을 비틀고는 앞뒤를 막고 서 있었다.

더욱 볼썽사나운 점은 앞에 놈은 소녀의 왼쪽 팔을 비틀어 잡은 오른손으로 소녀의 가슴을 만지고 있었고, 소녀의 오른 팔을 비틀어 잡은 뒤쪽 놈은 소녀의 엉덩이 위에 손을 턱하니 올려놓고 있다는 점이었다.

소녀가 다시 비명을 질렀다.

"살려주세요!"

소녀의 비명 소리가 애처로움을 더했다.

이게 길거리 한복판에서 쉽게 볼 수 있는 일인지, 순간 고민에 빠진 듯 진완 일행은 말없이 소녀를 보고 있었다.

길 한복판에서 소녀를 추행하는 두 털보와 그걸 보고 있는 아홉 명의 또 다른 무리를 보자 길 가던 사람들이 분분히 흩어 지기 시작했다.

소검이 활짝 웃었다.

"거참, 이런 구경은 쉽게 하는 게 아닌데……."

소검의 웃음 띤 얼굴을 소녀를 추행하던 두 털북숭이가 입을 벌린 채 눈을 멍하니 뜨고 쳐다보고 있었다.

소검이 다시 말했다.

"배가 출출하군. 삼층이라고 했나?"

육상산이 곧 고개를 끄덕이고는 앞서서 객잔 안으로 들어섰다.

“무얼 즐겨 드시는지 몰라 알아서 이것저것 시켰습니다.”

“괜찮네, 괜찮아.”

소검이 껄껄 웃으며 곡도와 함께 육상산을 따라 객잔 안으로 들어섰다.

“으잉?”

진완이 멍하니 곡도와 소검의 등을 쳐다보았다.

육상산이야 원래 돈 안 되는 일엔 관심이 없으니 그렇다 쳐도, 무림정의를 외치는 무심련, 그중에서도 전검전과 투도각의 주인이 저럴 수는 없었다.

당장 칼부림이 날 줄 알았건만, 길 한복판에서 추행을 당하는 소녀를 멀뚱멀뚱 쳐다보다 배를 채우러 들어가다니!

소녀와 소녀를 추행하고 있는 털보 두 명 역시 예상외의 일이었는지 말을 잊은 채 눈만 데루룩 굴릴 뿐이었다.

하지만 진완이 이해 못할 일은 계속 벌어지고 있었다.

먼저 반두홍이 커다란 가래침을 탁 뱉고는 나지막하게 말했다.

“씨발, 별꼴 다 보네.”

반두홍의 욕설에 손형인이 배시시 웃었다.

‘어라? 개대가리는 그렇다 쳐도, 마음 착한 망둥어까지?’

진완은 나란히 어깨를 맞대고 객잔 안으로 사라지는 반두홍과 손형인을 보며 정신을 차릴 수가 없었다.

이 자식들이 진짜 미쳤구나! 하고 생각한 진완이 막 돌멩이 하나를 잡으러 허리를 굽혔을 때였다.

"주인, 아니, 형님. 공연한 일에 끼어들 필요 없습니다."

등 뒤로부터 낮게 속삭이는 염혼의 목소리가 들렸다.

"……?"

구부정하게 허리를 굽히고 있는 진완에게 더욱더 소리를 죽인 채 염혼이 말했다.

"소녀의 손가락을 보십시오. 사내들의 맥문을 잡고 있습니다."

진완이 눈알을 치켜뜨고는 소녀의 손가락을 보았다.

"……!"

분명했다. 사내들이 소녀의 손목을 비틀어 잡은 것처럼 보였지만 사실 소녀의 손가락이 사내들의 맥문을 틀어쥐고 있었다.

그렇게 제압한 사내들의 손을 한 손은 자신의 가슴 위로, 또 나른 손은 뒤로 돌려 엉녕이 위에 올려놓은 것이나.

염혼이 다시 속삭였다.

"빠르고 깨끗한 솜씨군요. 사실 저 사내들도 아혈이 짚혀 있어 말을 못하고 있는 상태입니다 모르기 몰라도 제 몸이 성했을 때라 해도 저 소녀를 꺾을 순 없을 겁니다."

그 무서웠던 염혼이 꺾지 못하는 상대라…….

상상은 가지 않았지만, 염혼의 눈썰미가 틀리진 않았을 거라 생각한 진완이 허리를 쭈욱 펴고는 손바닥을 탈탈 털며 중얼거렸다.

"세상엔 진짜 미친 게 많아!"

소녀의 예쁘장한 눈동자가 데루룩 굴러 진완을 노려보았다.

동시에 두 털보의 눈동자엔 울먹거리듯 습기가 차 오르고 있었다.

진완마저 등을 돌려 객잔으로 향하자, 거지도사 허주가 진완 팔뚝에 매달렸다.

"무량수불! 자네들 왜 이러는가! 아무리 세상살이가 팍팍해졌다 해도 이럴 수는 없네!"

진완이 한심하다는 듯 허주를 보며 말했다.

"작은 도관에 파묻혀 살아 세상 물정 모른다 해도 그렇지, 아무리 봐도 자넨 우리 조 중에 제일 떨거지야."

"떨거지? 그것도 우리 조 중에 제일?"

허주가 멍하니 눈을 뜨고 진완을 쳐다보다가, 곧 분노의 빛을 얼굴에 드러냈다.

"좋아! 세상 모두가 외면한다고 해도 나만은 그냥 두고 볼 수 없네!"

허주가 몸을 돌려 소녀를 바라보며 크게 외쳤다.

"네 두 놈이 세상을 떨게 만드는 마두인가 본데, 나 허주가……."

그때 소녀가 미안한 듯 수줍은 목소리로 말했다.

"저어기, 이왕이면 저쪽 잘생긴 청년이 구해주셨으면 하는데……."

"……?"

허주가 고개를 돌려보니, 옥기영이 당황한 듯 낯을 붉히고 있었다.

소녀가 다시 말했다.

"그래도 후줄근한 사람보다는 미공자께서 구해주시는 편이……."

이봐, 후줄근하다니! 나 옷 갈아입었다구! 그것도 멋진 청의 장삼으로! 허주가 억울하다는 표정을 지어봤지만 소용없었다.

그때 진완이 옥기영 옆으로 가 귀에 대고 뭐라고 속삭이자, 옥기영의 얼굴빛이 다시 달아오르더니 소녀를 노려보았다.

노려보는 두 눈빛엔 어느덧 경멸의 빛이 떠올라 있었다.

옥기영은 곧 뒤도 돌아보지 않은 채 진완과 어깨를 나란히 하고는 객잔 입구로 걸어갔다.

소녀가 당황한 듯 크게 외쳤다.

"아니, 그냥 다 가버리시면 어떻게 해요! 누가 날 구해주라고!"

이봐! 내가 있잖아! 허주의 초라한 얼굴이 실망감으로 축 늘어졌을 때, 진완이 고개도 돌리지 않은 채 말했다.

"내가 싫어하는 게 딱 세 가지야!"

"……?"

소녀가 궁금하다는 듯 진완의 뒷등을 쳐다봤을 때, 진완이 다시 말했다.

"덜떨어진 년! 대먹지 않은 년! 재수없는 년! 보통 그중 하나도 만나기 힘들지. 하지만 축하해, 넌 삼관왕이야."

아니, 궁지에 몰린 소녀에게 저런 말을 어떻게 할 수 있나 싶어 허주가 말도 잊은 채 진완을 쳐다보았지만, 진완과 옥기영은 어느새 객잔 이층으로 사라진 후였다.

"어쩔 수 없군."

허주가 한숨을 내쉬고는 다시 소녀를 쳐다보았다.

소녀는 낙심한 듯 아예 고개를 푹 숙이고 있었다.

허주가 공력을 운기하며 막 한 걸음 앞으로 걸어나갔을 때, 살기 가득 찬 낮은 목소리 하나가 앞에서 툭 튀어나왔다.

"꺼져."

"……?"

허주가 잘못 들었나 싶어 발걸음을 멈추었을 때, 소녀가 고개를 들었다.

"오늘은 진짜 똥 밟은 날이군!"

순간 소녀의 양팔이 기묘한 곡선을 그렸다.

쿵!

앞뒤에 서 있던 장한들이 공중제비와 함께 땅에 고개를 처박았다.

소녀가 양손을 가볍게 탁탁 털고는 허주를 쏘아보았다.

"뭘 봐?"

허주가 마른침을 꿀꺽 삼켰다.

소녀가 앞으로 다가오며 다시 말했다.

"죽고 싶냐?"

허주가 소리를 빽 질렀다.

"아닙니다요! 그럴 리가요!"

두 눈을 질끈 감은 허주는 왜 자신의 수호자였던 광풍쾌도 심진격이 무림에서 조심해야 할 세 가지 물건으로 어린애와 여자와 노인을 꼽았는지 그제야 알 수 있었다.

3

허주는 탁자에 앉은 후에도 떨리는 마음을 진정시킬 수가 없었다.

세상에 그런 여자가 다 있다니!

도무지 이해할 수가 없었다.

어쩌면 자신만 순진했던 것일 수 있었다.

소검과 곡도는 오랜 강호 경험으로 일이 이상하게 되었다는 걸 빨리 눈치 챘을 것이다.

귀신도 홀린다는 돈을 굴리는 놈이니 돼지새끼 육상산도 이미 알아보았고, 뒷골목에서 더러운 꼴 많이 보고 자란 개대가리 반두홍도 알아보았다.

눈빛으로 사람 마음을 읽는다는 망둥어 손형인도 알아본 그것을 자신만 몰라본 것이다.

'세상에 그런 년이 다 있다니! 무량수불!'

소녀는 기련소마 옥기영만큼이나 아름다웠다.

손형인의 슬픈 눈빛을 닮은 눈망울은 사슴보다 더 애처롭게 보였다.

거기다가 개대가리 반두홍보다 더 욕설을 잘했고, 돼지새끼 육상산보다 더 결단이 빨랐으며, 염혼보다 무공을 더 잘했다.

무엇보다 이년은 미친 조장보다 더 미친년이었다.

세상에! 이런 인간은 다시없을 거라 생각했던 십일조 조원들을 모두 섞어놓으면 그년 하나가 완성되지 않은가!

눈앞이 깜깜해져서 허주가 눈을 질끈 감았을 때, 진완이 소검에게 묻는 목소리가 들렸다.

"근데 그년 누구우? 아는 것 같은데?"

"모르는 게 편할 거야. 대강 누군지 추측은 가지만."

소검이 재미있다는 듯 웃었다.

반두홍 역시 어이없다는 듯 툴툴 웃었다.

"늙은 창기 년보다 더 수작질을 잘 피우게 생긴 년이었어. 거참, 생긴 건 참 예쁘더만. 어이, 기련소마. 그년이 네놈에게 관심이 있어 보이던데?"

옥기영이 불쾌하다는 듯 눈살을 찌푸렸다.

"관심없어."

생각만 해도 기분 나쁘다는 듯, 옥기영의 냉랭한 말에 분위기가 차가워졌다.

갑작스레 아홉 명이나 되는 손님을 맞아 분주하게 찻잔을 나르던 점소이마저 힐끔힐끔 옥기영의 눈치를 살필 정도였다.

하지만 분위기를 더욱더 얼어붙게 만드는 일이 벌어지고 있었다.

　반두홍이 수작질을 잘 피우게 생겼다고 묘사한 소녀가 삼층 객잔에 올라섰기 때문이다.

　주위를 두리번거리던 소녀가 옥기영을 보자 화사하게 웃으며 다가왔다.

　다행히 눈치 빠른 점소이가 조르륵 달려가 앞을 막았다.

　"저, 여긴 예약 손님만 받는 곳이라."

　"나, 예약했어."

　소녀가 간단한 고갯짓과 함께 대답하자 점소이가 울상을 지었다.

　"오늘 점심 예약 손님은 딱 여섯 분께 받았고, 그 수가 모두 스물하나인데, 모두 오셨습니다요."

　"나 예약했다니까."

　"글쎄 전 기억에 없는뎁쇼?"

　"그래?"

　소녀가 심드렁한 표정을 지으며 점소이를 쳐다보았다.

　"빡쎄게 맞다 보면 기억날걸?"

　점소이가 저도 모르게 뒷걸음질을 쳤다.

　다행히 소검이 점소이를 위기에서 구해주었다.

　"아버님은 편안하신가?"

　소녀가 털레털레 다가와 당연하다는 듯 의자 위에 앉았다.

　"글쎄요, 편안하시니까 사위 보시겠다고 여기까지 오신 거겠죠."

　사위? 사위라니? 그럼? 십일조 조원들 얼굴에 불길한 기운이 스쳐 갔을 때 소녀가 옥기영을 보며 손가락을 가리켰다.

"……?"

옥기영이 이건 또 무슨 짓인가 싶어 소녀를 보았을 때, 소녀가 말했다.

"너, 마음에 든다!"

너무도 엄청난 말이라 그런지 진완 찻잔에 차를 따르던 점소이마저 놀라 찻잔을 엎지를 정도였다.

"아이고, 죄송합니다."

점소이가 얼른 진완 찻잔을 목에 두르고 있는 수건으로 벅벅 닦은 후 다시 차를 따랐다.

소녀가 식탁 위에 팔꿈치를 올려놓고는 손 위에 턱을 얹으며 말했다.

"백팔룡 중에 너 같은 인물이 있을 거라고는 생각지도 못했어."

하지만 소녀의 태도와는 달리 옥기영은 분노 때문에 붉어진 얼굴을 돌려 외면할 뿐이었다.

소녀가 방그레 웃었다.

"지금 얼굴 각도, 마음에 드는군. 아까 장난친 것 때문에 그러는 거야?"

그때 진완이 손가락으로 소녀를 가리키며 말했다.

"너!"

"……?"

소녀가 고개를 돌려 진완을 쳐다보았을 때, 진완이 다시 말했다.

"꺼져!"

소녀는 표정이 순간 굳는다 싶더니, 곧 피식 하고 웃었다.

"미안, 곰 같은 놈은 내 취향이 아니야."

소녀가 웃음기를 지우고 두 손바닥으로 식탁을 짚은 채 고개를 앞으로 쑥 내밀었다.

"그리고, 너! 조심해라. 그러다 죽는다!"

죽인다고? 날? 동굴 속 노인이 휘두른 쇠사슬에도 멀쩡했던 나를? 진완 역시 피식 웃었다.

모르긴 몰라도 소녀는 분명 북해빙궁의 주인이라는 놈팡이의 외동딸이 틀림없을 것이다.

산에 있을 때도 북방 너머에 있는 여자들은 거칠다는 얘기를 들었다.

워낙 조선이 적막한 땅에서 살아남으려면 여자나 남자나 성격이 강해야 살아남겠지만, 이건 아니었다.

진완 옆에 앉아 있던 염혼이 재빨리 몸을 일으켜 진완 앞에 섰다.

염혼이 본능처럼 진완을 보호하려 하자 진완이 커다란 손으로 염혼 옆구리를 잡고는 옆에 앉혔다.

염혼이 굳은 표정으로 말했다.

"주인을 지켜야 합니다."

"주인이 아니라 형이지. 그리고 형은 그렇게 약하지 않아."

소녀가 어이없다는 듯 웃었다.

"엄청나게 안 닮은 형제군!"

참지 못하겠다는 듯 반두홍이 탁자를 쾅 손바닥으로 내려쳤다.

"씨발! 내 발바닥도 네 낯짝보단 낫겠다!"

"쓰—!"

소녀가 헛바람을 내며 몸을 반쯤 일으켜 세웠다.

어느새 손은 허리춤에 가져다 댄 채 언제고 무기를 꺼내 죽일 듯한 기세였다.

그때 소검이 손바닥을 훼훼 저으며 말했다.

"잠시만, 내가 물어볼 말이 있다."

소녀가 싸늘한 눈빛을 지우지 않은 채 소검에게 말했다.

"아버지도 날 어쩌지 못해요. 보아하니 전검전의 주인이신가 본데, 그 이름 가지고도 날 막을 수는 없을 거예요."

"널 막겠다는 게 아니다. 단지 내 볼일을 보자는 것이지. 어이, 자네."

소검이 한쪽 켠에서 떨고 있는 점소이를 불렀다.

"예에?"

점소이가 눈을 동그랗게 뜨고 소검을 쳐다보았다.

소검이 손가락으로 찻잔을 가리키며 말했다.

"이걸 자네가 먹어보게."

점소이의 눈알이 영문을 모르겠다는 듯 데루룩 굴렀다.

"무슨 말씀이신지."

"사람이 입에 대서는 안 될 물건 같아서 그러는 것이네."

“입에 대서는 안 될 물건이라니요?”

소검이 귀엽다는 듯한 눈빛과 함께 의자 등 뒤로 깊숙이 몸을 묻었다.

“차를 따를 때 자네 손톱을 보니, 손톱에 하얀 가로줄이 여러 개 나 있더구먼.”

점소이 얼굴 위로 가볍게 놀란 빛이 떠오르더니 곧 비웃듯 묘하게 입꼬리를 말아 올렸다.

“에고, 그걸 또 보셨습니까요?”

“그랬지. 원래 눈썰미가 좋으니까. 또 기억력 또한 뛰어난데, 그런 손톱을 내 평생 딱 한 사람에게서만 보았거든.”

“……”

점소이는 웃는 표정으로 천천히 한 걸음 물러서며 말없이 소검만을 쳐다보았다.

소검이 한가로운 듯 고개를 좌우로 꺾어 삐꺼대는 소리를 내며 말했다.

“바로 독개 소상춘이란 사람 손톱이 그렇더군. 내가 이상해서 어느 날 왜 그러냐고 물어봤었지. 그러니까……”

점소이가 노골적으로 비웃는 표정을 지으며 입을 열었다.

“독을 만지면 그렇게 되지요, 특히 오랜 시간 만성적으로 독에 노출된 사람들은.”

“그래, 그때의 대답이 그렇더군.”

소검이 웃는 얼굴로 점소이를 바라보았다.

하지만 소검의 눈만은 웃질 않았다.

점소이가 뒤로 두 발자국 물러서며 외쳤다.

"너희는……."

그 순간 울상을 짓고 있던 곡도가 자리를 박차고 일어섰다.

항상 구부정하게 굽혀져 있던 허리가 펴지고, 크게 한 발을 앞으로 내디뎠다 싶은 순간, 환영처럼 작은 소리가 들렸다.

샤─각─

잠시 곡도의 손이 흔들리는 듯했지만, 분명 곡도는 일어설 때의 모습 그대로였다.

입을 벌린 채, 멍하니 있던 점소이의 눈알이 데루룩 굴러 곡도를 쳐다보았다.

점소이는 나름대로 미소를 지어 보이려 했다.

하지만 뺨의 근육은 가늘게 떨리기 시작했고 그래서 끝내 괴상한 표정으로 변했을 뿐이었다.

점소이의 목에 가느다란 붉은 선이 생긴 것은 그 순간이었다.

소검이 한숨을 내쉬며 한 손으로 점소이를 가볍게 밀었다.

그 가벼운 손길 한 번에 점소이의 몸이 붕 뜨더니 뒤로 날았다.

허공중에서 점소이의 머리와 몸이 분리되더니, 붉은 핏줄기가 허공에 환상처럼 퍼졌다.

쿵─

짧고 둔탁한 소리와 함께 머리는 벽에 부딪치고, 몸통은 땅에 떨어져 뒤로 주욱 밀려났다.

퉁— 퉁— 퉁—

바닥에 몇 번 튕겨진 머리통이 한 켠에 떨어져 빙그르르 돌다 멈췄다.

점소이의 머리통은 아직도 그 괴상한 표정을 지은 채 진완을 쳐다보고 있었다.

第五章

덫과 미끼

"이게······."

진완은 점소이의 머리통을 부며 멍하니 입술을 열었다.

생애 두 번째로 보는 살인이었다.

한 사람의 목숨이 이렇게 쉽게 지다니, 믿을 수가 없었다.

그제야 진완은 왜 자신이 범소 형님에겐 친근함을 느꼈지만, 백대가리 무외자 교욱에겐 반감을 가졌는지 알 수 있었다.

그것은 살인에 대한 혐오감이었다.

처음 살인은 공포로 다가왔지만, 두 번째 살인은 피를 끓게 만들었다.

그리고 진완은 분노했다.

쾅―!

진완의 커다란 손바닥이 탁자를 내려쳤다.

"이게 무슨 짓이우!"

진완의 호통에 곡도의 표정이 더욱 음침한 울상으로 변했다.

소검이 어이없다는 듯 실없이 웃으며 말했다.

"늦으면 죽는다. 그게 강호다."

"……."

소검이 진완의 눈을 빤히 쳐다보았다.

"그는 애당초 강호에 들어서지 말았어야 했다. 들어선 이상 심장을 꺼내 손에 쥐고 다니는 것과 같기 때문이지."

소검이 천천히 검집을 손가락으로 쓰다듬으며 말을 이었다.

"강호에 고수는 없다. 모든 살아남은 자가 고수다. 왜냐하면 모든 죽은 사람들이 하수이기 때문이지. 하수여서 죽은 게 아니라, 죽었기 때문에 하수란 거다. 잊지 말거라, 늦으면 죽는다. 그게 강호다."

소검이 그제야 비로소 활짝 웃으며 장난스럽게 인사하듯 고개를 까딱거렸다.

"강호에 온 걸 환영한다."

진완은 소검의 웃음에서 비릿한 피 냄새를 맡는 듯해서 순간 진저리를 쳤다.

사건이 벌어진 것만큼, 뒤처리 역시 빨랐다.

운휴객잔의 주인에게 사정을 설명하고, 관아에서 따져 물으

면 무심련의 전검전과 투도각을 찾아오라고 당당히 얘기를 건
네는 것이 끝이었다.

객잔 주인은 소란을 피운 소검과 곡도에게 따져 묻기보다
는, 죽은 사람이 며칠 전에 채용되었던 사람이란 걸 해명하는
데 더 급급했다.

한 사람의 죽음보다는, 괜히 무심련의 코털을 건드린 게 아
닌가 걱정하는 태도였다.

소검은 몇 번 고개를 끄덕이고는 말했다.

"저 사람은 독인이오. 어쩌면 피 역시 독일지 모르니 먼저
소금을 뿌리고, 끓은 우유를 붓고 하루가 지난 뒤 태운 재로 덮
어 치우는 게 좋을 것이오. 또 관아의 검시가 끝나면 시체 역
시 태우라고 하시오."

주인은 더 이상 따져 묻지 않는 것만 해도 다행이라는 듯,
규규히 허리를 숙일 뿐이었다.

무림에서 무심련이 차지하는 위치를 극명하게 보여주는 사
건이었다.

한 사람의 허망한 죽음을 아쉬워하는 사람은 어디에도 없었
다.

'저 사람도 부모가 있고, 아내가 있고, 자식이 있을 게 아닌
가. 적어도 그 어딘가에서 피눈물을 흘리며 울어줄 단 한 사람
은 있을 것 아닌가.'

진완은 마치 전염병을 대하듯 사람들이 피해 다니는, 허연
소금에 뒤덮여 있는 점소이의 시신을 보며 눈살을 찌푸렸다.

듣던 대로 강호는 비정했다.

그 어디에도 그럴듯한 명분이나 협의를 행하는 영웅은 없었다.

뒷골을 당기게 만드는 진득한 피비린내와 그 누구의 기억에도 남지 않을 허망한 죽음뿐이었다.

그게 이른바 무인들의 강호였다.

객잔 밖에서 시체를 치우느라 분주한 움직임을 쳐다보던 진완의 심정을 염혼이 알아차린 듯 두 팔로 진완의 목을 더욱 꼭 안았다.

진완이 흐릿한 시선으로 염혼에게 물었다.

"동생아."

"예."

"네 강호도 저랬냐?"

"…그런 생각 해본 적 없습니다."

"동생아, 우린 저런 세상에 살지 말자. 아니, 강호를 떠나는 게 좋겠다."

옆에서 듣고 있던 기련소마 옥기영이 진완을 돌아보며 말했다.

"이미 늦었네."

"응?"

"내가 맨 처음 칼을 들었을 때, 스승이 물으셨어. 어떠냐, 칼이 무거우냐? 이렇게."

"……."

"난 생각보다 무겁긴 하지만 그런대로 휘두를 만합니다, 라고 대답했지. 그러자 스승께선 이렇게 말씀하셨네."

"……."

"마땅히 무거워야 한다. 칼을 잡는 순간 너 역시 강호에 한발 들어선 것이다. 크게는 이미 스러진 수많은 목숨이 얽힌 칼이자, 작게는 그 끝에 네 목숨 역시 매달아야 할 칼이기 때문이다. 바다보다 더 깊은 원과 한이 맺힌 칼이니 마땅히 태산보다 무겁게 대해야 한다."

옥기영이 한숨을 내쉬고는 다시 객잔을 바라보았다.

"난 그 뜻을 어렴풋하게만 알았을 뿐인데, 처음 사람이 죽는 걸 보니 이제야 알 것 같군."

듣고 있던 진완이 허망하다는 듯 피식 웃었다.

이들 백팔룡이 강호를 선택한 적은 없었다. 선택당했을 뿐이었다.

어쩌면 모든 강호인들 중 강호를 선택한 사람은 없을는지도 몰랐다.

진완은 저도 모르게 용 문신이 새겨진 가슴을 손바닥으로 쓰다듬었다.

이때까지 멋있게만 느껴졌던, 온몸을 휘감은 후 가슴 한복판에서 똬리를 튼 채 정면을 노려보는 용 문신이 처음으로 무인들을 덥석 물고 깊은 심연으로 사라지는 악마처럼 느껴졌다.

쓸쓸함 때문에 더욱더 촉촉한 눈빛으로 바라보던 옥기영 시선 앞에 불쑥 예쁘장한 얼굴 하나가 솟았다.

"너, 이런 면도 다 있었구나."

돼먹지 못한 소녀였다.

마치 귀여운 남동생을 보듯 옥기영의 얼굴을 보던 소녀가 곧 꺄르륵 웃었다.

"강호란 눈보라 같은 거야. 오게 할 수도, 멈출 수도 없지. 그냥 들이닥치는 거야. 우르르 꽝꽝! 눈이 순식간에 키보다 높게 쌓이고, 바람은 살을 파고들어 갈가리 찢어놓지. 그걸 누가 이겨낼 수 있겠어? 그냥 곰처럼 등을 말고 엎드린 채 견뎌내는 거지. 견뎌낼 수 없다면? 죽음이지. 간단한 거야."

짐짓 손가락까지 하나 펴 들고는 한쪽 눈을 찡긋했다.

"이 누나만 믿어. 귀여운 동생 하나쯤은 품어줄 수 있으니. 그런데 어디 가는 거야?"

대답은 때마침 곁으로 다가온 소검이 대신했다.

"그런데 처자는 어디 가는 거지?"

소녀가 입술을 삐죽이며 대답했다.

"내 발길은 어디로나 향할 수 있어요. 길은 어디에나 열려 있으니까."

소검이 빙그레 웃었다.

"어떤 사람에겐 허락되지 못하는 길이 있네. 바로 우리가 가는 길이지."

소검의 뜻은 명백했다. 더 이상 따라오지 말라는 것.

미간을 찡그린 소녀가 또 한 번 입술을 삐죽였다.

"지금 나 만나러 가는 길 아니었나요?"

단 한 마디의 말로 소녀의 정체가 분명해졌다.

지금 소검과 곡도가 만나러 가는 사람이란, 북해빙궁주와 그의 외동딸이었기 때문이다.

소검이 무슨 뜻이냐는 듯 손사래를 쳤다.

"아니. 그렇게 말하면 안 되네. 우린 아직 통성명을 하지 않았으니 난 소저가 누군지, 또 아버지가 무얼 하는 분인지 알지 못하네. 그냥 오가다 만났을 뿐이지."

소검의 말이 이상했는지, 소녀가 고개를 갸우뚱거리다가 순간 눈빛을 반짝였다.

"누구나 갈 수 있지만, 북해빙궁과 관련된 사람은 갈 수 없는 곳이군요. 나 엄소령(嚴少零), 북해빙궁이 뭐 하는 곳인지 알지 못해요. 그러니까 어디든지 갈 수 있죠."

스스로 엄소령이라 밝힌 소녀는 눈꺼풀을 깜찍하게 깜빡이며 소검을 바라보았다.

소검이 너털웃음을 웃었다.

"하하, 정말 아무런 관련이 없는가? 우리가 가는 길은 어쩌면 목숨을 걸어야 하는 길이어서 그렇다네."

북해빙궁주인 엄극인의 외동딸과 함께 길을 나서다가 무슨 일이라도 당한다면 책임은 온전히 소검과 곡도의 몫이었다.

북해빙궁주 외동딸이 성질을 못 이겨 아비 품에서 벗어나 나돌아다니다가 사고를 당하는 것은 소검과 곡도의 책임이 아니었다.

하지만 알고서도 막지 못해 일이 벌어진다면 큰일이 아닌 가.

엄소령이 손가락 하나를 볼에 가져다 대고, 짐짓 고개를 가웃거렸다.

"글쎄요? 북해빙궁이라… 어쩌면 관련이 있을지도 모르죠. 하지만 지금은 무슨 관계인지 기억이 나지 않네요."

그 모습을 보던 곡도가 잔뜩 찡그린 인상으로 고개를 저었고, 소검이 다시 한 번 너털웃음을 웃었다.

"좋아. 적어도 그 기억은 한참 후 온서 땅을 밟고 난 후에 나길 바란다네."

"어머, 온서 땅에 가세요? 그럼 같이 가요."

"중간에 들를 데가 있네. 상당히 위험할 수도 있고. 그래도 괜찮은가?"

"저야 괜찮지요."

엄소령이 반달눈과 함께 귀엽게 웃었다.

소검이 어쩔 수 없다는 듯 웃으며 고개를 끄덕였다.

상대가 북해빙궁주의 외동딸이라 신분을 밝힌다면, 공식적으로 맞이해야만 했다.

서로 마음에도 없는 인사말과 함께 복잡한 허례허식을 따져야 하는 것이다.

그렇다고 그게 싫어 따로 떨어져 행동할 수도 없었다.

이런 철부지 소녀에게 강호에서 무슨 일이 생긴다면 무심련과 빙궁의 관계가 껄끄러워질 수도 있었다.

그냥 이대로, 짐짓 모르는 소녀와 동행하듯 가는 게 제일 속 편한 일이었다.

하지만 십일조 조원들의 생각은 소검과는 달랐다.

저런 막돼먹은 년이랑 동행을 한다고? 그럴 수는 없지!

십일조 조원들 얼굴에서 불쾌한 기색을 읽었는지, 소검이 얼른 말했다.

“물론 내 곁에서 말이야. 마차도 나와 함께 타고.”

소검이 서둘러 앞에 마차를 향해 걷자, 엄소령이 혓바닥을 내밀고는 소검의 뒤를 따랐다.

마음이야 옥기영 곁에 앉아 가고 싶었지만, 거기까지 욕심 낸다면 옥기영의 반감만 더 커질 것이 분명했다.

아직 시간은 많았고, 기회 역시 많을 거란 생각과 함께 엄소령이 소검과 곡도의 마차에 올랐을 때였다.

개대가리 빈두홍이 가래침을 툭 내뱉고는 진원을 쳐다보았다.

“씨발, 재수 힌번 진짜 없네. 이이 미친 조장, 왜 가만히 지켜보고만 있었던 거야?”

진완은 아무런 말 없이 그저 힘없이 돌아서서 마차에 오를 뿐이었다.

머쓱해진 반두홍이 그 뒤를 따랐고, 나머지 십일조 조원들 역시 마차에 오르자, 마차가 다시 달그락거리는 소리와 함께 움직이기 시작했다.

‘강호라…….’

아까부터 진완의 머릿속을 꽉 채우고 있는 단어였다.

강호는 하나였지만, 모습은 제각각이었다.

소검과 곡도의 강호가 있있다.

또한 염혼의 강호도 있었고, 옥기영의 강호도 있었다.

하다못해 돼먹지 않게 재수없는 년도 나름대로의 강호를 가지고 있었다.

강호란 어쩌면 마음속에 있는 것일지도 몰랐다.

강호를 떠난다 해도, 거기에 또 다른 강호가 있을지 몰랐다.

'내 강호는 어떤 모습일까……'

진완은 두 눈을 감고 그답지 않은 오랜 상념에 잠겨 있었다.

2

마차는 멎었다.

마차에서 내린 육상산이 주위를 바라보며 물었다.

"여기는?"

육상산 생각엔 멈출 이유가 하등 없는 곳이었다.

잠시 멈추어 쉬기에도 불편한 곳이기 때문이었다.

온서까지 가는 길은 세 갈래였다.

마차가 가기 편한 넓은 길은, 멀찍이 돌아가는 길이었다.

또 다른 한 길은 산 사이로 질러가 시간은 빨랐지만, 길이

좁아 마차가 갈 수 없는 길이었다.

그래서 그 한가운데 길을 택해 길을 나선 것이었다.

넓고 편한 길보다는 빠르고, 가로질러 가는 길보다는 늦은 길이었고 그래서 길은 한적했다.

등짐을 업은 사람들은 가로지르는 길을 택했고, 마차에 짐이 많은 사람들은 넓은 길을 택했기 때문이다.

길 왼쪽엔 절벽에 가까운 구릉이 있었다.

또 오른편엔 역시 높다란 계곡이 벽처럼 우뚝 솟아 있었다.

그 사이를 크게 감싸고 휘어 돌아 나가는 길 한가운데 마차가 멎은 것이다.

소검이 웃으며 다가왔다.

"놀랄 것 없네. 그저 점이라도 볼까 해서 온 것이니."

"점이요?"

"그래, 타루복(駝僂卜)이란 무격(巫覡)이지."

옆에서 듣고 있던 거지도사 허주가 인상을 찡그렸다.

"무격이라면 무당이 아닌가! 그런데 무엇 때문에 그자를 만나시려는 게지. 무량수불~"

도사 역시 점복을 멀리하는 것은 아니었다.

도리어 그것으로 포교와 함께 돈도 벌었다.

그러나 그 방법은 도력을 높이 쌓아 영안(靈眼)을 여는 방법이어야지, 저급 귀신과 접신해 중얼거리는 점사는 결코 아니란 생각에서 허주가 인상을 찡그린 것이다.

소검이 재미있다는 듯 껄껄 웃고는 말했다.

"그를 아는 자들은 신고(神鼓)라 하더군. 점사를 볼 때는 항상 커다란 북을 쾅쾅 쳐서 신탁을 받아서라던가? 아무튼 그자의 북 두드리는 소리 때문에 산 아래 사람들은 귀를 막고 산다더군. 아, 왜 그자를 만나냐고? 그야 물론 물어볼 말이 있기 때문이지."

소검이 다시 환한 미소를 지었지만, 역시나 두 눈만은 웃지 않았다.

"오늘 그자가 죽을지 살지 물어볼 생각이네."

소검이 마부에게 어디서 기다리란 명령을 내린 후, 자연스레 산을 올랐다.

산길은 험했다. 산을 잘 아는 진완은 지금 걷는 길이 타루복이란 무당 집에 가는 원래의 길은 아니라고 생각했다.

도리어 길 중간을 가로질러 습격하기 위해서 고른 길 같았다.

진완의 생각이 틀리지 않았는지 대략 반 시진가량의 산길을 오르자 꽤나 넓고 한적한 산길로 나갈 수 있었다.

거기서 불과 수백 걸음을 걷자 조그마한 집 한 채를 만날 수 있었다.

타루복이란 무당 실력이 그리 좋지 않다는 점은 허름한 목옥과 다름없는 집만 봐도 알 수 있었다.

게다가 집만큼이나 커다란 북이 한 켠에 떡하니 자리를 차지한 채 놓여 있었다.

허름한 목옥과 그 옆에 덩그러니 놓여 있는 커다란 북 하나,
왠지 어울리지 않는 기묘한 그림이었다.

북 뒤쪽에서 무언가 그릇에 받아 나오던 사내 하나가, 이제
엄소령까지 끼어들어 열 명으로 불어난 일행을 보고는 눈을
동그랗게 떴다.

"오… 오늘은 영업을 하지 않습니다요."

사내는 말을 끝내고는 눈을 희번덕거렸다.

이들은 타루복을 찾아온 사람들이었다.

그렇다면 오늘 같은 그믐날엔 타루복이 육효통을 잡지 않는
다는 것쯤은 알아야 했다.

아니, 설혹 날짜를 잘못 따져 왔다 해도 손님을 받지 않는다
는 뜻으로 길 초입에 걸어놓은 가로지른 두 개의 회백목을 보
지 못했을 리도 없었다.

그렇다면 이들은 확실히 타루복에게 무언가 물을 것이 있어
온 것이 분명했다.

그리고 그 질문은 당연히 목 끝에 칼을 가져다 내고 나서야
물을 수 있는 말이리라.

순간 사내가 눈빛이 수축되었다.

등을 목옥의 문 쪽으로 향한 채 발끝으로 땅을 가볍게 밀었
다.

그 순간, 곡도가 등을 구부정하게 굽혔다.

내민 한쪽 무릎은 굽혔고, 뒤로 물린 발은 꼿꼿하게 편 채
옆에 찬 칼의 손잡이를 잡았다.

그 자세 그대로 곡도가 사내에게 쏘아져 갔다.

스— 릇—

곡도의 검이 흐릿해진 순간, 보는 시산이 넘추었나.

움직인 것이라고는 허공에 튕겨 올라 뱅그르 맴을 도는 사내의 머리통뿐이었다.

점점이 뿌려지는 핏방울이 햇빛 아래 무지개를 만들어내었다.

그 순간 다시 시간이 배로 빨라진 듯 흘러가기 시작했다.

곡도의 움직임을 따라 뒤를 따르던 소검의 검이 우아하게 한 바퀴 허공에서 맴을 돌았다.

콰— 앙—

사내와 문짝이 한꺼번에 반으로 갈라지는 것과 동시에 소검과 곡도가 문 안쪽으로 빨려들 듯 사라졌다.

"좋구나!"

엄소령이 뾰족한 탄성을 지르고는 곧 우아하게 발로 허공을 차며 뛰어올라 문 안쪽으로 사라졌다.

곧 목옥 안에서 마치 세찬 소낙비가 내리는 듯한 소리와 함께, 엄소령의 뾰족한 경고성이 터져 나왔다.

"조심해!"

뭐가? 멍하니 서 있던 진완 눈앞에 무언가 반짝거렸다.

피— 잉—

바람을 매섭게 가르는 소리와 함께 염혼이 앞으로 튀어나가는 게 보였다.

그리고 눈앞이 새하얗게 변했다.

'뭐지?'

진완이 갑작스레 아파오는 미간 사이를 쓰다듬다가, 허리를 굽혀 기다란 나뭇조각을 집어 들었다.

팔뚝 길이보다 조금 작은 듯한 기다란 나뭇조각이었다.

"형님, 괜찮으십니까?"

염혼이 한쪽 팔을 축 늘어뜨린 채, 진완에게 다급하게 물었다.

뭐가? 진완이 어이없어하며 주위를 둘러보았다.

어느새 기련소마 옥기영과 망둥어 손형인이 맨 앞으로 튀어나가 일행을 보호하듯 버티고 섰다.

개대가리 반두홍과 돼지새끼 손형인이 신경을 잔뜩 곤두세운 채 목옥 쪽을 노려보고 있었다.

거지도사 허주가 진완의 팔을 매달리다시피 붙잡고는 빠르게 물었다.

"괜찮이? 괜찮냐구! 이라? 괜찮네!"

진완은 허주 말에 대답 대신 빽 하고 고함을 질렀다.

"아니, 너 손이 왜 그러느냐!"

염혼의 축 늘어진 오른 손등에는 작은 구멍이 나 있었다.

그 사이로 선혈이 줄줄 떨어지는데도 염혼의 시선은 진완의 얼굴에서 떨어질 줄을 몰랐다.

"주인, 아니, 형님. 괜찮으신가 보군요!"

염혼의 외침에, 그제야 무슨 일이 벌어진 것인지 알 수 있었다.

목옥 안에서 이 뾰족한 나뭇조각이 튀어나오자, 염혼이 얼른 앞으로 튀어나가 손을 쳐들어 막은 것이다.

하지만 나뭇조각은 염혼의 손바닥을 뚫고 지나간 후, 진완 미간에 틀어박힌 것이다.

그러나 염혼의 손등을 꿰뚫을 정도의 위력을 보여주었던 나뭇조각은 진완에겐 아무런 상처조차 남기지 못했다.

진완이 염혼의 손을 들고 걱정스런 눈길로 이리저리 살폈다.

성치 않은 상태인데도 몸을 날려 자신을 막다니! 이런 바보가 또 있으랴! 진완의 두 눈엔 은은한 분노의 빛이 떠올랐다.

염혼을 향한 분노가 아닌, 스스로에 대한 자책 때문이었다.

내공이란 이상한 걸 몸에 담은 이후, 감각은 예민해졌다.

더욱이 돌팔매질에 능한 자신이 조그마한 나뭇조각 따위가 날아오는 걸 모르고 있었다니!

너무 생각이 많은 탓이었다.

사람의 죽음과 강호라는 것에 대해서, 어울리지 않게도 너무 많은 생각을 한 탓이다.

소검이 옳았다. 늦으면 죽었다. 아니, 이미 금강 뭐시기가 된 자신을 죽일 사람은 없었다.

하지만 그 옆의 동료가 위험에 빠졌다.

일단 강호에서 벗어나기 전까진 빨라야 했다.

그렇다고 상대를 죽이진 않으리라, 단지 죽는 게 얼마나 고통스러운 일인가는 철저하게 알려주어야만 했다.

"이 자식을 그냥!"

진완이 온몸을 부르르 떨며 크게 외친 후, 저벅저벅 목옥 쪽으로 걸었다.

"위험……."

기련소마 옥기영이 진완에게 경고성을 발하려다 멈추었다.

하기야 머리로 바위를 박살 내는 저 괴물 같은 놈에게 상처를 입힐 사람이 그 어디에 있을까 싶어서였다.

옥기영이 한숨을 내쉬고 진완의 뒤를 따를 때, 진완은 이미 문을 들어서며 크게 호통치고 있었다.

"어떤 자식이냐!"

다행히 그 자식은 도망가지 않은 채 의자에 얌전히 앉아 있었다.

당연한 일이었다. 그 누구라도 소검의 섬끝이 목 아래 숨농을 꾸욱 누르고 있는 상태라면 도망가지 못할 것이다.

타루복의 지금 상태가 그랬다.

타루복은 자신의 별호 그대로 곱추였다.

등이 튀어나온 만큼 몸은 앞으로 굽었고, 지금도 책상에 턱이 닿을 만큼 허리를 굽힌 채 정면을 노려보고 있었다.

그런 타루복의 목젖 아래, 안으로 오목하게 들어간 숨골에 소검의 검이 얹어져 있었다

또 타루복의 오른편에는 곡도가 언제든 칼을 뽑아 흔들 준비가 되어 있다는 듯 특유의 구부정한 자세로 타루복을 노려

보고 있었다.

육효점을 보는 점쟁이는 산가지를 통에 넣고 흔들다, 그중 한 개의 산가지를 뽑아 거기에 적힌 괘상을 보고 점을 치곤 했다.

흔드는 통을 산통(算筒)이라 했고, 괘상이 적힌 기다란 나뭇조각을 산가지라 하는데, 타루복의 양손에 들린 물건이 바로 그것이었다.

왼손에는 흔들다 막 멈췄는지 산통을 들고 있었고, 오른손에는 막 산통에서 뽑아 든 듯 기다란 산가지를 손가락 사이마다 꽂은 채 눈꼬리를 파르르 떨고 있었다.

당연히 진완은 뭐가 산통이고 산가지인지 알지 못했다.

단지 염혼의 손을 꿰뚫고 이마에 박힐 뻔한 나뭇조각을 저 미련한 놈이 던졌다는 것만 중요했다.

"야이 빌어먹을 자식아!"

냅다 고함을 지른 후 양 소매를 걷고 앞으로 한 발 걸었을 때 바닥에 물컹하고 밟히는 게 있었다.

에구머니나! 얼른 발을 떼고 보니 목이 잘려 나간 시체의 가슴이었다.

그때 타루복이 입을 열었다.

목소리 또한 얼굴과 마찬가지로 까마귀를 닮은 듯한 기분 나쁜 목소리였다.

"이괘(離卦)라, 갑옷 입은 무인이 찾아오니, 감괘(坎卦)라, 칼에 능멸당할 운세로다. 천예성이 천살성을 만나니 오직 조문(弔問)하는 일이 남았을 뿐이로고.”

타루복이 살점덩어리가 주렁주렁 매달려 있는 얼굴을 출렁거리며 손가락 사이에 낀 산가지를 보며 읊조렸다.

기다란 매부리코, 축 늘어진 정체 모를 살점들, 누런 이빨.

그 어디를 봐도 정붙이긴 힘든 낯짝이었다.

타루복이 한쪽에 굴러다니는 잘린 머리통을 보며 한숨과 함께 말했다.

“오늘 네 운이 이러하니 날 원망치는 말거라.”

타루복이 천천히 손에 낀 산가지를 다시 산통에 넣으며 입을 열었다.

“객(客)들은 물으시오. 내 대답하리다.”

타루복은 산통을 탁 하고 책상에 놓고는 모든 준비가 끝났다는 듯 양쪽 눈의 크기가 달라 괴상하게 보이는 짝눈을 지그시 김있다.

소검이 빙그레 웃고는 곡도를 슬쩍 쳐다보았다.

곡도가 품에서 나무패 하나를 책상 위로 던졌다.

소검이 물었다.

“이게 무엇인지 알아보겠나?”

타루복이 짝 눈을 슬쩍 뜨고는 힐끗 책상 위 나무패를 쳐다보았다.

“나무패 아니오. 그 위엔 진완이라 적혀 있구려.”

진완? 아니, 그 이름이 왜 작은 나무패 위에 적혀 있나 싶어 뒤늦게 목옥 안으로 들어온 십일조 조원들이 일제히 타루복을 쳐다보았다.

소검의 미소가 더욱 짙어졌다.

"내가 사실 마교 종자들을 잡아 죽이는 일을 맡고 있다네. 며칠 전, 은밀히 마교 분타가 있다는 말을 듣고 한밤중을 골라 치게 되었지. 그렇게 수하 둘을 잃고 겨우 얻은 물건이 나무패 몇 개였네."

소검의 검이 타루복의 숨통을 손톱만큼 파고들었다.

한줄기 핏방울이 도르륵 떨어질 때, 소검이 다시 입을 열었다.

"그 나무패가 지닌 뜻은 가볍지 않지. 거기 올려진 두 개의 전검전 무인 목숨 때문만은 아니네. 그 물건이 실상 마교 종자들의 비밀 연통이라 그렇지. 거 있지 않나. 서로 비밀리에 연락을 전달하는 것 말일세."

검끝이 다시 한 치쯤 더 파고들었다.

더욱 붉어진 듯한 몇 방울의 선혈이 타루복의 가슴을 타고 흘렀다.

"마교 종자들의 비밀 연락은 교묘하기 이를 데 없어, 각자 한 글자씩 적어 넣은 나무패를 이리저리 약속된 계산에 맞추어 한 줄로 꿰면 문장이 되더군. 이리저리 맞추어보던 중, 그 약속된 기호가 주역의 예순네 개의 괘상이라는 것까지 알아냈네. 그렇게 처음 맞춘 문장이 바로 '백팔룡 진완' 이었다네."

듣고 있던 진완이 두 눈을 크게 부릅떴다.

왜 마교 종자들이 자신에게 관심을 가진단 말인가?

그 순간 옆에 있던 곡도가 다시 품 안에서 대나무를 잘라 만든 통을 꺼내더니 마개를 열고 내용물을 책상 위로 쏟아냈다.

촤르륵.

맑고 경쾌한 소리와 함께 많은 수의 나무패가 책상 위에 수북이 쌓였다.

소검이 웃으며 말했다.

"하지만 그 문장 앞뒤에 붙을 나무패가 무엇인지까진 알아내지 못했지. 내가 묻고자 하는 건 이거네. 백팔룡 진완 앞에 붙을 문장이 어떤 것인가 하는 것 말일세."

타루복이 기분 나쁜 웃음과 함께 대답했다.

"난 점사만 볼 뿐, 문장을 짓는 일에는 능숙하지 못하다오."

소검이 활짝 웃었다. 하지만 두 눈만은 웃질 않았다.

"그걸 자네가 모르면 누가 안단 말인가. 마교 종자들을 아무리 살펴도 서로 내왕은 없었네. 하지만 분명 연락은 주고받았지. 몇 달을 살핀 후에야 알 수 있었네, 그들은 일정한 소리를 내어 연락을 주고받는다는 것을. 주역에서 뽑은 예순네 개의 암호, 소리로 주고받는 신호. 이 두 가지를 합치자 근사한 그림 하나가 그려졌지."

소검의 검끝이 다시 손톱만큼 타루복의 숨통을 파고들었다.

고개를 숙인 소검이 활짝 웃으며 타루복의 귓전에 대고 속삭였다.

"자넨 신탁을 받을 때면 큰 북을 친다지? 그 북소리가 어찌나 크던지 산 아래까지 들린다던데?"

타루복이 그 순간 피식 웃었다.

시뻘겋게 달아오른 눈빛으로 책상 위에 쌓인 나무패를 노려보던 타루복이 기분 나쁜 목소리로 숭얼거렸다.

"육효로만 점사를 보는 건 아니지!"

곧 오른손을 뻗어 나무패를 휘젓던 타루복이 기다란 손톱으로 나무패 하나를 튕겨 올렸다.

오래된 나무처럼 앙상한 타루복의 손이 허공에서 나무패를 붙잡는 순간, 곡도의 눈빛이 반짝인다 싶었을 때 곡도의 도가 흐릿하게 변했다.

툭―

타루복의 잘려진 손목이 책상 위에 떨어져 내렸다.

소검이 너털웃음을 웃으며 말했다.

"책상 위에 놓인 손목을 부디 복채라 생각하게. 사실 자네의 그 손은 너무 위험한 물건인 듯싶어 잘라낼 수밖에 없었다네."

하지만 타루복은 손목이 잘렸음에도, 대수롭지 않다는 듯 고개를 숙여 잘려진 오른손 안에 든 나무패를 살필 뿐이었다.

"이(餌) 자로구나! 이 자 위에 피가 묻었으니 곧 미끼를 뜻함이렷다!"

크게 외친 타루복이 두 눈을 지그시 감았다.

소검이 재미있다는 듯 눈썹을 치켜 올리며 물었다.

"무슨 뜻인가?"

타루복이 두 눈을 뜨지 않은 채 대답했다.

"그대들은 이미 살인귀란 뜻이오. 너무나 살인의 쾌감에 절어 먹잇감을 찾아다니는 살인귀 말이오. 사실 마교를 찾는 게 아니라 베어 죽일 사람을 찾는 것 아니었소?"

타루복이 두 눈을 뜨고 이젠 하나밖에 남지 않은 성한 손을 들어 손가락으로 진완을 가리키며 말했다.

"바로 저 아이를 두고 미끼라 한 거요. 일월신교에서 진완이란 소년에게 관심을 가지자, 당신들은 그 아이를 데리고 무심련에서 나왔소. 저 아이를 데리고 다니면서 신교 사람들이 다가오길 기다려 살인을 하려는 것 아니오! 결국 저 아이를 보호하기 위함이 아니라, 미끼로 삼아 데리고 있는 것이지!"

소검이 껄껄 웃었다.

"틀리지 않아! 틀리지 않아! 마교의 연락책인 줄로만 알았더니 점사에 재주가 없는 건 아니군! 그래, 이번 미끼를 덥썩 물어줄 마교 종자는 있을 것 같은가?"

그제아 진완은 왜 개내사리 반두홍의 뉘봉수가 간질거리고, 망둥어 손형인의 느낌이 이상했는지 알 수 있었다.

소검과 곡도, 그들은 진완을 그저 미끼로 이용하려 한 것이다.

그때, 타루복이 음침하게 웃었다.

"미끼란 피를 부르다 끝내 죽음으로 끝맺는 것! 당연히 있소. 바로 문밖에 죽음이 찾아왔지!"

타루복의 말이 끝나는 순간, 커다란 굉음이 터져 나왔다.

퍼퍼퍽―

둔탁한 소리와 함께 염혼이 진완을 안고 땅바닥에 굴렀다.

"고개 숙여!"

엄소령이 재빨리 달려나가며 크게 외치고는, 열려 있던 문을 닫았다.

그 순간, 닫힌 문 한가운데를 꿰뚫고 굵은 화살 하나가 삐죽이 솟았다.

급히 뒤로 발을 물린 엄소령이 믿겨지지 않는다는 듯 뾰족한 목소리로 외쳤다.

"반탄궁이군!"

마치 우박이 떨어지는 듯한 소리가 끝나자, 진완이 천천히 고개를 들었다.

목옥은 마치 고슴도치로 변한 듯했다.

앞과 뒤, 좌우와 천장까지 온통 화살이 반쯤 몸을 들이민 채 꽂혀 있었기 때문이다.

3

나무를 뚫고 반쯤 몸을 들이민 화살촉은 시커먼 색깔로 번질거리고 있었다.

"씨발, 반탄궁이 뭐야!"

얼른 엎드린 채 두 손으로 머리를 감싸 쥐고 있던 개대가리 반두홍이 욕설을 내뱉자, 엄소령이 고개를 돌려 반두홍을 비웃듯 바라보았다.

"기공을 파괴하기 위해 특수하게 만든 활과 화살이지. 아무리 내가기공의 고수라도 정면에서 제대로 맞으면 바람구멍이 나는 물건이라고."

반두홍이 고개를 들어 화살을 쳐다보았다.

과연 달랐다. 보통의 화살의 굵기가 새끼손가락 반도 채 되지 않는 데 비해서, 반탄궁시는 엄지손가락 굵기 정도였다.

더욱이 나무가 아닌 쇠로 만들었는지, 반질반질 검은 윤기마저 흘렀다.

"씨발, 그런 걸 왜 우리한테 쏘냐고!"

"우리가 아니야."

엄소령이 고개를 저었다.

"전검전과 투도각의 주인을 상대하기 위해서지. 걱정 마, 넌 내가 지켜줄게."

엄소령이 검을 꺼내 들어 가리킨 사람은 다른 한 켠에 엎드려 있던 기련소마 옥기영이었다.

옥기영이 누가 지켜달랬냐는 황당한 표정으로 엄소령을 쳐다보았다.

엄소령이 앞으로 걸어가 검을 탁자 위에 소리나게 탁 꽂고는 타루복에게 물었다.

"니가 쟤들 두목이냐?"

타루복이 대답 대신 책상 위에 꽂힌 검을 노려보았다.

엄소령의 검은 특이했다.

일단 길이는 보통 검의 절반 정도밖에 되지 않을 정도로 짧았고, 검신은 마치 얼음을 깎아 만든 듯 투명했다.

타루복이 비릿한 웃음을 웃었다.

"아, 누구신가 했더니 북해빙궁의 소궁주셨구려."

그제야 이해가 간다는 듯 타루복이 고개를 끄덕였다.

"왜 형제들이 한꺼번에 들이닥치지 않은가 했더니……."

마치 엄소령이 없었다면 밖에서 화살비를 쏘아대는 걸로 그치지는 않았을 거란 어투였다.

"지깟 놈들이 쳐들어와 봤자지."

엄소령이 팔짱을 끼고 피식 웃었을 때였다.

진완이 자신의 몸 위에 포개어 있는 염혼을 슬쩍 안아 밀어내며 말했다.

"한 번만 더 이랬다간 형이 가만 안 둘 게다!"

"저는 그저 형님이 잘못되실까……."

염혼이 큰 잘못을 했다는 듯 고개를 숙일 때, 벌떡 몸을 일으킨 진완이 툭툭 몸을 털고는 엄소령 옆으로 와 어깨를 밀었다.

"너 저리 좀 가봐."

어라? 엄소령이 멍한 눈길로 진완을 쳐다보았지만, 진완은 엄소령 쪽으로 고개도 돌리지 않은 채 커다란 손바닥을 들어 책상을 쾅 하고 내려쳤을 뿐이었다.

순간 책상 위에 쌓여 있던 나무패들이 벼락에 맞은 것처럼 튀어 올랐다.

"어이, 노인장! 하나만 물읍시다."

타루복이 이건 또 뭐 하는 물건인가 하는 시선으로 진완을 쳐다보았을 때, 진완이 타루복 코앞까지 얼굴을 들이밀고는 으르렁거렸다.

"이 나무패에 왜 내 이름이 있는 거요? 아참, 그리고……."

진완이 고개를 돌려 소검을 쳐다보았다.

"어이, 아저씨. 이 재수없는 낯짝을 가진 노인네 말이 맞는 거우? 그러니까 진짜 내가 미끼로 이용된 거우?"

소검이 진완이 귀엽다는 듯 활짝 웃었다.

"그럼 내가 널 예뻐서 데리고 다닌 줄 알았더냐?"

진완이 소검을 노려보았다.

미끼? 그래 미끼가 맞았다. 아니, 어쩌면 백팔룡 모두가 미끼일지 몰랐다.

어차피 위진천의 딸을 보호하기 위해 만들어진 존재가 백팔룡이 아니었던가.

억울하고 울화통이 터지는 일이었지만, 그렇다고 커다란 비밀을 털어놓을 수도 없었다.

솔직히 진완 스스로도 가짜라는 커다란 비밀이 있지 않은가.

진완이 다시 고개를 돌려 타루복을 쳐다보았다.

"아니, 물어봤으면 저 아저씨처럼 납죽납죽 대답해야 할 거 아니우!"

타루복이 또 한 번 비릿하게 웃으며 진완을 쳐다보았다.

"모든 것은 암종의 뜻, 나 역시 모른다. 밖에 있는 사람이라면 혹시 알지도 모르지."

진완이 척추를 펴고 손을 턱하니 허리에 올린 채 말했다.

"좋아. 아무나 잡아다 물어보면 되겠지."

진완 말에 염혼이 펄쩍 뛸 듯 놀라며 말했다.

"안 됩니다. 반탄궁은 매우 위험한 물건입니다."

소검이 빙그레 웃는 낯으로 고개를 끄덕였다.

"저 아이 말이 맞다. 일류고수라도 반탄궁을 우습게보지 않는다."

진완이 입을 쩍 벌리고 소검을 노려보았다.

"아이구나! 그렇게나 걱정을 해주셨수? 날 미끼로 쓰신 양반이? 됐수다. 난 갈 거요. 이대로 문을 나선 다음 당당히 두 발로 가겠다 이 말이우!"

진완이 한쪽 벽으로 가서 벽을 쓰다듬었다.

겉보기엔 허름해도 나무는 꽤나 단단했다.

그런 나무를 쪼개고 들어올 정도면? 듣던 대로 엄청난 화살임에 틀림없었다.

진완이 삐죽이 반쯤 몸을 내밀고 있는 화살을 잡아당기며 말했다.

"남의 목숨 가지고, 아니, 아무것도 모르는 아이들 여섯 목숨을 그저 미끼 삼아 이리저리 데리고 다니며 낚시질하는 인간들과는 어울리기 싫다 이거야!"

진완이 끄응 힘을 주자, 화살이 벽에서 점점 몸을 드러내기 시작했다.

진완이 콧구멍을 벌렁거리며 다시 힘을 주자 반탄궁시가 밭에서 무 뽑히듯 쑥 뽑혀 나왔다.

진완이 손에 든 화살을 살펴보며 다시 중얼거렸다.

"일단 내 이름을 어떻게 알았는지 따져 본 후, 죽지 않을 만큼만 족쳐 놓으면 더 이상 따라오진 않겠지."

진완이 손에 든 화살을 들고는 드러낸 팔뚝에 부욱 긁었다.

"형님!"

어느새 옆에 다가온 염혼이 진완의 팔뚝을 잡았다.

"괜찮다. 아무렇지도 않아."

진완이 팔뚝을 염혼에게 보여주며 말했다.

그리고는 확인시켜 주겠다는 듯 다시 한 번 날카로운 화살촉으로 팔뚝을 부욱 내려 긁었다.

진완의 말이 밎았다.

팔뚝엔 화살촉을 따라 붉은 선 하나가 그려졌다가, 금방 사라졌다.

염혼이 믿기지 않는다는 듯 눈을 부릅떴을 때, 진완이 이번엔 손에 든 화살을 힘껏 팔뚝에 내리꽂았다.

"형님!"

다시 한 번 염혼이 비명을 질렀지만, 화살은 진완의 몸을 뚫지 못했다.

진완이 팔뚝을 내보이며 말했다.

"봐라. 이 형님 힘으로도 뚫지 못했다. 이 형님 몸이 바위보다 더 단단하단 뜻이지.”

아무렴, 바윗돌을 허무는 동굴 노인네 쇠사슬 아래서도 멀쩡했던 몸인데! 진완의 득의양양한 표정으로 주위를 둘러보았다.

이번 일은 의외였는지 소검과 곡도도 멍한 표정으로 진완을 쳐다보았다.

“씨발, 낯가죽만 두꺼운 줄 알았더니 몸 가죽도 질기기 짝이 없구나! 하긴 대가리로 바위를 깰 때부터 알아봤지!”

반두홍이 자신만의 욕설로 놀라움을 표했을 때, 엄소령이 투명한 검을 뽑아 들며 말했다.

“재미있군. 좋아, 내 칼에도 안 뚫릴지 보고 싶어.”

염혼이 얼른 뒤돌아 진완을 가로막고는 엄소령을 노려보았다.

기련소마 옥기영과 망둥어 손형인 역시 어느새 염혼 옆에 붙어 엄소령을 쏘아보자, 엄소령이 가볍게 한숨을 내쉬며 검 끝을 내렸다.

“알았어. 네가 싫다면 어쩔 수 없지.”

엄소령이 말한 ‘네’ 란 진완이 아닌, 분명 곱상하게 생긴 옥기영을 두고 말하는 게 틀림없었다.

불쾌함에 옥기영 얼굴이 붉어졌을 때, 진완이 염혼의 어깨에 손을 얹으며 말했다.

“너, 형을 믿지?”

“예, 믿습니다.”

“형, 다른 건 몰라도 몸뚱이 하나는 단단하다. 조금 전에도 봤지?”

염혼의 눈동자가 불안한 듯 흔들렸다.

“예……”

“이 형이 말이다. 그러니까……”

진완은 말을 하다 말고 답답하다는 듯 얼굴을 찡그렸다.

나무를 반쯤 꿰뚫고 틀어박히는 화살? 물론 대단했다.

그러나 단단한 감옥 바위를 허물어뜨리는 노인의 쇠사슬보다는 분명 대단하지 않았다.

하지만 사람들 앞에서 떠벌리기엔 적당하지 않은 이야기가 아닌가.

진완이 염혼의 어깨를 쾅쾅 내려치며 말했다.

“그냥 그런 게 있어. 그러니까 넌 형만 믿고 여기 있으란 말이다. 나 따라 나오면, 넌 더 이상 내 동생이 아니야! 알았어?”

염혼의 표정이 굳었다.

더 이상 내 동생이 아니란 말만큼 염혼에게 잘 먹히는 협박은 없었다.

진완이 문 앞으로 걷자, 거지도사 허주와 기련소마 옥기영이 앞을 가로막았다.

“위험해. 이럴 필요 없다.”

진완이 씨익 웃었다.

“난 남의 강호에선 살지 않겠어. 내가 원하는 강호란 이런 거야.”

진완이 그들 사이로 걸어나가 문을 발로 꽝 차고 앞으로 뛰어나갔다.

"문단속이나 잘해!"

진완의 외침이 채 끝나기도 전에, 아니나 다를까, 어디선가 공포스런 소리가 들렸다.

쒸— 잉—

"멈추어라!"

어디선가 경고성을 발했지만, 이미 너무 늦었다.

하지만 이번에 진완은 다른 생각은 일절 하지 않은 채, 두 눈을 부릅뜨고 정면만을 노려보았다.

그러자 보였다.

새까만 한 점이 점차 크기를 키우더니 순식간에 호박만 한 크기로 변해 미간 사이를 매섭게 파고들었다.

진완이 저도 모르게 손을 들어올려 막았다.

청—

괴상한 소리와 함께 화살이 뒤로 튕겨 나갔다.

'됐다!'

이번엔 조금 전 나뭇조각과는 달리 똑똑히 보고 쳐내는 데 성공한 것이다.

진완의 입가에 미소가 지어지는 순간, 또 한 번 맹렬한 타격음과 함께 오른쪽 어깨가 뒤로 젖혀지며 저도 모르게 두 걸음이나 뒤로 물러섰다.

제길, 화살은 하나만이 아니었다.

"억!"

염혼의 놀란 목소리가 등 뒤에서 들린다 싶은 순간, 어느새 비칠거리며 뛰어온 염혼이 진완 앞을 가로막은 채 서 있었다.

아니, 염혼뿐만이 아니었다.

어느새 옥기영과 손형인을 비롯한 십일조 조원 모두가 진완 주위를 에워싸고 있었다.

"씨발, 니 강호가 이런 거였냐? 꼬치구이가 돼서 죽는 거?"

반두홍이 걸죽하게 욕설을 내뱉었다.

다행히 더 이상 화살은 날아오지 않았다.

아니, 놀란 나머지 시위를 매겨 당기는 것조차 잊은 것이 틀림없었다.

세상에, 반탄궁을 팅겨내는 괴물이 있다니!

대략 십여 장 앞에 마치 목옥을 포위하듯 나란히 도열하고 있던 수백 명의 백의복면인이 두 눈을 부릅뜬 채 진완을 쳐다보고 있었다.

"잠깐 작전상 후퇴다."

진완이 나지막이 말한 후, 천천히 뒷걸음질을 쳤다.

천천히 물러서는 십일조 조원들을 보자, 앞서 도열해 있던 복면인 중 하나가 큰 목소리로 말했다.

"쏴… 쏴라!"

하지만 진완은 어느새 목옥 안으로 들어가, 문을 닫은 상태였고 뒤늦게 쏜 몇 개의 화살만이 목옥 문을 반쯤 꿰뚫고 틀어박힐 뿐이었다.

진완이 온몸을 부르르 떨더니, 곧 무릎을 꿇고 땅에 머리를 박았다.

"형님!"

염혼이 놀라 진완을 부축하러 옆에 무릎을 꿇었을 때, 진완이 끄응거리는 신음과 함께 말했다.

"아이구, 아파 죽겠다."

고개를 든 진완의 얼굴은 잔뜩 구겨져 있었다.

"제길, 고통은 그대론 걸 깜빡했잖아!"

진완이 오른쪽 어깨를 왼손으로 주물거리며 억울하다는 듯 외쳤다.

第六章

기막힌 신위

"내가 나오지 말랬잖아!"

진완이 빽 고함을 지르자 염혼이 면목없나는 듯 고개를 숙였다.

보다 못했는지 빈두홍이 고개를 가로저었나.

"씨발, 너 같으면 그냥 보고만 있었겠냐? 가 떨려 죽는 줄 알았네. 씨발, 지금 와 생각하니 내가 왜 튀어나간 거지?"

새끼돼지 육상산이 식은땀이 난다는 듯 이마를 손수건으로 닦으며 말했다.

"맞아, 너무 무모했어."

진완이 맞다는 듯 고개를 끄덕였다.

"그래, 준비가 덜 된 거야!"

진환이 벽으로 다가가 삐죽이 튀어나온 화살들을 쭉쭉 뽑아 내었다.

대략 십여 대쯤 뽑아 품에 안아 든 진환을 보며, 타루복이 비웃듯 말했다.

"일을 복잡하게 만드는군."

진환이 타루복을 힐끗 쳐다보았다.

"보고만 있으슈. 복잡한가 간단한가 보여줄 테니. 제길! 지들도 이걸 맞아보면 얼마나 아픈지 알겠지!"

진환이 문 앞으로 다가간 후, 뒤를 보며 으르렁거렸다.

"준비 철저히 해뒀으니 이번엔 니들도 그냥 지켜보기만 해! 화살이 굵어서 뽑은 구멍으로 밖이 충분히 보일 거야!"

진환이 다시 한 번 문을 쾅 박찬 후 앞으로 걸어나갔다.

"……."

화살 십여 대를 품 안에 안고 나오는 진환을 복면인들도 그저 말없이 지켜보고 있었다.

진환은 발밑에 화살을 내려놓고 그중 하나를 주워 들었다.

돌멩이도 던져 봤고, 나뭇조각 칼도 던져 보았다. 까짓거 화살이라고 다를 게 무어냐!

진환은 화살의 날개 부분을 손으로 움켜쥐고는 천천히 심호흡을 했다.

"……?"

복면인들은 진환이 천천히 화살의 무게를 가늠하느라 손에 쥐고 위아래로 흔드는 모습을 쳐다보고 있었다.

뭐하려고 저러나 싶어 멍하니 쳐다보고 있을 때, 진완의 몸이 뒤로 활짝 젖혀지며 화살을 든 손을 뒤로 힘껏 제껴 든 게 보였다.

에엥? 설마? 복면인들의 눈빛에 의구심이 떠오를 때 진완의 손에서 화살이 날아올랐다.

설마가 맞았다. 진완은 반탄궁시를 힘껏 앞으로 내던진 것이다.

화살이 맹렬히 하늘로 쏘아 올려지자, 복면인들의 턱 끝이 급격히 위로 들어올려졌다.

위를 향했던 복면인들의 고개가 뒤로 꺾이더니, 끝내 완전히 고개를 돌려 뒤를 쳐다보았다.

"후아~"

몇몇 복면인들은 믿지 못하겠다는 듯 가느다란 한숨을 내쉬었디.

화살은 복면인들 머리 위를 한참이나 넘어, 뒤로 까마득한 한 점으로 사라져 버렸기 때문이었다.

무인의 강기를 파괴하기 위해 반탄궁시는 특별히 강쇠를 가려 뽑은 후, 쇠를 접고 때려 연하게 만든 연철을 비비 꼬아 덧댄 것이었다.

그래서 한 손으로 들기에도 벅찬 무게였다.

그런 반탄궁시를 손으로 던져 백여 장 넘는 계곡 아래로 날리는 괴물이 있다니!

설령 반탄궁으로 쏘았다 해도 저 정도로 멀리 보내지는 못했을 것이다.

진완이 두 번째 화살을 손으로 들며 투덜거렸다.

"길쭉해서 그런지 거리 조절이 안 되는군."

진완이 좀 더 신중한 태도로 몸을 젖히고는 눈을 가늘게 떠서 거리를 잰 후, 힘껏 화살을 던졌다.

쑤―애―액―

화살은 공기를 찢어낼 듯 맹렬하게 쏘아져 왔다.

"피… 피하라!"

복면인들 중 누군가 경악성을 토해내자 분분히 뒤로 물러섰다.

퍼억―

복면인들 삼 장여 앞에서 땅거죽이 푸욱 솟아올랐다.

화살은 두 뼘 정도의 꼬리만 남기고 땅에 박혀든 것이었다.

그렇게 파고들고서도 화살은 아직 힘이 남았는지 꼬리 깃을 맹렬하게 떨고 있었다.

보고 있던 복면인들의 몸이 화살을 따라 부르르 진저리를 쳤다.

"이번엔 좀 짧네? 좋아, 대강 거리는 알겠군!"

힘찬 진완의 호통 소리가 저 멀리서 들렸다.

복면인들의 눈동자가 순간 흔들렸다.

"마… 막아라. 화살을 쏴! 죽이진 말고! 무릎을 노… 피해라!"

명령을 내리던 복면인부터 그 자리에 납작 엎드렸다.

이번엔 예닐곱 개를 한꺼번에 쥐고 던졌는지 조금 전 복면인들의 머리통이 있던 위치로 반탄궁시들이 맹렬한 굉음과 함께 스쳐 지나가고 있었다.

"제길, 목표물이 많으니 조준이 안 되는군!"

진완이 양손에 침을 퉤퉤 뱉고는 남은 화살 두 개를 나눠 쥐고는 큰 목소리로 외쳤다.

"난 진완이다!"

아항, 저 괴물 이름이 진완이었구나! 복면인들이 알겠다는 듯 고개를 일제히 끄덕였다.

아마도 복면인들에게 평생 지워지지 않을 단 하나의 이름이 있다면 지금 이 순간부터 진완이란 이름이 될 게 틀림없었다.

진완이 다시 큰 소리로 외쳤다.

"니들 중에 나한테 관심 많은 놈이 있다고 들었다! 그게 누구냐!"

설마 그런 놈이 있을라구. 복면인들이 고개를 내젓고 있는 중, 조금 특이한 복면을 한 사내가 앞으로 나섰다.

"관심?"

"너냐?"

진완이 묻자 복면인이 고개를 끄덕였다.

"그래, 나다. 우리가 네놈에게 왜 관심이 있냐 하면……."

"시간없다!"

진완이 복면인을 노려보며 으르렁거렸다.

"너, 일단 맞고 시작하는 거다!"

진완이 앞으로 치달리기 시작했다.

양손에 화살을 나눠진 두 손을 활짝 편 채 앞으로 맹렬히 다가오는 커다란 곰 같은 덩치를 보자, 복면인들은 질렸다는 듯 두 눈을 부릅떴다.

얼추 거리가 좁혀졌다 싶었는지 진완이 땅을 박차고 위로 솟구쳐 올랐다.

일단 맞아봐야 얼마나 아픈지 알 거고, 다신 이런 짓을 안 하겠지!

그게 진완의 생각이었고, 의도였다.

맨 앞에 나와 있던 복면인이 고개를 든 채 멍하니 진완을 쳐다보았다.

어떻게 저렇게 커다란 덩치가 하늘 높이 솟아오를 수가 있단 말인가!

하지만 높이 솟아오른 곰 한 마리는 언젠가 땅에 떨어지기 마련이었고, 그 속도는 솟아오를 때보다 배는 더 빨랐다.

게다가 손에 든 반탄궁시를 아래로 쪼갤 듯 내리긋기까지 하는 것 아닌가.

“억⋯⋯!”

복면인이 서둘러 반탄궁을 들어올려 막았다.

엄지손가락만 한 화살을 쏘아 보내려면, 활은 더욱 강해야만 했다.

얇을 연철 수백 개 사이마다 탄성 좋은 강쇠를 덧댄 다음 휘어서 만든 반탄궁은 웬만한 도끼보다 더 강한 강도를 자랑했다.

그러나 도끼보다 더 강한 강도 따윈 소용없었다.

다른 건 몰라도 도끼질 하나만큼은 자신있는 진완이었다.

뻐억—

진완이 휘두른 화살에 반탄궁 중간이 움푹 꺼졌다.

더욱이 징 하고 울리는 충격 때문에 복면인은 호구가 찢어지며 반탄궁을 놓아버리고 말았다.

땅에 내려선 진완이 이번엔 왼손에 들린 화살로 복면인의 오른 어깨를 냅다 내려쳤다.

“크윽.”

복면인의 몸이 마치 세워놓은 볏단이 쓰러지듯 땅에 처박혔다.

칼로 입은 상처는 그저 아릴 뿐이었다. 고통은 뭐니 뭐니 해도 몽둥이가 최고였다.

진완의 양손은 단순하면서도 빠르게 휘돌았다.

뻑— 뻑— 뻑—

한번 휘두를 때마다 반탄궁이 쪼개어졌고, 사람은 연신 뒤로 쓰러지기 바빴다.

진완이 두 눈을 부릅뜬 채, 한번 휘두를 때마다 큰 소리로 외쳤다.

“아프지? 너도 맞아보니 아프지?”

뻑— 뻑— 뻑—

산에서 굴러 내려오는 집채만 한 바위돌 앞에서, 현란한 초식이나 뛰어난 무공 따윈 아무런 소용도 없었다.

그저 몸을 돌려 피하는 게 우선이었다.

지금 진완은 집채만 한 바위였고, 복면인들은 맥없이 쓰러지는 나무와 다를 게 없었다.

그래도 복면인 중엔 제법 정신을 빨리 차리는 놈도 하나 있었는지, 얼른 반탄궁을 버리고 양손에 짧은 단도를 잡고 진완 뒤에서 다가왔다.

"으응?"

막 한 놈의 정강이뼈와 어깨뼈를 부러뜨리고 돌아서는 진완 눈앞에 이빨을 날카롭게 세운 새하얀 단도 두 개가 날카롭게 파고들었다.

진완의 순발력은 괜찮은 편이었다.

단지 대응 방법이 조금 무식했던 게 탈이었다.

이미 휘어져 못 쓰게 된 화살을 내던진 후, 빈 양손으로 냅다 두 개의 단도 칼날을 잡은 것이다.

'무식한 놈!'

단도를 잡은 손에 더욱 힘을 주어 앞으로 찌르며 복면인은 그렇게 생각했다.

하지만 비웃던 그 무식한 방법이 통할 줄이야!

마치 나무에 단단히 박힌 것처럼, 진완 양손에 잡힌 단도는 벽에 부딪친 듯 앞으로 나아가질 못했다.

"……!"

복면인의 눈가가 살풋 찌푸려졌다.

얼른 손목을 비틀어 칼을 당겼다.

아무리 질긴 가죽을 가지고 있다 해도, 손바닥 안에서 칼날이 회전하면 손이 반쯤은 베어져 나가야만 했다.

또 그것이 당연한 일이었다.

하지만 오늘, 당연한 일들이 너무도 통하지 않았다.

내공을 주입한 칼날을 덥석 잡고 있는 진완의 손등에서 은은한 흰빛이 난다 싶은 순간, 어처구니없게도 칼날이 휘어버린 것이다.

“……?”

어이없다는 듯 눈을 부릅뜬 복면인의 눈을 보며 진완이 말했다.

“너! 잘 걸렸다!”

진완은 무공을 알지 못했다.

그래도 인긴의 몸 중에 어니가 난단한지는 알았다.

진완은 잡은 칼날을 당기며 복면인의 얼굴을 이마로 쾅 하고 내리찍었다.

순간 복면인이 무릎을 꿇었다.

복면의 중앙이 움푹 꺼지는 것과 동시에, 흰 천이 붉은색으로 물들어가기 시작했다.

진완이 화가 난 표정으로 으르렁거렸다.

“별것도 아닌 놈이!”

그제야 진완은 주위를 둘러보았다.

진완 주위 일 장여 공간은 마치 커다란 벼락이라도 떨어진 듯 엉망이었다.

순식간에 때려눕힌 사람이 모두 일곱. 다행히 죽은 사람은 없는 듯했다.

하지만 죽는 것보다 더 큰 통증을 느끼는지, 온몸을 벌벌 떠는 것으로도 모자라 눈물 콧물뿐만 아니라 거품까지 게워놓은 듯 복면 한가운데가 온갖 분비물로 젖어 있었다.

나머지 복면인들은 아무런 말 없이 진완을 노려보고만 있었다.

목옥을 빙 둘러선 복면인은 대략 이백여 명, 그중 한 귀퉁이가 진완 때문에 산산조각이 났는데도, 자신이 맡은 자리를 벗어나지 않고 있었다.

냉엄한 규율과 훈련을 거친 사람들의 조직만이 보여줄 수 있는 모습이었다.

2

이백여 개의 시선이 진완 위로 쏟아졌다.

개중 서로의 눈짓을 교환하던 두 놈이 앞으로 성큼성큼 걸어나왔다.

커다란 원을 두른 듯, 목옥을 포위하고 서 있던 놈들 뒤에서 이때까지 팔짱을 낀 채 노려보던 놈들이었다.

날아갈듯 하늘하늘거리는 걸음걸이로 다가온 놈들은 진완의 일 장 앞에서 양 갈래로 갈라지더니 한 놈은 진완의 앞에, 또 다른 놈은 뒤쪽으로 돌아가 섰다.

곧 양발을 활짝 옆으로 벌린 채, 허리를 굽혔다.

왼쪽 어깨는 위로, 오른 어깨는 아래로 비스듬히 내린 채 눈을 치켜뜨며 진완을 노려보았다.

곧 한 발을 대각선 방향으로 쭈욱 내밀고는 몸통을 기울여 앞으로 당긴 후, 다른 발을 길게 끌어 다시 앞으로 내밀었다.

마치 얼음 위를 지치는 듯한 독특한 발걸음이었다.

무공에 대해 조금의 지식이라도 있다면, 놈들이 꽤나 고수고 경공술에도 조예가 깊다는 걸 단번에 알아봤을는지도 몰랐다.

그러나 무공에 대해 털끝만큼도 조예가 없는 진완으로서는 그저 이기적거리는 걸음으로 보일 뿐이었다.

그래서 진완은 물었다.

"니들도 나 아냐?"

복면인의 눈이 동그랗게 변했다.

진완이 답답하다는 듯 가슴을 쿵쿵 치며 물었다.

"왜 니들이 나한테 관심을 가지는 거냐?"

복면인이 눈을 가늘게 떴다.

내가 너 같은 놈을 어떻게 알아! 복면인의 눈빛이 대답을 대신했다.

진완이 고개를 끄덕이고는 손을 들어올려 손가락을 까딱거렸다.

“좋아, 일단 맞으면 기억나는 게 있을지 모르지.”

복면인이 고개를 갸우뚱거리는가 싶더니 곧 킥 하는 웃음소리를 토해내었다.

단순하고, 무식한데다 상황 판단조차 안 되는 놈이었다.

진완을 그렇게 생각하는 사람이 또 한 명이 있었다.

“무식한 놈.”

등 뒤에서 들리는 소리에 진완이 고개를 돌리자, 엄소령이 한심하다는 듯 한쪽 눈을 살짝 찌푸린 채 쳐다보고 있었다.

“어? 언제 나왔냐?”

“조금 전에…….”

“왜 나왔어?”

“구경하러.”

“안에서 봐도 되잖아. 여긴 위험하다구.”

“원래 싸움 구경은 바로 옆에서 봐야 화끈한 거라고!”

아! 맞다. 저년은 재수없는데다가 성질이 지랄맞기도 했지!

진완이 그제야 고개를 끄덕거리고는 다시 정면을 향해 고개를 돌리며 말했다.

“여긴 위험해. 들어가서 얌전히 구경하는 게 좋을 거야.”

“위험? 얌전히?”

엄소령이 말도 안 되는 소리를 들었다는 듯 눈썹을 들어올렸다가 곧 피식거리며 웃었다.

“북해빙궁이 우습게 보인다면 날 건드려 보는 것도 괜찮겠지. 하지만 이놈들에게 그럴 담력이 있을까?"

엄소령이 진완의 앞뒤를 포위하고 서 있는 두 놈을 노려보았다.

복면인들은 상당히 신경이 거슬린다는 듯 흘깃흘깃 엄소령 쪽을 쳐다보고 있었다.

엄소령이 북해빙궁의 소궁주라는 걸 모른다 해도, 만만히 볼 실력은 아니라는 것쯤은 눈치 채고 있었기 때문이다.

그때 진완이 다시 고개를 돌려 엄소령을 바라보며 물었다.

"근데 무식한 놈이라니? 누가?"

진완의 질문에 엄소령이 어깨를 으쓱해 보이며 대답했다.

"누구겠어?"

"내가?"

엄소령이 고개를 끄덕였다.

"적어도 싸우려면 누구랑 싸우는지 정도는 알아야지."

"누구랑? 너 얘들 아는 놈들이었냐?"

"내가 어떻게 알아!"

엄소령이 뾰족한 목소리로 빽 고함을 지른 후, 한심하다는 듯 고개를 절레절레 저었다.

"상대의 실력이 어느 정도라는 건 척 보면 한눈에 들어와야지!"

진완이 고개를 갸우뚱거리다가 앞에 서 있는 복면인을 가리키며 물었다.

"이놈들 고수냐?"

한심한 놈! 엄소령이 한숨을 폭 내쉬며 대답했다.

"꽤나. 저 안에 있는 계집애보다 더 예쁘게 생긴 애 정도는 되고도 남을걸?"

잘생긴 애라, 그건 분명 기련소마 옥기영을 두고 말한 것이리라.

그렇다면 문제는 만만한 게 아니었다.

십일조 조원들 중에 최고수가 바로 옥기영이었기 때문이다.

진완이 무공의 수위를 재는 척도는 단순했다.

제일 수준이 뒤떨어지는 개대가리 반두홍이 있는데, 뒷골목 건달 정도의 실력밖에 없었다. 일단 삼류.

그다음이 거지도사 허주와 돼지새끼 육상산이었는데, 이 정도면 이류 정도의 실력.

망둥어 손형인과 기련소마 옥기영은 진완 기준에선 아슬아슬한 일류였다.

일류치고는 수준이 좀 낮은 게 아닌가 싶었지만, 진완으로서는 그들의 손짓과 발짓을 흉내조차 내지 못하니 엄청난 고수라 해도 손색이 없었다.

그런 옥기영과 손형인을 단 몇 수에 제압하는 호광과 민청, 그리고 엄조란 세 교두는 일류를 뛰어넘는 초일류라 할 것이다.

굳이 나눈다면 자신을 납치했던 백대가리 무외자 교욱을 비롯한 백팔룡들을 데려다 키운 수호신들은 초일류나 그걸 살짝 넘는 정도일 것이고, 흑건으로 얼굴을 비스듬히 가린 예모검 범소 형님 역시 세 교두 정도의 실력일 것이다.

그리고 거기까지가 보통 무인의 기준이었다.

그다음부턴 진완이 초고수라 부르는 존재들이었는데, 일단 전검전주 소검과 투도각주 곡도가 그들이었다.

그들이 움직일 땐 눈으로 보이지 않을 정도니, 그들 수준을 머릿속으로 잰다는 건 아예 가능하지가 않았다.

게다가 소검과 곡도보다 한 차원 높은 사람들이 바로 무심련의 원로란 늙은이들이었고, 무심련주 위진천은 그걸 뛰어넘는 새로운 경지에 다다랐을 것이다.

진완이 두 손을 들어올려 손가락으로 하나하나 꼽으며 중얼거렸다.

"일 번, 위진천. 이 번, 무심련 원로 늙은이들. 삼 번, 소검과 곡도. 사 번, 백팔룡의 재수없는 교관들. 오 번, 기련소마 옥기영. 육 번 그 외 따라지들……."

진완이 손가락 다섯 개를 접은 주먹을 들고는 엄소령에게 물었다.

"육 번은 아닐 거고, 저놈들 수준이 몇 번이냐?"

엄소령이 질렸다는 듯 진완을 쳐다보았다.

무공의 수위를 그저 손가락 다섯 개를 접었다 펴며 정리할 놈은 무림 역사상 이놈밖에 없었다.

그래도 저 말에 그다지 틀린 점은 없었다.

엄소령이 고개를 갸우뚱거리며 대답했다.

"대략, 오 번은 넘고, 사 번은 안 되지 않을까 싶은데?"

"그럼 엄청 고수네?"

진완이 인상을 살짝 찌푸렸다.

엄소령 말대로라면 세 교두보다 조금 처지는 정도의 실력자라면 곤란한 일이 아닌가!

진완이 다시 물었다.

"그럼 백팔룡들을 데려다 키운 사람들은?"

"최소 사 번은 돼야 할걸? 삼 번은 절대 아니고, 그 사이쯤이겠지."

그럼 소검과 곡도보다는 처지고, 세 교두와 비슷하거나 좀 더 높은 수준이었다.

'후와~ 날 납치했던 무외자 교욱이나, 예모검 범소 형님 수준도 꽤나 높은 것이었구나.'

진완이 고개를 끄덕이며 다시 물었다.

"그럼 서방정토회 옥나찰이나, 니 아버지는 몇 번이냐?"

"옥나찰? 이 번은 되겠지. 무심련 원로 수준은 될 테니까. 그리고 우리 아빠는! 이 번은 뛰어넘고 일 번은 조금… 굳이 다섯 가지 수준에서 얘기한다면 하나 반 정도? 아니, 일 번도 충분해! 일 번이란 수준은 몇백 년 만에 하나 나올까 말까 한 실력이거든!"

웃기네, 그거야 네 소원이겠지. 진완이 그렇게 생각하며 자신을 앞뒤로 포위하고 있는 두 복면인을 쳐다보았다.

"일단, 이놈들이 교두 수준의 사 번은 아니란 거지? 그럼 됐어."

엄소령이 이놈이 미친 게 틀림없구나 하는 표정으로 진완을 쳐다보며 말했다.

"너 그 수준이 얼마나 높은 것인지 알고는 있니?"

진완이 앞에 서 있는 복면인을 쳐다본 채, 대답했다.

"이놈들도 맞으면 죽지?"

"죽을 만큼 맞으면 그렇겠지."

"그럼 됐어."

진완이 고개를 끄덕인 후, 손가락 하나를 까딱거렸다.

"와라!"

옆에서 지켜보던 엄소령이나, 정작 눈앞에서 손가락이 까딱거리는 걸 보는 복면인이나 황당하긴 똑같았다.

엄소령이 팔짱을 끼고는 코에 주름을 잡으며 인상을 찡그렸다.

"좋아, 잘해봐라. 당해봐야 알지! 난 구경이나 할래."

살가죽이 두터우니 쉽게 죽지는 않을 것이다. 그래도 맞다 보면 정신을 차리겠지. 정 위험하면 내가 조금 도우면 되고.

그게 엄소령의 생각이었다.

진완 앞에 서 있던 복면인이 진완 등 뒤로 돌아간 복면인과 눈빛을 교환하더니, 스르륵 왼발을 앞으로 빼내었다.

꽤나 고수처럼 보이는 예쁘장한 계집애가 옆에서 구경만 한다니 잘된 일이었다.

바로 그때, 팔짱을 낀 채 구경만 한다던 계집애가 다시 입을 열었다.

“아, 한 가지는 가르쳐 줄게. 저놈, 어깨는 좁고 하체는 길지? 일단 거리에서 유리한 무공을 익혔다는 거지. 단숨에 거리를 좁혔다 늘였다 할 수 있으니까. 또 손에 굳은살이 안 박여 있지? 내가기공을 익힌 고수란 증거야. 결국 한 대라도 잘못 맞으면 골로 간단 얘기지. 걸음걸이가 독특한 게 보여? 신법이나 보법을 특징으로 하는 놈이야. 똥이라도 지린 것처럼 어기적거리는 신법은 딱 두 가지, 땅을 구르고 회전시키는 지당권, 등을 땅에 대고 발을 놀리는 반룡퇴법이 그래. 그런데 저 두 놈은 그 둘을 다 익힌 것 같아. 결국 손은 유인, 발이 주공격이란 뜻이지. 즉, 손보다 발을 보란 말이야. 음… 그리고……. 에이, 일단 맞다 보면 알겠지!”

막 진완에게 다가가려던 복면인들이 어이없다는 눈빛으로 엄소령을 쳐다보았다.

보고만 있겠다더니! 복면인들의 원망스런 눈빛에 엄소령이 그저 어깨를 으쓱이며 말했다.

“구경은 재미있어야 하니까. 안 그래? 열심히들 해보라고.”

좋아! 복면인은 고개를 돌려 진완을 쳐다보았다.

일단 예쁘장한 계집애는 상상했던 것보다 더 고수일 게 틀림없었다.

그리고 눈앞에 커다란 곰은 생각했던 것보다 더 하수고.

그렇다면 문제는 간단했다.

여자애 말과는 달리 상대를 현혹시킨 다음에, 공력이 깃들인 단 한 수로 제압하면 그만이었다.

진완 앞에 있던 복면인의 발걸음이 달라졌다.

옆으로 길게 벌어졌던 두 다리를 모아 상체를 곧추세운 채 발바닥이 일이 촌 정도 땅에서 떨어져 통통 튕기는 독특한 발걸음으로 미묘한 박자에 맞춰 앞과 뒤, 그리고 옆으로 신형을 옮기고 있었다.

그게 무엇인지 모르지만 진완은 대단히 신경이 쓰였다.

아니, 신경 써서 봐두어야겠다는 생각이 들었다.

그리고 그 생각이 맞았다.

갑자기 거리를 좁힌 놈이 살짝 허리를 굽히고 고개를 들어 진완을 보았다.

순간, 진완은 놈의 복면 안으로, 얇게 갈라진 입술로 웃고 있는 미소를 본 것 같았다.

이놈! 진완이 왼손을 크게 휘둘렀다. 목표는 놈의 관자놀이였다.

하지만 놈은 킥~ 하는 웃음소리를 내며 반쯤 굽힌 허리를 마치 그네가 출렁이는 것처럼 왼쪽으로 빙글 돌렸다.

놈의 머리통이 그려내는 우아한 곡선의 흐름 사이로 진완의 두툼한 주먹이 비켜 지나갔다.

놈은 진완의 왼쪽 어깨가 빙글 돌아가며 노출된 왼쪽 옆구리에 오른 주먹을 짧게 박아 넣었다.

텅—

마치 속이 빈 고목을 두드리는 듯한 소리가 튀어나왔다.

원래 의도했던 공격이 아니라는 듯, 내공을 담지 않은 주먹이 옆구리를 가볍게 두들긴 것이다.

하지만 순간적으로 진완의 호흡을 잠깐 동안 흐트러뜨리는 데는 성공했고, 그 틈을 놈은 놓치지 않았다.

곧 허리를 살짝 세운 놈의 왼 주먹이 진완의 얼굴로 쏘아져 들어왔기 때문이다.

진완의 반사 신경은 느린 편이 아니었다. 만약 느렸다면 산에서 걸어나오기 전에 나무에 깔려 죽었을 것이다.

진완이 얼른 몸을 뒤로 젖혀 놈의 주먹을 피하려 했다.

하지만 놈의 왼 주먹은 가볍게 허공을 스쳐 가더니, 그 속도 그대로 땅을 짚고 몸을 빠르게 회전시켰다.

놈의 왼손은 속임수였다.

몸을 회전시킬 거리와 속도를 얻자, 놈의 몸은 젖혀졌던 회초리가 펴지듯, 허공에서 빠르게 움직이기 시작한 것이다.

가슴을 젖힌 진완의 눈앞에 놈의 발뒤꿈치가 크게 확대되어 쏘아져 들어왔다.

진완은 급히 팔을 이마까지 들어올려 막으려 했다.

하지만 놈은 그럴 줄 알았다는 듯 무릎을 기묘하게 꺾었고, 발뒤꿈치는 진완의 가슴 한복판에 내리꽂혔다.

빠박—!

고통은 가슴에서 끝나지 않았다.

어느새 뒤로 돌아간 놈 역시 몸을 허공에 띄우고 빙글 돌자, 몸의 회전력까지 붙은 발이 진완의 뒷등 한가운데 동시에 내리꽂힌 것이다.

번액퇴와 천양각, 그 어느 하나 만만하게 볼 게 아니었다.

더구나 가슴과 등, 양쪽으로 공격받은 사람은 당연히 몸통 한가운데가 으스러진 채 피를 토해내야만 했다.

"멍청한 놈!"

지켜보던 엄소령이 뾰족한 목소리로 외쳤다.

저런 간단한 수에 멋지게 속아 넘어가다니!

하지만 그 순간 , 전혀 예상외의 광경이 눈앞에서 벌어지고 있었다.

번액퇴를 멋지게 성공시킨 복면인의 신형이 앞으로 맴을 돌 때보다 더욱 빠른 속도로 역회전을 하더니 땅에 털푸덕 떨어지는 게 아닌가.

더욱이 진완 등 뒤에 멋진 천양각을 꽂아 넣었던 복면인은 아예 반대 방향으로 팔랑개비처럼 뱅그르르 돌더니 땅에 꽝 히는 소리와 함께 큰대 자로 뻗어버리고 말았다.

아니, 그 정도에서 그치는 것이 아니었다.

두 복면인의 발은 무릎에서 직각으로 반대 방향을 향해 꺾여 있었다.

"끄윽—"

두 복면인과 진완 입에서 동시에 고통 어린 신음성이 튀어나왔다.

하지만 관절이 뒤틀리고 다리뼈가 조각난 고통 때문에 정신을 놓은 두 복면인과는 달리, 진완은 그저 두툼한 손바닥으로 가슴과 등을 쓸어내리며 인상을 구길 뿐이었다.

“제길, 정말 아프다!”

진환이 투덜거리고는 고개를 돌려 조금 전 멍청하다고 외친 목소리의 주인공을 노려보았다.

빙궁의 소궁주 엄소령이 멍하니 입을 벌린 채 진환을 쳐다보고 있었다.

투명한 얼음 조각 같은 특이한 검을 들고 있는 한쪽 팔을 허공에 쳐든 채 엉거주춤한 자세로 서 있는 걸 보니 그래도 진환을 도와주려 했던 게 틀림없었다.

진환이 찌푸린 인상을 펴지 않은 채 쳐다보자 엄소령이 속눈썹을 파르르 떨다가 중얼거렸다.

“방금 그거 반탄지력이었어?”

“으응?”

진환이 무슨 뜻이냐는 듯 눈썹을 치켜뜨자, 엄소령이 믿지 못하겠다는 듯 절레절레 고개를 흔들었다.

몸이 단단한 것은 무식하게 화살로 팔뚝을 긁을 때부터 이미 알고 있었다.

그래 봐야 철포삼이나 금종탁 같은 외문기공에 지나지 않을 거라 생각했다.

나름대로 효용이 없는 무공은 아니었다.

극강으로 익히면 능히 칼과 창을 맨몸으로 막아낼 수 있었으니까.

하지만 엄소령은 그런 외문기공을 우습게 생각하고 있었다.

수련하기는 정말 어렵지만, 내가기공의 고수에겐 소용이 없었다.

내가기공에 정통한 고수가 두툼한 손바닥으로 몸통을 한 번이라도 쓰다듬는다면, 튼튼한 거죽은 멀쩡해도 내장이 흔들려 죽기 일쑤였기 때문이다.

하지만 진완의 경우는? 강력한 내기권이 담긴 발길질에도 멀쩡하다 못해, 공격한 사람이 도리어 큰 상해를 입고 뒤로 팅기듯 날아 떨어지지 않았는가.

저런 일이 가능하려면 단 한 가지 이유밖에 없었다.

진완이 매우 뛰어난 내공심법을 일 갑자가 넘는 수준까지 익혀야만 했다.

아니, 거기에 더해 몸과 뜻이 둘이 아니며, 더 이상 손에 검 따위를 쥐지 않아도 되는 높다란 경지!

그런 높은 수준이어야 자신을 공격한 적이 도리어 반탄지력에 몸을 상한 채 뒤로 내칠 수가 있는 것이다.

'저런 미련퉁이 곰 같은 놈이?'

임소령이 믿기지 않는 나는 눈으로 진완의 위아래를 빠르게 훑었다.

손짓과 발길질엔 뚜렷한 투로도 없고, 엄정한 법도도 없었다.

그저 무식함과 힘만이 철철 흘러넘칠 뿐이었다.

그런 놈이 반탄지력을? 말도 되지 않았다.

진완이 씨익 웃었다.

"어때? 나도 오 번은 넘는 거 같지?"

끄덕끄덕. 엄소령이 얼빠진 얼굴로 고개를 주억거렸다.

오 번뿐이랴! 저 정도 반탄지력은 무심련 원로 수준인 이 번이나 전검전주나 투도각주 수준인 삼 번도 어려운 거라고!

엄소령뿐만 아니라, 주위 모든 사람들이 경악에 찬 시선으로 진완을 노려볼 때, 진완이 주위를 둘러보며 큰 소리로 말했다.

"자, 하던 일마저 해야지?"

이 정도가 되자 복면인들은 기가 질리기 시작했다.

바위도 꿰뚫는다는 반탄궁을 몸으로 튕겨낸 괴물이었다.

꽤나 고수 축에 드는 두 복면인은 그저 발길질 한 번이 한계였다.

아니, 멋진 발길질 한 번에 뼈가 부러지고 관절이 어긋난 후 거품을 물고 기절해 버리지 않았던가.

불안한 듯 흔들리는 복면인들의 두 눈동자에, 진완이 천천히 허리를 굽혀 반탄궁시를 줍는 게 보였다.

"퉤, 퉤."

걸죽한 침을 양손에 나눠 뱉은 진완이 한데 모아 쥔 반탄궁시를 시험 삼아 몇 번 허공에 휘둘렀다.

부—우—우—웅—

태풍이 몰아쳐도 저런 소리는 나지 않을 것이다.

맹렬한 속도로 휘둘러지는 반탄궁시에 찢어진 공기가 비명성을 토해냈다.

진완이 평생 해온 일이란 게 도끼질이었다.

자연 휘두르는 모습은 그 어떤 고수의 검법보다 더 깨끗하고 멋져 보일 정도였다.

이제 모든 준비를 끝마쳤다는 듯 진완이 복면인들을 둘러보며 씨익 웃었다.

"자자~ 줄들 서세요, 줄을 서. 어때, 오른쪽부터 시작할까, 아님 왼쪽?"

복면인들은 마치 목에 두른 목걸이처럼, 목옥을 중심으로 빙 둘러싸고 있었고, 그 줄 한중간을 끊다시피 허물고는 그 자리에 서 있는 진완이었다.

"왼쪽이든 오른쪽이든 언젠간 맞게 돼 있어. 일찍 맞고 발 뻗고 기절하는 게 나을걸? 자, 너부터 시작할래?"

진완이 왼편에 서 있는 복면인을 향해 반탄궁시를 가리키며 말하자, 복면인의 눈이 사발만큼 커졌다.

바로 그때였다.

"노부부터 시작하지!"

어디선가 창노한 음성이 크게 울린다 싶은 순간, 진완 눈앞이 온통 붉게 변했다.

3

펑―

머릿속에 폭죽이 화려하게 터졌다.

가슴 한가운데가 온통 진흙으로 가득 찬 것 같았다.

물컹거리면서도 진득진득한 그 무엇이 가슴을 가득 메운 것처럼 숨도 제대로 쉬어지지 않았다.

두 팔과 다리를 허공에 허우적거렸지만, 마치 깊은 물속에 빠진 듯 손끝엔 아무것도 걸리지 않았다.

억겁의 시간이 흐른 것 같았지만, 사실 찰나의 순간에 지나지 않았을 것이다.

뒤통수와 등을 누군가 강하게 내려치는 것 같은 느낌이 들었다.

두 눈에 파란 하늘이 쏟아질 듯 가득 들어오고 나서야 진완은 그 누구도 자신의 등과 머리를 내려치지 않았다는 것을 알 수 있었다.

그저 허공에 붕 떴다가 땅에 내동댕이쳐진 것뿐이었다.

고막이 웅웅 울리고, 숨도 쉬어지지 않았다.

단 일 장에 진완을 실 끊어진 연처럼 삼 장여 거리를 날아 떨어지게 만든 사람은 온통 붉은색이었다.

붉은 옷을 입은 것으로도 모자라, 겉엔 더욱더 붉은 장포로 머리부터 발목까지 한 겹 두른 상태였다.

더욱이 양발엔 붉은 가죽으로 덧댄 신발을, 양손엔 마치 불타오르는 듯한 붉은 천으로 만든 장갑을 끼고 있었다.

단지 얼굴에만 하얀 탈바가지를 쓰고 있었는데, 그래서 더욱 이질적으로 보였다.

탈은 단지 양쪽 눈과 입 부분만 뻥 뚫려 있었는데, 눈꼬리와 입 끝이 아래로 축 처져 있어 지금 하는 일이 너무나 슬프다는 듯한 표정이었다.

붉은 옷에 하얀 탈을 쓴 사내는 들어올린 오른손을 보며 고개를 갸웃거렸다.

보통 장갑이 아니었다. 동해 교룡 가죽을 아교 바른 남해 고래 심줄로 엮어 단단하기가 그지없는 장갑이었다.

천잠사에 댈 것은 아니었지만, 웬만한 보검이 아니고서는 상처조차 내지 못하는 물건이 바로 손에 끼고 있는 장갑이었다.

그런 장갑의 너덜너덜해져 있었다.

한쪽에 섬세하게 박음질되어 있는 실밥은 중간이 끊긴 탓인지 이음매가 벌어져 있었다.

이런 결과는 생각도 못했다는 듯 슬픈 표정의 히얀 탈을 쓴 사내가 진완을 쳐다보며 고개를 저었다.

"이 정도일 줄은……."

손이 저릿저릿해져 왔다.

조금 전 가공할 반탄지력을 보았기에 철저히 대비했는데도 이 모양이었다.

손을 오므려 쥐었다가 펴자 극심한 고통이 밀려왔다.

어쩌면 손등의 뼈가 어긋나고, 힘줄이 늘어지는 걸로도 모자라, 뼈 어딘가에 금이 간 것일지도 몰랐다.

하얀 탈을 얼굴에 쓴 혈의인이 어이없다는 듯 툴툴 웃었다.

"이건 괴물이군."

혈의인의 모습을 본 엄소령이 주춤 뒤로 한 걸음 물러서며 중얼거렸다.

"혈의초적자(血衣草笛子)… 쌍면악살(雙面惡殺)……!"

하얀 탈이 엄소령을 쳐다보며 뒷짐을 진채 고개를 끄덕였다.

"과연 엄극인의 외동딸이군. 그렇다, 내가 바로 혈의초적자이며 쌍면악살로 불리는 사람이다."

엄소령이 신기한 걸 구경하듯 쌍면악살을 한참 동안 쳐다보다가 불쑥 말했다.

"웃는 표정의 탈이 아닌, 슬픈 표정의 탈인 걸 보니 오늘은 살계를 열지 않을 셈인가 보군요."

쌍면악살이 엄소령의 얼굴을 쳐다보며 냉랭한 목소리로 말했다.

"웃을 시간이 그리 머지않은 것 같구나."

엄소령이 귀엽게 혀를 쏙 빼물고는 말했다.

"부디 웃기 전에 미리 말해주길 바라요. 우리 빙궁과 원한을 맺길 원하지 않는다면 말이지요."

쌍면악살이 뒷짐을 진 채, 먼 하늘을 쳐다보았다.

"누군가는 그걸 바라지 않을 것이다. 아니, 도리어 원할지도 모르지."

쌍면악살이 다시 고개를 내려 엄소령을 노려보았다.

붉은 옷과 하얀 탈은 섬뜩한 느낌을 주기 충분했다.

더욱이 얼굴을 가린 하얀 탈 한가운데, 축 처진 눈구멍 사이로 보이는 두 눈동자는 섬뜩하기 짝이 없었다.

쌍면악살이 그런 두 눈동자를 번뜩이며 말했다.

"만약 노부가 널 죽인다면? 무심련의 종자들은 쾌재를 부르겠지. 안 그래도 우릴 치기 위해 빙궁의 힘을 빌리기 원했으니까."

쌍면악살이 고개를 돌려 목옥 쪽을 바라보았다.

"그래서 잘난 취우소검과 주구곡도는 네가 저 목옥을 벗어나는 걸 가만히 놔두었는지도 모르겠다. 아니, 어쩌면 그걸 바란 것일지도 모르지. 네가 내 손에 죽는다면 무심련보다 빙궁이 먼저 길길이 뛸 테니까."

쌍면악살이 엄소령을 노려보며 천천히 또박또박 말했다.

"그래서 노부는 그 소원을 들어주기로 했단다."

임소령이 무슨 말인가 싶어 눈을 동그랗게 떴다가 곧 통통 튕기듯 뒤로 두 걸음을 물러나고는 투명하고 짧은 검을 꺼내 들었다.

검을 들지 않은 손으로 머리카락을 쓰윽 뒤로 넘기며 엄소령이 피식 웃었다.

"짜식이 늙은 데다 이름값이 높아 대우를 해줬더니⋯⋯. 나 엄소령도 그리 만만치는 않다고!"

하지만 쌍면악살은 엄소령의 대거리질에도 불구하고 자상한 할아버지가 말을 건네듯 부드러운 음성으로 말했다.

"아이야, 멀리 가지 말아라. 열두 걸음 이상 벗어나면 한 수에 죽이기 어렵지 않으냐.”

쌍면악살의 말에, 엄소령도 더 이상 웃을 수는 없었다.

그저 단순한 엄포가 아니었다.

아무리 엄소령이 무공의 기재고, 또 북해빙궁의 지고무상의 무공을 배웠다 해도 쌍면악살과 감히 비교할 수는 없었다.

엄소령이 엄마 뱃속에 있기도 전에 쌍면악살은 이미 고수 중에 고수로 명성을 떨쳤기 때문이었다.

실력을 다섯으로 나누어 펴던 진완의 손가락 중에 엄지손가락은 못 되어도 검지손가락은 충분히 되고도 남았다.

일 번, 무심련주 위진천과는 실력 차가 있지만, 이 번, 무심련 원로 수준은 충분히 되고도 남는 사람이었기 때문이다.

바로 그때, 드디어 목옥의 문이 천천히 열렸다.

소검이 긴 검을 타루복의 목에 올려놓은 채 여전히 웃는 얼굴로 걸어나왔고, 그 뒤를 마치 실에 꿰인 바늘처럼 울상을 짓고 있는 곡도가 엉거주춤한 자세로 걸어나왔다.

쌍면악살을 본 타루복의 혹이 주렁주렁 매달린 흉측한 얼굴에 미소가 어렸다.

목에 검이 대어져 있다는 걸 잊은 것처럼 타루복이 털썩 무릎을 꿇고는 절을 올렸다.

쌍면악살이 뒷짐을 진 채 고개를 끄덕이고는 곧 하늘을 올려다보며 말했다.

“역시, 무심련의 종자들은 머리가 나쁘군.”

소검이 맞다는 듯 고개를 끄덕였다.

"맞아. 생각해 보니 과연 그렇더군. 나중에 빙궁의 주인이 자신의 딸이 죽을 때 보고만 있었느냐고 따져 묻는다면 곤란한 일 아닌가. 또 마교 종자들은 미친 짓을 잘하니 진짜 죽일지도 모르겠다는 생각이 들더군."

천연덕스러운 소검의 말에 엄소령이 힐끗 뒤를 노려보았다.

소검이 짐짓 더 환한 웃음을 지으며 고개를 저었다.

"아니, 죽기 원한 것은 아니다. 아무리 그래도 빙궁 주인의 외동딸인데 감히 죽이지는 못할 거라 생각했지."

엄소령이 기도 차지 않는다는 표정으로 소검을 노려보다가 눈을 크게 떴다.

소검과 곡도가 나온 목옥의 문 안쪽에서 무언가 시커먼 것이 꿈틀대며 나오고 있었다.

분명 사람이었다.

그것도 엄소령이 익히 얼굴을 알고 있는 사람, 바로 염혼이었다.

염혼은 엎드린 채, 뻣뻣한 몸을 꿈틀거리며 앞으로 기어가고 있었다.

한눈에 봐도 혈도를 짚였다는 걸 알 수 있었다.

그렇게 나무토막처럼 굳은 몸에, 그나마 조금씩이나마 움직이는 것은 왼발의 발목뿐이었다.

염혼이 익힌 내공심법이 독특한 탓도 있었겠지만, 그나마 자신의 모든 힘을 다해 풀어낸 것이 고작 왼발의 발목이었다.

그러나 소검이나 곡도가 짚었을 게 분명한 혈을 풀어내려면 얼마나 엄청난 고통을 인내하고 참았을지 엄소령은 감히 짐작이 되지 않았다.

염혼은 다친 몸임에도 불구하고 간신히 움직이는 발목으로 자신의 뻣뻣한 몸을 필사적으로 밀어내면서 앞으로 꿈틀거리며 기어가고 있었다.

악다문 입, 핏발선 이마, 붉게 충혈된 눈이 향하는 곳은 쓰러져 있는 진완이었다.

"세상에……."

엄소령이 믿지 못하겠다는 듯 눈을 크게 떴다.

소검이 힐끗 곡도를 쳐다보았다.

왜 허술하게 백팔룡들의 혈도를 짚었냐는 힐난의 눈빛이었지만, 곡도는 그저 슬픈 표정으로 고개를 들어 하늘을 쳐다볼 뿐이었다.

어찌 보면 예전에 헤어진 옛 정인을 떠올리는 듯도 했고, 또 다르게는 해결하지 못할 커다란 걱정이 있는 것도 같은 표정이었다.

쌍면악살이 곡도의 시선을 따라 하늘에 떠 있는 태양을 바라보며 말했다.

"시간이 한참 지난 것 같군."

쌍면악살이 고개를 내려 곡도를 노려보았다.

"아마도 자네들이 기다리는 사람들은 오지 않을 것이네."

곡도가 무슨 말이냐는 듯 입을 멍하니 벌리고 쌍면악살을 쳐다보았다.

쌍면악살이 맞다는 듯 고개를 끄덕였다.

"맞네. 전검전과 투도각의 무인들은 여기 오지 않네. 왜냐하면 새로운 밀명을 받았기 때문이지."

"새로운 밀명?"

소검이 놀라 급히 되물었다.

하지만 쌍면악살은 소검과 달리 한가로운 태도로 대답했다.

"그렇네. 그들은 전검전주와 투도각주의 새로운 명령을 받아 지금 수백 리 밖에서 다른 사람의 암살을 준비하고 있지. 키는 구 척에 하얀 피부, 게다가 벌거벗다시피 한 차림새로 돌아다니는 사람은 단 한 사람밖에 없으니 암살할 사람을 잘못 보는 일은 없을 것이네."

엄소령이 순간 뾰족한 비명을 질렀다.

"아빠! 우리 아빠를!"

소검의 얼굴에서 웃음이 사라졌다.

곡도의 얼굴은 지금이라도 눈물을 쏟아낼 것처럼 더욱 추레하게 변했다.

사실 이 일은 소검과 곡도가 치밀하게 계획하고 철저하게 비밀에 부친 일이었다.

먼저 전검전과 투도각의 고수 이백여 명을 가려 뽑은 후, 약속된 시간과 장소에 집결하라는 밀명을 내렸다.

그 후 자신 둘이 섬서 땅에서 마교의 연락책을 맡고 있는 타루복을 덮친다는 소문을 마교의 종자로 의심되는 사람에게 은밀하게 전했다.

예상은 맞았다.

마교는 타루복을 구하려 하기보다는, 평소 눈엣가시 같은 전검전주와 투도각주의 뒤통수를 칠 게 분명했고, 여기까진 예상대로 되었다.

하지만 정작 은밀하게 숨어 있던 마교의 종자들이 총출동했는데도 불구하고 준비해 둔 투도각과 전검전의 무인들은 시간이 넘었는데도 오지 않은 것이다.

아니, 문제는 거기서 그치지 않았다.

철저한 비밀이 도리어 화를 불렀다.

분명 쌍면악살은 북해빙궁의 주인인 엄극인의 외모와 특징을 적은 용모파기(容貌疤記)와 함께 암살하라는 거짓 밀명을 투도각과 전검전의 무인들에게 내렸을 것이다.

평소 명령이라면 껌뻑 죽는데다가 엄극인을 한 번도 보지 못한, 그저 재주라곤 사람 목 따는 칼질밖에 없는 전검전과 투도각의 무인들은 지금 이 시간 엄극인을 죽이려 길길이 뛸 것이 분명했다.

아무리 가려 뽑은 무인들이라 해도 엄극인이 죽을 일은 없을 것이다.

아니, 모를 일이었다.

무려 이백 명의 무인이 떼거지로 몰려든다면 아무리 엄극인이라도 별다른 수는 없을 것이다.

하지만 문제는 엄극인이나 이백 명의 무인 중, 누가 죽든 큰 문제가 발생할 것이라는 사실이었다.

만약 엄극인이 죽기라도 한다면? 아니, 엄극인이 살고 자신들이 직접 뽑고 기른 무인 이백 명이 모조리 죽는다면?

거기까지 생각하자 소검과 곡도의 뒷등이 싸늘한 한기가 들었다.

누가 죽든 북해빙궁과 무심련 사이에선 한바탕 전쟁이 벌어질 게 분명했다.

쌍면악살이 그런 소검과 곡도를 재미있다는 듯 쳐다보다가 비웃듯 말했다.

"이제 기다리는 일만 남았군. 자네들은 누가 살아남을 거라고 생각하는가? 내 생각에는……."

그때 꿈틀거리며 기어가던 염혼이 온몸을 부르르 떨더니 입에서 피를 게워냈다.

"커헉~"

상처 입은 몸에 무리하게 운기해서 혈을 뚫고도 모자라 여기까지 필사적으로 온 것이 어쩌면 기적과도 같은 일이었다.

그리고 사람들 눈앞에서 또 다른 기적이 벌어지고 있었다.

마치 염혼의 산절한 바람을 들었다는 듯 이때끼지 한쪽에 쓰러져 있던 진완이 벌떡 몸을 일으킨 것이다.

마치 누워 있던 나뭇가지가 그대로 일어선 것처럼 벌떡 몸을 일으킨 진완이 커다란 주먹으로 가슴을 몇 번 쿵쿵 내려치고 나서야 숨통이 트이는지 크게 숨을 들이겼다.

몇 번 호흡을 거듭하던 진완이 인상을 잔뜩 찡그리고는 말했다.

"아이고, 정말 죽는 줄 알았네!"

이때까지 여유있던 쌍면악살이 놀랐다는 듯 고개를 획 돌리고는 믿지 못하겠다는 눈빛으로 진완을 쳐다보았다.

이미 진완의 살가죽이 얼마나 질긴지 눈으로 직접 보았던 소검과 곡도, 그리고 엄소령마저도 눈을 부릅떠야만 했다.

죽지는 않더라도, 몇 달은 정신을 놓고 시체처럼 있어야 할 거라고 생각했기 때문이다.

다른 사람도 아닌 쌍면악살이 마음먹고 후려갈긴 일장이었다.

바위도 깨뜨릴 가공할 위력의 일장을 얻어맞고도, 고작 잠시 누워 있다 멀쩡하게 일어서서 죽는 줄 알았다고 투덜거리다니!

쌍면악살이 믿지 못하겠다는 듯, 들어올린 오른손을 쥐락펴락하며 내려다보았다.

아직까지 손에 저릿저릿 한 고통이 남아 있었다.

더욱이 처음 경험하는 반탄지력에, 오른 뼈는 시큰거리고 팔꿈치가 어긋났는지 둔중한 고통이 느껴졌다.

하지만 만약 쌍면악살이 진완이 이때까지 숨도 제대로 몰아쉬지 못하고 누워만 있던 것이 자신이 쳐낸 일장 때문이 아니라는 걸 알았다면 아예 기절했을지도 몰랐다.

진완의 가슴을 두드렸던 공격은 그저 도화선에 지나지 않았다.

가슴을 얻어맞은 직후, 진완의 몸 안에 잠재되어 있던 세 갈래의 내공들이 놀라 전신을 떠돌았고, 그 고통과 충격에 진완이 꼼짝하지 못했던 것이다.

쌍면악살이 자신의 오른손에서 시선을 떼어 믿지 못하겠다는 시선으로 진완을 쳐다보았지만, 정작 진완은 주위를 두리번두리번 살필 뿐이었다.

"어라?"

진완은 뒤늦게야 땅에 기다란 자국을 내며 기어오다 쓰러진 염혼을 발견하고는 우다다 뛰어갔다.

"너 여기 왜 있느냐! 내가 나오지 말라고 그랬지!"

진완이 큰 소리로 외치며 염혼을 부축해 안았다.

염혼이 그제야 힘들게 눈을 뜨고는 진완을 쳐다보며 희미하게 웃었다.

하지만 염혼의 입은 그저 우물거릴 뿐, 소리를 내뱉지는 못했다.

"말을 해! 말을 하라고! 어느 개자식이 너한테 이 짓을 했느냐!"

진완이 마치 말을 안 하겠다면 부러뜨리겠다는 듯 염혼의 목을 안으며 크게 외쳤다.

순간 곡도의 몸이 움찔거렸다.

보다 못한 엄소령이 답답하다는 듯 말했다.

"혈도를 짚인 것뿐이야! 기를 쓰고 뛰쳐나갈 것 같으니 혈을 짚었겠지. 그저 무리하게 혈도를 풀고, 억지로 몸을 움직인 탓이니까 그냥 편안하게 쉬게 해줘야지, 애를 그렇게 흔들면 어떻게 해!"

엄소령의 말이 맞다는 듯 소검이 얼른 고개를 끄덕였다.

"맞아. 그 아이뿐만 아니라 다른 아이들 역시 혈도를 짚어야 했어. 자네가 쓰러지는 순간, 모두 뛰쳐나가려 했으니까. 특히 저 아이가……."

진완이 알았다는 듯 손바닥을 들었다.

그 즉시 소검의 입이 닫혔다.

진완은 아무런 말 없이 손가락으로 염혼 입가의 핏자국을 닦은 후, 염혼의 머리를 몇 번이고 쓰다듬었다.

하지만 그 안에 끓어오르는 분노는 누구도 알아볼 수 있었다.

염혼을 안아 드느라 구부정하게 굽혀진 진완의 뒷등이 몇 번이고 크게 부풀어 올랐다가 다시 가라앉았기 때문이었다.

분노가 극에 달하면 차분해진다던가?

지금의 진완 상태가 그랬다.

못난 형 때문에 염혼이 지금 이 지경이 된 것이란 자책 때문이었다.

아무 말 없이 염혼을 가슴에 안아 든 진완이 천천히 몸을 돌려 복면인들을 둘러보았다.

마치 억지로 분을 참는 것처럼 크게 숨을 들이켠 진완이 낮은 목소리와 함께 입을 열었다.

"줄서라."

"……?"

복면인들은 영문을 모르겠다는 듯 진완을 쳐다보았다.

진완이 다시 으르렁거리는 목소리로 말했다.

"일렬로 줄 선 다음 기다리는 거다."

"……!"

그제야 무언가 깨달았는지 복면인들이 눈을 크게 부릅떴다.

진완이 천천히 방향을 바꾸어 쌍면악살을 노려보았다.

"니가 줄 맨 앞에 서면 되겠다."

"…….'"

쌍면악살이 뭐 이런 놈이 다 있나 하는 눈빛으로 쳐다보고 있을 때, 진완은 몸을 돌려 천천히 목옥 안으로 들어가고 있었다.

진완은 마치 내가 기다리라고 했으면 당연히 기다려야 한다는 듯 뒤도 돌아보지 않았다.

임소령의 말이 맞았다.

염혼은 안정이 절실하게 필요한 상태였기 때문이다.

第七章

혈의초적자

진완의 눈가가 살풋 찌푸려졌다.

목옥 안엔 십일조 다섯 명이 여기지기에 뻣뻣한 자세로 쓰러져 있었기 때문이다.

모두 아혈이 짚어 말은 할 수 없었지만, 진완의 멀쩡한 모습을 보는 눈빛엔 일제히 안도의 빛이 흐르고 있었다.

땟국물 흐르는 거지도사 허주도, 계집애 같이 곱상한 기련소마 옥기영도, 험악한 인상의 개대가리 반두홍도, 투실투실한 볼살의 돼지새끼 육상산도, 다리를 절룩이는 망둥어 손형인도 진완을 보고 활짝 웃고 있었다.

이들 모두를 단 한 번에 혈도를 짚은 주구곡도의 실력은 정녕 놀라운 것이었다.

더구나 이들 중엔 무심련 안에 있었기에 별 볼일 없었을 뿐,
강호에선 능히 일류라는 소리를 들을 수 있는, 그러니까 진완
이 새끼손가락 정도는 꼽아줄 수 있는 기련소마 옥기영과 망
둥어 손형인도 있지 않은가.

빠른 발, 빠른 손, 빠른 칼의 곡도가 아니었다면 단 한 순간
에 이들의 혈도를 짚을 수는 없었을 것이다.

그러나 지금 진완에겐 그런 게 중요하지 않았다.

각기 위치는 달리해 쓰러져 있지만, 십일조 다섯 명의 공통
점 하나만이 눈에 들어올 뿐이었다.

각기 한 방향을 향해 눕거나 엎드려 있다는 것, 그리고 그
방향이 바로 문 쪽이었다는 점만이 중요했다.

이들은 소검의 말대로 자신이 쓰러지는 순간, 일제히 문 쪽
으로 내달린 게 틀림없었다.

진완의 가슴이 갑자기 뜨거워졌다.

말없이 조원들 한 명 한 명을 쳐다보던 진완이 큰 목소리로
말했다.

"이놈들이 조장이 왔는데도 벌렁 누운 채 인사도 없구나!"

누워 있던 십일조 조원들이 어이없다는 듯 피식 웃었다.

짜식, 고맙고 미안하면 그냥 그렇다고 말하지! 괜히 머쓱하
니까 또 미친 소리 하고 있네.

혈도를 짚인 채 누워 있던 조원들 머릿속에 일제히 떠오른
생각이었다.

그때 말없이 목옥 안으로 진완의 뒤를 따라 곡도가 들어왔다.

바깥에선 소검과 쌍면악살이 각각 타루복과 엄소령을 인질로 잡은 채 팽팽하게 대치하고 있었다.

타루복의 목엔 소검의 검이 얹어져 있었고, 엄소령은 쌍면악살의 열두 걸음 안에 있는 상태였으니 언제든 목이 달아난다 해도 이상할 게 없었다.

그러니 목옥 안으로 들어올 사람은 곡도밖에 없었다.

곡도는 말없이 타루복이 앉아 있던 책상 쪽으로 걸어간 후, 한 손으로 책상 위의 물건을 한쪽으로 밀쳐 내고는 진완을 쳐다보았다.

무슨 뜻인지 알아차린 진완이 조심스럽게 염혼을 책상 위에 올려놓자, 곡도가 손가락을 빠르게 놀려 염혼의 몸 위 몇 군데를 짚었다.

염혼은 혈도가 풀리는 순간, 상체를 벌떡 일으켜 진완을 안으며 말했다.

"형님, 무사하시군요!"

"당연히 멀쩡하지! 네놈이 속을 썩여서 문제지만! 그냥 편안히 누워 있어라."

진완이 염혼의 어깨를 눌러 책상에 눕히는 동안, 곡도는 다시 천천히 발을 돌려 땅에 쓰러져 있던 조원들 하나하나의 몸 위에 손가락을 얹었다.

제일 먼저 곡도이 손가라이 닿은 반두홍이 벌떡 몸을 일으키며 진완을 향해 외쳤다.

"씨발! 미친 조장, 우린 좆 됐다!"

“으응?”

진완이 무슨 말이냐는 듯 뒤돌아봤을 때 두 번째로 혈이 풀린 거지도사 허주가 몸을 일으키며 말했다.

“무량수불~ 한마디로 독 안에 갇힌 쥐가 되었단 말이네.”

“독 안에 갇히다니? 밖에 포위하고 있는 놈들 말이야? 걱정할 것 없어.”

진완이 주먹을 흔들며 대답했을 때, 세 번째로 해혈이 된 기련소마 옥기영이 천천히 몸을 일으켰다.

“걱정할 일이야. 포위될 때도 여유있던 전검전주와 투도각주 역시 쌍면악살이 나타난 직후 바짝 긴장하더군.”

“걱정 마. 그 뻘건 옷 입고 있는 놈 말이지? 내가 가만 안 둘 거라고.”

진완의 대답이 막 끝났을 때, 육상산이 끄응 하는 한숨과 함께 상체를 일으켜 세우며 입을 열었다.

“우리가 살 가능성은 있는 겁니까?”

육상산이 묻는 상대는 진완이 아닌 곡도였다.

혈을 짚어 움직이지 못했을 뿐, 바깥에서 무슨 일이 오가는지는 눈으로 보고 귀로 들을 수 있었다.

소검과 곡도가 함정을 파고 기다리는 줄 알았는데, 결국 함정에 빠진 것은 그 자신들이었다.

아니, 십일조 백팔룡들까지 덤터기 쓰듯 함께 퐁당 빠진 것이다.

육상산의 질문에 곡도가 울상을 지어 보이며 한숨을 내쉬었다.

그것 하나로 분명했다.

망둥어 손형인까지 모두 혈도가 풀리자 십일조원들은 서로의 얼굴을 쳐다보았다.

진완이 답답하다는 듯 주위를 둘러보며 말했다.

"왜들 다 죽을상이야!"

육상산이 아예 대꾸도 안 한 채, 곡도를 쳐다보았다.

곡도는 울상을 지은 채 백팔룡의 얼굴을 쳐다보며 손을 들어 모두를 가리킨 후 멀리 떠나라는 듯 손을 훼훼 저었다.

"……."

육상산이 아무 말 없이 곡도를 쳐다보았다.

곡도가 고개를 끄덕인 후, 축 늘어진 어깨와 함께 쓸쓸히 목옥 밖으로 나서는 게 보였다.

진완이 어리둥절한 표정으로 물었다.

"방금 전 그게 무슨 뜻이냐?"

그것도 모르냐는 듯 개대가리 반두홍이 손바닥으로 자신의 민둥머리를 쓰윽 쓰다듬었다.

머리 한가운데 새겨진 전갈 문신이 순간 반짝반짝 윤이 나는 것 같았다.

"그것도 모르겠냐? 자신들이 어떻게든 시간을 끌어볼 테니 알아서 도망가라는 얘기지!"

반두홍은 말도 안 된다는 듯 굵은 가래침을 뱉고는 말했다.

"씨발, 날고 기는 지들도 죽을지 살지 모르는데 우리가 포위

망을 어떻게 뚫고 도망가! 대강 보니 몇백 명은 넘어 보이던
데!"

"누가 누굴 포위해?"

"으응?"

반두홍은 이놈이 드디어 실성을 했나 하는 표정으로 진완을
쳐다보았다.

진완이 씨익 웃으며 대답했다.

"내가 저놈들을 포위한 거라고!"

얼이 빠진 듯 멍한 표정을 짓고 있는 조원들을 뒤로하고 진
완은 문밖으로 걸어나왔다.

도망? 도망을 치라고? 도망을 치려면 예전에 쳤겠지. 그런
데 목숨이 달랑달랑하는 지금, 똥줄이 빠져라 도망을 가야 한
다고? 그럴 수야 없지!

진완이 각오를 다지며 목옥 문을 막 나섰을 때, 쌍면악살이
비웃는 듯한 목소리를 들을 수 있었다.

"전검전과 투도각의 주인이 목숨을 걸고 도망을 쳐야 할 날
이 있으리라 상상이나 했을까? 왜? 빙궁과 무심련이 전쟁이라
도 벌일지 모른다니까 마음이 급한가?"

소검이 빙긋 웃었다.

"난 검을 들 때면 항상 목숨을 걸었네. 그리고 장난스레 내
앞에 웃고 있던 놈들은 꼭 죽였지."

"오호……."

쌍면악살이 놀랍다는 듯 고개를 끄덕였다. 하지만 그것조차

비웃기 위해 짐짓 꾸민 행동이 분명했다.

참지 못했는지, 어깨를 축 늘인 채 울상을 짓고 있던 곡도가 커다란 도를 꺼내어 쌍면악살을 가리켰다.

그리고 이때까지 닫혀만 있던 주구곡도의 입이 드디어 열리고 싸늘한 음성이 튀어나왔다.

"딴또리 디벼터라!"

곡도는 다시 도의 손잡이를 바투잡고는 쌍면악살을 노려보며 다시 으르렁거렸다.

"뎀벼! 떱때꺄!"

쌍면악살의 눈썹이 씰룩였다.

동시에 진완 역시 곡도를 쳐다보았다.

무슨 말을 하는 것인지는 알았다.

잔소리 집어쳐라, 덤벼라! 그리고는 욕설.

하지만 무언가 이상했다.

곡도가 자신을 이상한 눈으로 쳐다보는 진완을 흘깃 쳐다보더니, 곧 얼굴을 붉혔다.

진완이 믿어지지 않는다는 듯 눈을 껌뻑이다 물었다.

"저기, 혹시……."

그때 쌍면악살이 크게 웃었다.

"하하하, 혀가 짧아 고민하던 끝에 독개 소상춘에게 수술까지 받았다고 하더니 더 짧아진 듯하구나!"

지켜보던 소검이 입맛을 다시며 말했다.

"독개가 안 그래도 상태 안 좋은 곡도를 완전히 망쳐 놓긴

했지. 하지만······."

소검이 쌍면악살을 노려보며 활짝 웃었다.

"그 이야긴 무심련 원로와 구파일방 중에서도 소수만이 아는 얘기. 그걸 알고 있다는 건, 무심련과 연관있는 사람이란 얘기군."

쌍면악살의 몸이 순간 움찔거렸다.

소검이 여유있는 자세로 어깨를 으쓱이며 웃었다.

"오늘, 네놈의 가면을 벗기고 어떤 낯짝이었는지 보고야 말겠다! 설마 내가 모르는 사람은 아니겠지."

진완이 손바닥을 부딪치며 큰 소리로 외쳤다.

"아항! 그랬구나! 그래서 그때······."

문득 며칠 전 염혼을 진찰하던 독개 소상춘이 소검과 곡도가 온다는 원익완 말에 펄쩍 뛰듯 놀라 도망갔던 때가 떠오른 것이다.

그땐 무심련의 원로인 독개가 왜 곡도를 두려워했나 알지 못했는데 이제야 모든 게 확실해진 것이다.

괴상한 곡도의 발음, 그게 모두 독개 소상춘의 솜씨였기 때문이다.

그때 쌍면악살이 피식 웃으며 손을 들어올렸다.

"글쎄? 그럴 기회가 있을지 모르겠군. 애들아, 쳐······."

쌍면악살의 마지막 말은 '쳐라' 가 분명했다.

하지만 끝내 입 밖으로 온전히 내뱉지는 못했다.

삐―유―우―웅―

마치 뿔피리 같은 소리와 함께 녹색의 작은 것이 쌍면악살과 소검과 곡도 사이를 가르고 날라들었기 때문이다.

빠르게 가로지르던 녹색의 그것이 몸을 둥글게 마는 듯하더니 허공에 맴을 돌며 위로 치솟았다.

찌―리―링―

녹색의 그것은 얇고 긴 풀잎이 분명했다.

가운데 잎맥을 중심으로 옆으로 길게 뻗은 잎이 마치 날갯짓을 하듯 몸을 가늘게 떨며, 기묘한 춤사위와 같은 움직임과 기이한 소리를 만들어내고 있었다.

가늘게 떨리는 풀잎은 나비의 날갯짓을 닮아 있었다.

언제까지고 하늘로 치솟아오를 것만 같던 기다란 풀잎은 마치 나비가 날개를 접고 나뭇가지에 내려앉듯 누군가의 붉은 손바닥 위로 사뿐히 내려앉았다.

언제 공터 한가운데 내려섰는지도 모를 사내였지만 낯선 모습은 아니었다.

붉은 옷에 하얀 탈바가지.

그건 분명 또 다른 쌍면악살이었다.

"……!"

진완이 멍한 눈으로 양쪽에 서서 서로를 노려보는 두 쌍면악살을 번갈아 쳐다보았다.

똑같다, 똑같애! 진완의 눈이 휘둥그러졌다.

꼬리가 길게 아래로 쳐진 두 눈구멍과 입, 분을 바른 듯 하얀 탈, 붉은 장갑과 장포.

마치 쌍면악살의 쌍둥이가 갑자기 나타난 것 같았다.

자세히 보면 차이점이 없는 것은 아니었다.

원래의 쌍면악살의 붉은 옷과 탈이 마치 새것처럼 반짝이는 것에 비해, 새롭게 나타난 쌍면악살의 옷과 탈은 약간 바랜 듯 낡아 있었다.

"넌……."

처음 쌍면악살이 경악성과 비슷한 물음을 입 밖으로 토했을 때, 새롭게 나타난 쌍면악살이 고개를 갸웃거리며 물었다.

"넌 누구냐."

마치 깊은 우물에 입을 대고 외치면, 부웅 울릴 때와 같은 독특한 목소리였다.

자신의 목소리를 감추기 위해 내공으로 뱃속을 울려 소리를 내는 복화술이란 수법이었다.

원래의 쌍면악살이 장포를 부르르 떨더니 손가락으로 새롭게 나타난 쌍면악살을 가리키며 외쳤다.

"네놈이 누군데 감히 노부를 사칭하느냐!"

"사칭?"

재미있다는 듯 다시 반대 방향으로 고개를 갸웃거리던 새로운 쌍면악살이 천천히 손바닥을 들어올렸다.

"내가 왜 혈의초적자라 불리는지 아느냐?"

손바닥 위에 있던 풀잎이 다시 몸을 가늘게 떨다 한 뼘 정도 솟아올랐다.

삐―리―리―

풀잎은 허공에 뜬 채, 온몸을 떨며 울었다.

마치 꺾어든 풀잎을 입술에 대고 바람을 불어내 소리를 내는 풀피리 소리와 똑같았다.

단지 보통 사람이 입의 바람을 불어 소리를 내는 데 반해, 새로운 쌍면악살은 손바닥의 내공으로 소리를 만들어내는 게 다를 뿐이었다.

새로운 쌍면악살이 보여준 그 한 가지 재주가 모든 것을 밝혀주고 있었다.

혈의초적자(血衣草笛子), 즉 붉은 옷을 입고 풀피리를 부는 사람이란 뜻이었다.

그렇다면 진짜 혈의초적자, 쌍면악살은 분명 뒤늦게 나타난 사람이 틀림없었다.

"……."

가싸가 아무린 밀 없이 고개를 숙었디.

그 순간 진짜 쌍면악살의 손바닥 위에서 가늘게 떨던 풀잎이 빠르세 쏘아져 갔다.

삐―익―

경쾌한 소리와 함께, 쏘아져 오는 풀잎을 가짜 쌍면악살이 손을 들어 검지와 엄지로 잡아갔다.

퍽―

품잎이 두 고수의 공력을 이기지 못하고 폭발할 듯 가루로 변했다.

그와 동시에 풀잎을 잡은, 가짜 쌍면악살의 붉은 장갑의 올이 터져 나갔고, 곧 장갑의 끝이 너덜너덜 변하며 손가락이 튀어나왔다.

"……!"

가짜 쌍면악살의 탈 사이로 눈동자가 흔들렸다.

단 한 수에 공력의 우위가 나뉜 것이다.

그저 약한 풀잎에 공력을 담아 쏘아낸 상대의 공력에 자신이 한 수 밀린 것이다.

풀잎을 쏘아낸 진짜 쌍면악살이 여유있는 자세로 뒷짐을 지자, 이때까지 눈치를 살피던 복면인들이 일제히 무릎을 꿇고 머리를 숙이며 외쳤다.

"어르신을 뵙습니다!"

진짜 쌍면악살이 마땅히 그런 대접을 받아야 한다는 듯 고개를 끄덕이며 주위를 둘러보았다.

2

쌍면악살, 그러니까 뒤늦게 나타난 진짜가 고개를 돌려 뒤를 바라보았다.

"내 기억으론 우리가 세 번을 겨루었던 것 같은데……."

소검과 곡도가 동시에 고개를 끄덕였다.

소검이 활짝 웃으며 어깨를 으쓱했다.

“불행히도 승패를 결정짓진 못했지만.”

진짜 쌍면악살이 맞다는 듯 고개를 끄덕였다.

“맞소. 내 기억 또한 그렇구려. 하지만 그런데도 날 알아보지 못한 거요?”

소검이 마치 스승에게 야단맞는 제자처럼 머리를 손으로 벅벅 긁고는 겸연쩍게 웃었다.

“가짜라 생각했지. 하지만 낯짝도 보지 못했고, 본래 목소리도 모르니…….”

따져 봐야 소용없었다. 더욱이 가짜라는 증거도 없었다.

거기서 싸워 죽이는 것 외에 내가 뭘 더 할 수 있냐는 듯 소검이 또다시 어깨를 으쓱거렸고 곡도는 찌푸린 얼굴로 고개만 가로저을 뿐이었다.

쌍면악살이 이번엔 무릎을 꿇고 있는 타루복을 쳐다보았다.

“다른 사람은 몰라도 너만은 알고 있었을 텐데…….”

복화술로 바꾼 목소리가 가늘게 떨렸다.

탈 안으로 보이는 두 눈동자 역시 슬픔이 가득했다.

고개를 숙인 채, 어깨를 가늘게 떨던 타루복이 어느 순간 발작하듯 고개를 들었다.

“어르신은 이미 어르신이 아니셨습니다.”

“……”

“난 어르신을 모시지 않았습니다. 단지 어르신이 필요했을 뿐입니다.”

“……”

발악하듯 외치는 타루복을 쌍면악살이 아무 말 없이 쳐다보다가 불쑥 물었다.

"손은 또 왜 그러느냐."

타루복이 왼손을 들어올려 쳐다보았다.

곡도의 칼은 날카로웠다. 타루복의 왼손은 마치 두부를 칼로 썽둥 잘라낸 듯 깨끗하게 잘려져 있었다.

타루복이 마치 재미난 물건을 보는 듯 자신의 왼손을 쳐다보며 입을 열었다.

"괜찮습니다. 제 몸뚱이 중 마음에 드는 게 없었습니다. 나중에 검단하(黔湍下)에서 새 몸을 받으면 됩니다. 단지, 세상이 멸망하는 모습을 볼 수 있다면 제 목숨이라도 내줄 수 있습니다."

쌍면악살이 안타깝다는 듯 가늘게 한숨을 내쉬며 말했다.

"아껴라."

타루복이 고개를 들어 쌍면악살을 노려보았다.

길게 중간이 솟은 메부리코, 뺨 아래로는 축 늘어져 흔들리는 살점, 두 눈 크기가 극단적으로 다른 짝눈은 붉게 충혈되어 있었다.

"아끼라구요? 무엇을 말입니까. 사람들이 손가락질과 함께 비웃던 등 뒤에 혹을? 재수없다며 사람들이 발길질을 날리던 내 추한 얼굴을?"

"그래서 가짜라도 좋았다는 얘기냐?"

"예, 적어도 저자는 죽이길 원했으니까요! 절 보십시오. 어릴 때부터 이 등 위에 혹과 추악한 외모를 보고 사람들이 괴물 취급했습니다. 내게 싸늘한 시선을 던졌던 사람들, 그 사람들이 죽는 꼴을 봐야 합니다! 저승에서라도 똑똑히!"

타루복의 외침은 처절했다.

몇십 년간의 응축된 분노가 이 순간 입을 통해 터져 나오고 있는 것이다.

"……."

쌍면악살 역시 안됐다는 시선으로 타루복을 볼 뿐 아무런 말이 없었다.

그 누구도 타루복이 어떤 삶을 살아왔는지 짐작조차 할 수 없었기 때문이다.

그때였다. 진완의 등 뒤에서 누군가 천천히 타루복 앞으로 걸어나왔다.

아니, 걷는 것이 아니라 발을 끌고 온다는 표현이 맞았다.

왼발을 앞으로 딛고는 오른 다리를 질질 끌어 왼발 앞으로 가져다 붙였다.

다시 왼발을 앞으로, 오른발을 끌어 왼발 옆으로…….

그랬다. 한쪽 발이 불편한 손형인이었다.

타루복이 그런 손형인을 재미있다는 듯 쳐다보았다.

마치 자신이 이때까지 받은 모멸을 되돌려주겠다 듯, 타루복의 충혈된 눈엔 비웃음이 가득했다.

손형인은 사람들의 시선이 일제히 자신을 향하자 붉어진 얼굴을 숙였다.

그리고는 약간은 떨리는 목소리로 말했다.

"보세요. 나 역시 다리가 불편합니다. 그래서 사람들이 곧잘 싸늘한 시선으로 날 보곤 합니다."

타루복이 마치 쇳가루가 풀풀 날리는 듯한 탁한 웃음을 웃었다.

"키히히, 그래! 바로 그것이다. 우리를 벌레만도 못하게 보곤 하지. 그래, 우린 병신이다. 벌레보다도 못한 병신이다. 그걸 깨닫게 해준 놈들이 죽는 꼴을 너 역시 보고 싶지 않느냐?"

손형인이 고개를 들었다.

붉어진 얼굴은 그대로였지만, 목소리는 더 이상 떨리지 않았다.

"아니, 나는 아닙니다. 그건 나와 당신이 다르기 때문이지요."

"왜?"

재미난 이야기라도 들었다는 듯 타루복의 입꼬리가 기묘하게 꺾여 올라갔다.

"다리병신이 나 같은 곱추보다 낫다는 게냐?"

손형인이 천천히 고개를 저었다.

"아닙니다. 난 몸만 불편할 뿐입니다. 하지만 당신은 마음이 삐뚤어져 있군요."

"무슨 뜻이냐?"

"나는 다리가 불편합니다. 그래요, 정상이 아닌 불구지요. 하지만 그걸 보고 놀리거나 우습게 여기는 사람들은 마음이 불구인 것입니다.”

손형인이 자신의 오른 다리를 쳐다보며 말을 이었다.

“난 한쪽 다리가 짧은 게 아닙니다. 단지 다른 쪽 다리가 정상보다 더 길고 멋있을 뿐입니다. 또 한쪽 다리가 굳은 대신, 다른 쪽 다리는 더 힘차고 잘 놀릴 수 있어요. 그리고 제일 중요한 것은…….”

손형인이 천천히 오른 다리를 들어올렸다.

조금 불편하고 고통이 따르는지 얼굴을 살풋 찡그렸지만 끝내 오른 다리의 무릎을 접어 올릴 수 있었다.

그렇게 금계독립의 자세처럼 굽힌 무릎을 가슴에 대고는 소중하다는 듯 두 팔로 안으며 웃었다.

“난 이 다리가 썩 마음에 든다는 겁니다.”

타루복이 크기가 각기 다른 두 눈을 크게 부릅뜨고는 손형인을 쳐나보나가 소금 선저럼 껄끄러운 웃음을 웃었다.

“제대로 미쳤군. 난 부모에게서도 버림받았다. 형제들도 날 괴물로 봤시. 그래서 날 보고 비웃은 놈들은 다 죽일 것이다. 세상에 너 같은 놈만 있는 게 아니다. 냉대와 버림, 그리고 차별에 분노하는 나 같은 놈도 있으니까!”

그때까지 지켜보던 소검이 활짝 웃으며 손형인에게 말했다.

“보았느냐? 저게 마교다. 아니, 저래서 마교다.”

소검이 고개를 돌려 진짜 쌍면악살을 쳐다보며 웃었다.

하지만 두 눈만은 웃질 않았다.

그때 손형인이 고개를 저으며 입을 열었다.

"저게 마교라면, 세상이 마교를 만든 겁니다."

타루복이 손형인을 쳐다보며 발악하듯 외쳤다.

"왜 그런 눈으로 날 쳐다보느냐! 동정은 넘치도록 받았다. 따뜻한 관심은 단 한 번도 없었지만. 또한 너 같은 다리병신에게 동정을 받을 내가 아니다! 너는 왜 저 사람들이 날 죽이지 않는지 알고 있느냐?"

타루복이 그나마 성한 오른손으로 주위를 가리키며 외쳤다.

"내가 알고 있는 것을 듣기 위해서다. 나만이 아는 것을! 가짜 쌍면악살이 누구고, 또 진짜는 누군지. 그리고 또 다른 비밀들. 그걸 듣기 위해서지! 하지만 난 주지 않을 것이다! 그들이 원하는 건 절대 주지 않을 것이다. 지옥까지 가져갈 것이다!"

타루복이 오른손으로 품속을 뒤져 기다란 나뭇조각을 몇 개 꺼내어 들더니 빠르게 흔들어 단 한 개만을 손에 쥐고는 외쳤다.

"수산건(水山蹇)! 앞에도 절벽이고, 뒤 역시 절벽이다. 움직이면 움직일수록 수렁에 빠져든다. 해는 이미 이지러졌고, 먼 길 나서야 하는 군자는 다리를 전다! 눈앞에 죽음만 있으니 나는 즐겨 맞이하리라!"

타루복이 서슴없이 손에 든 나뭇조각을 사정없이 목에 찔러 넣었다.

원래 빠른 손가락을 지녔던 타루복이 마음먹고 찔러 넣는 산가지를 막을 사람은 아무도 없었다.

조금 거리를 두고 있는 진짜 쌍면악살이나, 가까이 있는 소검이나 곡도 역시 서로가 서로를 견제하느라 타루복의 갑작스런 행동을 막을 여유가 없었다.

뚜둑―

하지만 산가지는 타루복의 목에 그저 상처만 남기고는 중간이 부러져 버렸다.

손형인이 급히 손을 들어 가로막았기 때문이었다.

비록 타루복의 목숨을 구하는 데는 성공했지만, 그 대가로 손형인의 손바닥은 산가지에 뚫려야만 했다.

"이게 무슨 짓이냐!"

갑작스런 일에 분노한 듯 타루복이 호통을 쳤지만, 손형인은 그저 손바닥을 들어 아직도 박혀 있는 산가지를 가만히 뽑아내며 웃을 뿐이었다.

하지만 통증이 가볍지 않은지 손형인의 입가가 가늘게 떨리고 있었다.

"세상에 태어나 단 한 번도 따뜻한 관심을 못 받았다고 했습니까?"

손형인이 피 묻은 손바닥을 들어 타루복 앞에 내밀며 말했다.

"이제부터 시작입니다. 작지만 제 관심을 받기 시작한 겁니다."

아직도 고통이 가시지 않았는지 손형인이 살짝 인상을 찡그렸다.

그러나 웃음만은 어느 때보다 환했다.

"관심치고는 좀 뜨겁고 아픈 관심이긴 하지만 말입니다."

"도대체 왜 이런 짓을 했느냐! 무엇을 노리고!'

그러나 너무도 뜻밖에 일에 당황한 듯, 타루복의 목소리엔 분노로 가득 차 있었다.

손형인은 활짝 웃으며 말했다.

"다른 건 없습니다. 단지 내가 배운 한 가지를 실천한 것뿐입니다."

"그게 무엇이냐!'

손형인이 고개를 숙여 속삭이듯 따뜻한 목소리로 말했다.

"목숨은 귀하다."

"……."

"그리고 또 하나 배운 게 있다면."

손형인이 고개를 돌려 흘깃 미친 조장 진완을 쳐다보았다.

"맞으면 아프다. 그러니까 때리지 마라. 정 때리려면 밥이라도 주고 패던가."

무언가 생각난 듯 손형인이 피식 웃었다.

"물론 예외도 있습니다. 갑작스레 범인을 만들어내야 할 때라든지……."

손형인은 다시 고개를 돌려 타루복을 진지한 눈빛으로 쳐다보며 말을 이었다.

"그 외에도 재미난 교훈이 많답니다. 당신도 알기 바랍니다."

타루복이 멍한 눈으로 손형인과 진완을 번갈아 쳐다볼 뿐이었다.

3

　진짜 쌍면악살이 가만히 고개를 젓다가 하늘을 쳐다보며 한숨을 토해내었다.

　"아이들도 아는 것을……."

　짐짓 탄식처럼 한마디를 토해놓은 쌍면악살이 손을 들어 가짜 쌍면악살을 가리키며 일갈했다.

　"너만은 모르는구나!"

　가짜 쌍면악살이 고개를 가로저었다.

　"모르는 게 아니지. 틀린 것을 바로잡으려 했을 뿐!"

　소검이 말도 안 된다는 듯 비웃음과 함께 말했다.

　"틀린지 맞는지는 모르겠지만, 내 오늘 너만은 가만두지 않으리라!"

　곡도가 맞다는 듯 고개를 강하게 끄덕이며 입을 열었다.

　"띱때끼! 너 오늘 두거뗘!"

　"글쎄?"

　가짜 쌍면악살이 대연히 대답을 하며 주위를 둘러보았다.

　주위를 에워싸고 있는 복면인들은 아직 무릎을 꿇고 고개를 숙여 최대한의 공경을 드러낸 상태였다.

하지만 그 상대는 더 이상 자신이 아니었다.

가만히 고개를 살짝 들어올리고 자신을 쳐다보는 몇몇의 눈에는 적개심으로 번뜩이고 있었다.

그러나 가짜 쌍면악살은 아직 여유를 잃지 않았는지 짐짓 뒷짐을 진 채 고개를 돌려 엄소령을 쳐다보았다.

"아직 빙궁의 소궁주는 내 열두 걸음 안에 있다는 걸 잊은 모양이군."

그때였다.

"한 걸음!"

누군가의 호탕한 목소리가 크게 울려 퍼졌다.

커다란 덩치의 한 사내가 단 한 걸음에 복면인들의 위를 날아 한가운데 공터에 사뿐히 내려앉았다.

커다란 덩치의 사내는 두툼한 손가락으로 가짜 쌍면악살을 가리키며 다시 한 번 걸죽한 목소리로 외쳤다.

"열두 걸음 필요없다! 단 한 걸음만 떼도 넌 그 자리에서 죽는다. 내가 보증하지!"

사내는 거의 반쯤 벌거벗다시피 한 옷차림에 한 손에는 웬만한 사내 등판 정도 크기의 커다란 섭선을 들고 있었다.

울퉁불퉁 발달된 어깨 근육이 사람 대가리만 하고, 허벅지는 처녀 허리보다 더욱 굵었다.

한마디로 커다란 곰보다 더 크지 않을까 싶은 덩치여서, 꽤나 거구인 진완보다도 머리통 하나 정도가 더 컸다.

거구의 사내를 보자 엄소령이 반색을 하며 외쳤다.

"아빠!"

그러나 엄소령과는 달리 엄소령을 쳐다보는 사내의 눈빛은 곱지 못했다.

"그래, 나다. 이 빌어먹을 딸내미! 내 손에 잡히면 가랑이를 찢어버릴 줄 알아!"

사내, 북해빙궁의 궁주 엄극인이 버럭 소리를 지르고는, 곧 손에 든 섭선을 힘껏 부쳐 대며 투덜댔다.

"아이고, 열받으니 더 덥구나!"

진완은 북해빙궁의 주인이란 말을 들었을 때 한 가지 그림을 떠올렸었다.

북해의 만년설을 닮아 냉정하고 이지적이며 숨소리까지 차가운, 음침한 사내의 모습.

하지만 정작 눈으로 본 북해빙궁의 궁주 모습은 상상과는 정반대였나.

한마디로 작은 일에 열받아 욱하는 성격에, 피가 끓는 열혈남아가 아닌가.

하긴, 아비의 성격이 저러니 그 딸인 엄소령의 성격이 그 모양일지도 몰랐다.

그러나 분명한 것은 북해빙궁의 주인까지 나타났으니 가장 곤란해진 것은 가짜 쌍면악살이란 점이었다.

더욱이 진짜 쌍면악살은 엄극인을 보며 반갑다는 듯 고개까지 끄덕이고 있었다.

"생각보다 늦으셨구려."

엄극인이 고개를 저으며 대답했다.

"날 더운데 뛰는 놈이 미친놈이지……."

둘 사이에 오가는 말 하나로 모든 게 분명해졌다.

가짜가 꾸민 흉계, 즉 무심련의 무인들이 엄극인을 암살하게 만들려는 계획은 모두 수포로 돌아간 게 틀림없었다.

그 모습을 지켜보던 가짜 쌍면악살의 두 눈가가 흉흉한 빛으로 번뜩였다.

"마교와 빙궁이 손을 잡은 것이오?"

엄극인이 짜증난다는 목소리로 대답했다.

"날 더운데 싸우는 게 미친놈이지!"

솔직히 그리 더운 날은 아니었다.

하지만 북해빙궁에 살았던 사람이라면, 아마 대장간 용광로 속처럼 느껴질 터였다.

소검이 빙그레 웃으며 말했다.

"어째 입장이 좀 바뀐 것 같지 않소?"

가짜 쌍면악살이 고개를 가로저었다.

"바뀔 건 없소."

가짜가 곧 양손에 낀 붉은 장갑을 벗은 후, 자신이 걸치고 있던 붉은 장포를 부욱 잡아 뜯었다.

거기에 얼굴에 뒤집어쓴 탈을 벗자 모든 게 분명해졌다.

검은 도복과 머리를 위로 쓸어 올려 말처럼 보이는 길죽한 얼굴.

분명 원시천존을 모시는 도사의 차림새였다.

쌍면악살에서 그럴듯한 도사의 모습으로 돌아간 노인이 양 손을 모아 포권을 취했다.

"공동파 이십사대 제자이자, 율법장로를 맡고 있는 죽현자(竹賢子)라 하오. 무림 동도들은 노도를 죽검탄현(竹劍彈絃)이라 부른다오."

"……!"

소검과 곡도가 눈을 동그랗게 떴다가 아예 안 듣는 게 나았다는 듯 인상을 찡그렸다.

죽현자가 엄극인에게 깍듯하게 포권을 취해 보였다.

"대의를 쫓다 보면 사사로운 문제가 생기기 마련이지요. 부디 북해빙궁의 주인께선 오해가 없으시길 바랍니다."

엄극인은 그저 가볍게 콧방귀를 뀌고는 섭선을 미친 듯 흔들어댈 뿐이었다.

엄소령이 눈치를 보다가 쪼르륵 엄극인 쪽으로 달려갔다.

"아빠!"

엄소령의 반가운 외침에 엄극인은 눈살을 찌푸린 채 버럭 고함을 질렀다.

"이년아! 그냥 주는 밥 먹고 얌전히 처박혀 있으라고 했잖느냐!"

활짝 웃던 엄소령이 발걸음을 멈추고는 인상을 찡그린 채 굵은 가래침을 뱉었다.

"제길, 변한 게 없군."

죽현자가 다시 소검과 곡도에게 정중히 포권을 취해 보였다.

"전검전과 투도각의 주인께도 역시나 실수가 많았던 것 같소이다."

소검이 얼굴에 씁쓸한 미소를 띠고는 곡도를 쳐다보았다.

곡도 역시 통곡이라도 할 것처럼 울상을 지었지만 뾰족한 수가 없었다.

소검이 마음에 없는 말을 억지로 토해내는 것처럼 뺨을 긁었다.

"이 일은 무심련에서도 가만있지 않을 것이오. 우리를 겁박한 일은 둘째치더라도, 빙궁과 무심련이 큰 원한을 맺을 뻔한 일은 철저히 추궁할 것이오."

죽현자가 굳은 표정으로 주먹을 들어 가슴을 쿵쿵 내려쳤다.

"모든 일은 나 죽현자가 꾸민 일이오. 책임은 이 죽현자 홀로 받으면 될 것이오."

죽현자는 싸늘한 눈으로 소검과 곡도, 그리고 한 켠에서 열심히 커다란 섭선을 부치고 있는 엄극인을 쳐다보고는 큰 소리로 외쳤다.

"평소 노도는 전검전과 투도각의 주인을 존경하고 있소. 오로지 그들만이 마교 색출과 처벌에 열심히기 때문이오. 강호의 평화가 너무 길었소. 왜 그렇다고 생각하오?"

죽현자가 주먹을 불끈 쥐어 올리며 주위를 둘러보았다.

"바로 마교도들의 준동이 줄었기 때문이오. 왜? 그들과의 원한이 깊은 사람들이 보이는 족족 처단했기 때문이지. 하지

만 지금은 어떻소. 마교에 관심을 두는 사람들은 무심련 안에
서도 몇몇밖에 되지 않소.”

죽현자가 손으로 진완을 비롯한 십일조 조원들을 가리켰
다.

“저들을 보시오. 무심련이 대비한 일이래 봐야 저 아이들뿐
이오. 그것도 이십 년 전에 마련한 비책이고 그 이십 년 동안
세월은 또 변했소. 이제 마교란 말을 들어도 그 누구 하나 피
가 끓지 않소. 왜냐! 공분(公憤)이 없기 때문이지. 내가 원한 건
단 하나!”

죽현자가 손을 가슴에 얹으며 엄극인을 쳐다보았다.

“외람된 말이지만 빙궁과 무심련이 부딪쳐 양측의 피해가
크기를 원했소. 또한 그 일이 마교가 꾸민 일이란 게 밝혀지길
원했소. 만약 그랬다면 빙궁과 무심련 양측 모두 분노로 들끓
게 될 거라 생각했소. 오로지 빈도 하나만 희생한다면! 무림이
커다란 두 세력이 마교 토벌에 나설 거라 생각했단 말이오!”

죽현자가 열변을 토해낸 후, 조용히 눈을 감았다.

“모든 책임은 이 늙은 도사가 지겠소. 공동파와는 아무런 상
관이 없는 일이니까.”

죽현자는 마치 살아 있는 이유가 마교타도에 있는 것 같았
다.

조용히 감은 눈, 굳건한 자세, 가다듬어진 기세.

어찌 됐든 지금 보이는 죽현자의 모습은 마교타도를 위해
목숨을 초개같이 버리는 강호 명숙의 모습 그대로였다.

소검이 곤란하다는 듯 곡도를 쳐다보았다.

하지만 곡도는 아무 말 없이 그저 울상을 짓고 있을 뿐이었다.

확실히 곤란한 일이었다.

강호 구파일방 중 무심련에 들어오지 않은 대표적인 문파가 바로 공동파였다.

사실, 마교와의 대접전 중 가장 피해를 많이 입은 문파가 공동파와 청성파, 그리고 아미파였다.

그 세 문파는 이미 명맥을 이어가기에도 벅찰 지경이 되었고, 그래서 무심련 안에 들어 찬밥이 되느니 자신들끼리 독자적으로 행동을 하기로 결심한 터였다.

마교라면 가장 이빨을 갈아대는 것도 이해가 갔고, 모든 것을 희생하더라도 마교타도에 목숨을 거는 것도 이해가 갔다.

그렇다고 그걸 말릴 수도 없었다.

비록 무심련과 연을 맺진 않았지만 상대는 역사가 깊고 무림에 끼치는 영향력이 상당한 구파일방의 한 몫이었기 때문이다.

더구나 죽현자 자신 입으로 홀로 꾸민 일이라 밝혔으니 공동파 전체에 책임을 묻기도 어려운 일이었다.

엄소령이 주위 눈치를 보다가 가만히 엄극인에게 물었다.

"아빠, 참는 거예요?"

엄극인이 답답하다는 듯 다시 버럭 고함을 질렀다.

"이년아! 이게 다 니가 설치고 다닌 탓이 아니냐!"

엄극인의 사정도 소검과 곡도와 다르지 않았다.

성질 같아서는 죽현자를 쳐 죽이고 싶었지만, 뒤에 있는 공동파가 가만히 있질 않을 것이다.

공동파가 움직이면 아미파와 청성파도 같이 움직일 것이고, 무심련에 들지 않은 다른 대소문파들 역시 손을 합칠 것이다.

그렇다면 무심련 안에 속한 다른 구파일방 역시 움직일 것이고, 결국 중원무림 전체와 칼을 맞대야 하는 것이다.

죽현자가 감은 눈을 살풋 뜨고는 엄극인을 쳐다보았다.

예상대로 엄극인은 짜증 어린 표정일 뿐 자신에게 별다른 말이 없다는 걸 확인하고는 빙그레 웃었다.

"소궁주, 내가 소궁주를 열두 걸음 안에 둔 이유는 아리따운 소궁주를 보호하기 위함이었소. 그걸 알아주면 좋겠구려."

엄소령이 기가 막힌다는 표정을 짓다가 입을 삐죽거리며 투덜거렸다.

"제길, 잘도 둘러대는구나!"

죽현자가 빙그레 웃고는 고개를 돌려 쌍면악살을 쳐다보며 말했다.

"마교 오산인(五散人)에 대해선 귀가 따갑게 들어왔네. 그중에서도 혈의초적자의 명성은 드높기 짝이 없더군. 그 같은 솜씨면 노부를 죽일 수도 있을 터. 어떤가, 그 기회를 잡아보겠나?"

쌍면악살이 고요한 눈빛으로 죽현자를 쳐다보았다.

"당신은 정저와(井底蛙)의 일원이 분명하겠군."

정저와. 즉, 우물 밑 개구리란 뜻이었다.

하지만 쌍면악살의 입에서 그 같은 말이 나오자 죽현자는 눈에 띄게 당황하는 모습이었다.

"무, 무슨 소리냐!"

쌍면악살이 그럴 줄 알았다는 듯 고개를 끄덕였다.

"아니, 스스로를 가리켜 천정금와(天井金蛙)라 부른다던가?"

죽현자가 어느새 신색을 회복하고는 조용히 쌍면악살을 노려보았다.

쌍면악살이 흘깃 소검과 곡도, 그리고 엄극인을 쳐다보고는 말했다.

"천정금와들이 보기엔 우리 신교와 무심련이 다르게 보이지 않겠지. 신교와 무심련의 껍데기를 벗기려는 사람들이 북해빙궁을 무서워하랴. 좋아, 오늘 승리자는 너라고 해두지."

쌍면악살의 말에 죽현자가 그럴 줄 알았다는 듯 비릿한 웃음을 웃었다.

쌍면악살이라면 충분히 자신을 죽이고도 남았다.

하지만 그런 꼴을 소검과 곡도가 가만히 보고 있을 수는 없었다.

적어도 무심련이 정파무림의 기둥임을 자부하고 있는 한, 공동파 장로가 죽는 꼴은 가만히 보질 못할 게 분명했다.

또 소검과 곡도가 뛰어든다면 백팔룡 중에 사위를 얻으려 여기까지 온 엄극인 역시 팔을 걷어붙일 것이다.

쌍면악살이 소검과 곡도를 향해 포권을 취해 보이며 물었다.

"우리 일월신교는 충돌을 원하지 않소. 전검전과 투도각의 주인들의 의향은 어떠신지."

소검과 곡도가 주위를 둘러보았다.

아직 복면인 이백여 명은 자신들을 빙 둘러선 것을 확인한 소검이 입맛을 다셨다.

불리한 것도 사실이었지만, 쌍면악살과 한판 붙는다면 죽현자의 의도대로 놀아나는 게 마음에 들지 않았다.

소검이 고개를 끄덕였다.

"시간은 많으니 또 어디서 만날 기회가 있겠지."

쌍면악살이 고개를 끄덕이고는 엄극인을 쳐다보았다.

"빙궁주께선?"

엄극인이 고개를 가로서으며 십신을 디욱 흔들어댔다.

"말 많으면 덥지!"

그 모습을 쳐다보던 죽현자가 마치 승리자가 된 듯 웃었다.

무림을 대표하는 마교와 무심련, 그리고 북해빙궁 사이에서 누구도 자신을 건드릴 존재는 없었다.

"아쉽군. 쌍면악살과 한 수 겨루어볼 좋은 기회가 될 수도 있었는데. 좋네, 내 오늘은 보내주지."

마치 자신이 한 수 봐주어서 쌍면악살을 이대로 보내준다는 듯한 태도였다.

쌍면악살이 냉랭히 코웃음을 웃으며 말했다.

“흥, 적어도 이 중에 널 상대할 사람은 한 사람은 있다.”

죽현자가 짐짓 놀라는 듯한 표정을 과장되게 지어 보이며 물었다.

“누가? 씹어 삼켜도 아깝지 않을 마교가? 아니면 마교 앞에서 무능하기만 한 무심련이? 또 단출하게 부녀간 여행을 나선 빙궁이? 도대체 누가 감히!”

쌍면악살이 아무런 말 없이 고개를 돌려 한 사람을 쳐다보았다.

그러자 그 사람이 앞으로 털레털레 걸어나왔다.

여유있는 태도로 신발을 벗어 탈탈 털고는 한가롭게 다시 신었다.

그리고는 허리를 세운 후, 멀뚱멀뚱 죽현자를 쳐다보며 불쑥 입을 열었다.

“너 아직 줄 안 섰냐?”

진완이었다.

第八章

광룡풍운

죽현자의 눈가가 붉은빛으로 물들었다.

감히, 새파랗게 젊은 놈이 자신을 '너'라고 부를 수는 없었다.

더욱이 정파무림의 지붕을 자신하는 무심련의 주인, 위진천도 자신을 함부로 대하지 못할 텐데, 겨우 백팔룡 정도가!

죽현자가 날카로운 시선으로 소검을 쳐다보았다.

소검이 손으로 뒤통수를 벅벅 긁더니 헤죽 웃으며 옆에 있는 곡도를 쳐다보았다.

"글쎄, 백팔룡이 무심련 사람이던가?"

곡도의 고개가 옆으로 기우뚱 숙여졌다.

한 번도 생각해 보진 않았지만, 따져 보면 복잡한 문제였다.

무심련(無心聯)의 련(聯) 자는 연합체란 뜻이었다.

애당초 마교를 상대하기 위해 각 단체들이 손을 모아 이룬 단체였으니 당연한 일이었다.

그래서 아버지와 아들, 그리고 형제로 이루어진 '가문'이나, 스승과 제자 같은 사승 관계로 대표되는 문파도 아니었다.

백팔룡을 기른 수호자는 무심련 사람이었지만, 엄밀히 말해 수호자가 부모나 스승은 아니었다.

더욱이 시험에 합격한 백팔룡은 무심련의 주인도 될 수 있었지만, 떨어진 사람은 쫓겨날 수도 있는 존재가 백팔룡이 아니던가.

소검이 다시 환하게 웃더니 고개를 끄덕였다.

"반쯤은 무심련 사람이라 해도 괜찮겠군."

그 말은 반은 아니란 뜻도 되었다.

거기다 소검이 한마디를 덧붙이듯 진완에게 물었다.

"게다가 저놈은 위아래도 몰라보는 놈이니……. 어이 광룡, 자네 삼기수사 심상천을 어떻게 생각하는가?"

진완이 소검을 흘겨보고는 대답했다.

"그 말귀 못 알아먹는 늙은이 말이유?"

죽현자의 표정이 가볍게 변했다.

소검이 다시 물었다.

"팽가 어른이자 무심련의 정문을 떠맡고 계신 교수단악 팽무숙 어르신은?"

진완이 기억을 짜내는 것처럼 인상을 찡그리다가 뒤늦게 기억난 듯 큰 목소리로 외쳤다.

"아항! 그 덜떨어진 늙은이!"

처음 보고 '댁은 뉘슈?' 라고 물었는데도 쫓아내기는커녕 함빡 웃으며 기대가 크다고 외쳤던 늙은이는 쉽게 잊혀지는 물건이 아니었다.

"무심련의 원로이신 원익완 어른은?"

잊을 수 없었다.

처음 백팔룡을 맞는 연회에서, '에……. 그래설라므네'를 연발하던 늙은이가 분명했다.

또 옥나찰을 맞은 자리에서 높은 의자에 앉아 있긴 해도 결국 해결한 건 진완 자신과 돼지새끼 육상산이 아니었던가 말이다.

"말은 많고……. 하는 일은 없고……. 밥만 축내는 쓸데없는 늙은이라 생각하우."

소검이 마음에 드는 대답을 얻었다는 듯 죽현자를 향해 어깨를 으쓱해 보였다.

얘가 좀 이래.

소검의 어깻짓엔 그런 뜻이 담겨 있었다.

죽현자가 어이없다는 듯 진완에게 크게 호통을 쳤다.

"놈! 감히 어른들을 함부로 말하다니! 겨드랑이에 털도 채 자라지 않은 놈이!"

진완이 아, 그러서? 하는 표정으로 죽현자를 쳐다보며 고개를 끄덕였다.

"넌 길어서 좋겠다."

"놈! 내가 누군지 아느냐!"

"당연히 모르지!"

"공동파 이십사대 제자이자 율법장로인……."

"그래서?"

진완이 그걸 내가 왜 알아야 하느냐는 듯한 표정으로 죽현자를 쳐다보았다.

죽현자는 진완의 눈동자를 보고서야 깨달을 수 있었다.

이놈은 진짜 몰랐다.

공동파가 뭔지, 또 공동파의 장로가 어떤 위치인지 단 한 번도 들어본 적이 없는 놈이 분명했다.

아니, 어쩌면 무심련 안에 들어올 때까지 무림에 대해서는 단 한 번도 들어본 적도 없는 놈일지도 몰랐다.

그런 놈 앞에서 공동파 운운해 봐야 소용이 없는 일이었다.

죽현자가 인상을 찡그리며 입을 열었다.

"에… 빈도는……."

공동파, 그리고 율법장로.

그 두 가지가 의미를 잃자 죽현자는 자신을 설명할 아무런 단어도 찾질 못했다.

너무도 허망한 결과에 죽현자가 말을 잇지 못할 때, 진완이 이제 할 말 다 끝냈냐는 듯한 표정으로 말했다.

"자, 이제 좀 맞자!"

손가락까지 까딱거리는 진완을 보고 죽현자가 멍한 표정으로 물었다.

"빈도가? 너에게?"

진완이 고개를 끄덕이고는 손가락으로 하나하나 꼽았다.

"일단 우리 뒤통수를 친 잘못. 다른 사람 목숨을 우습게 여긴 잘못. 그리고 어떻게 내 이름을 알며, 뒤에서 무슨 수작을 꾸미는지 대답을 안 한 잘못."

진완이 고개를 들고는 죽현자를 노려보며 씨익 웃었다.

"대강 따져 봐도 여러 대 맞아야겠다."

죽현자가 자기도 모르게 소검을 쳐다보았다.

하지만 소검은 그저 양쪽 어깨를 또 한 번 으쓱해 보일 뿐이었다.

글쎄, 쟤가 저렇다니까.

소검의 어깨가 으쓱하는 크기만큼, 죽현자의 당혹감은 커져 갈 뿐이었다.

죽현자가 이번엔 쌍면악살을 쳐다보았다.

쌍면악살의 탈 사이로 재미있게 되었다는 듯 눈동자가 반짝이고 있었다.

그럼 그렇지! 죽현자가 인상을 찡그리며 이번엔 엄극인을 쳐다보았다.

하지만 엄극인은 그 자리에 털푸덕 앉은 채, 옆에서 섭선을 부치는 엄소령을 향해 버럭 고함을 지를 뿐이었다.

"힘껏! 또 빨리! 네 빙허냉잠옥공의 화후가 겨우 이 정도는 아니지 않느냐!"

엄극인이 고개를 돌려 죽현자를 쳐다보며 혼잣소리처럼 중얼거렸다.

"날 더울 땐 그늘에 앉아 싸움 구경하는 게 최고지."

죽현자가 고개를 절레절레 저었다.

아아, 이럴 수가! 공동파의 이십사대 제자이자 율법장로가 겨우 스무 살 남짓한 덜떨어진 아이와 한판 드잡이질을 해야 하다니!

아니, 이렇게 된 이상 단 일 장에 쳐죽여 공동파와 자신의 위세를 세워야만 했다.

죽현자가 진완을 쳐다보며 양 주먹을 불끈 쥐었다.

"천둥벌거숭이 같으니! 좋다. 무림의 세계가 어떤 것인지 빈도가 똑똑히 보여주리라!"

"그래, 무림이 어떤 건지 구경 좀 해보자!"

진완이 손바닥을 비비며 앞으로 성큼 걸어나갔다.

"미친 조장!"

어느새 옆으로 다가온 개대가리 반두홍이 조심스럽게 진완의 팔뚝을 잡고 물었다.

"자신있어? 잘못하단 떡 된다고! 무지 강해 보이는데."

진완이 자신있다는 듯 가슴을 쾅쾅 내려쳤다.

"상대의 실력이 어느 정도라는 건 척 보면 한눈에 들어와야지!"

진완의 말에 열심히 부채질을 하던 엄소령이 눈을 동그랗게 떴다.

"얼씨구!"

저 대사는 분명 자신이 조금 전 진완에게 했던 그대로가 아닌가!

엄극인이 자신의 딸을 쳐다보며 물었다.

"왜? 저놈 꽤 쎄 보이는데?"

"쎄긴… 그저 가죽만 단단해요."

"가죽?"

"그러니까 그게……."

엄소령이 진완의 특이한 몸에 대해 설명을 할 때, 진완이 흘깃 엄소령의 눈치를 살폈다.

어쩐지 입에 달라붙은 것처럼 말이 착착 되더라니, 엄소령에게 들은 그대로였나 보다.

'가만있어 봐라. 그나음에 몇 마디 더 들은 거 같던데.'

진완이 염두를 굴리자 엄소령의 충고 몇 마디가 떠올랐다.

어깨는 좁고 하체가 길면? 거리에서 유리한 무공을 익혔을 가능성이 높디.

또 손에 굳은살이 안 박여 있으면? 내가기공의 고수이니 한 방을 조심해야 한다. 물론 한 방 맞아본 진완은 잘 알고 있었다.

또한 이상한 발걸음으로 걷는다면? 신법이나 보법을 특징으로 하는 놈이니 손보다 발을 봐야 한다.

그러고 보면 무공에 대한 지식이 꽤나 많은 편이라 생각하며 진완이 손을 들어 죽현자를 가리켰다.

"저놈 어깨는 좁고 하체는……."

으잉? 가만히 보니 죽현자는 호리호리하긴 해도 좁은 어깨는 아니었다.

더욱이 하체는 튼실하기 짝이 없어 웬만한 굵은 나무 굵기만 한 것이 아닌가.

공동파의 무공은 그리 어수룩한 것이 아니어서 검을 잡고 휘두르는 어깨와 중심을 잡는 다리가 부실할 수는 없었다.

진완이 한숨을 돌린 후 다시 말했다.

"낯짝이 길고 넓지? 딱 때리기 좋게 생겼잖아? 게다가……."

반두홍의 세모꼴 눈이 동그랗게 변했다.

진완이 다시 죽현자를 쳐다보았다.

"손에 굳은살이 없지? 애가 곱게 자란 거야. 겁먹으면 울지도 몰라. 그리고……."

굳은살이 있거나 없거나 무슨 상관이랴! 진완이 아무렇게나 주워섬기자 죽현자가 때맞춰 앞으로 한 발 성큼 걸어나오며 크게 부르짖었다.

"놈!"

진완이 반색하듯 박수를 쳤다.

"옳지! 저 걸음을 봐! 뭐라도 지린 듯 어기적거리잖아?"

내가 그랬던가? 죽현자가 저도 모르게 자신의 발등을 내려다볼 때, 진완의 말이 계속 되었다.

"한마디로 똥오줌도 못 가리는 놈이란 거지!"

죽현자는 더 이상 참지 못했다.

대략 십여 장 거리를 단 한 번에 압축시키며 앞으로 쏘아져 나왔다.

진완도 가만히 있지 않았다.

"좋아!"

호쾌한 외침과 함께 진완 역시 앞으로 뛰어나갔다.

부릅뜬 눈, 굳게 다문 입술, 힘껏 뒤로 젖혀진 오른 주먹, 부풀어 오른 허벅지로 힘차게 내딛는 걸음.

마치 말 중에 명마로 손꼽히는 오성추를 보는 듯했다.

쾌속한 속도와 힘차게 구르는 발, 그리고 꿈틀대는 근육은 지켜보는 사람들에게도 위압감을 줄 정도였다.

하지만 정작 진완은 마음 한 켠으로 찜찜함을 느끼고 있었다.

한 방 맞으면? 죽을 만큼 아플 것이다.

그러나 결코 죽지는 않을 것이다. 그리고 그것이 진완이 자신하는 유일한 한 가지였다.

'놈! 정말 괴물이구나!'

죽현자는 마치 소 떼가 자신 앞으로 달려오는 듯한 기세에 어느덧 발 놀리는 속도를 늦추었다.

그러고 보면 저놈은 괴물 중에 진짜 괴물이었다.

거짓 쌍면악살 흉내를 내느라 완전한 수법은 아니더라도 자신의 칠성의 공력을 담아 펼친 복마대력수(伏魔大力手)를 견뎌 낸 놈이었다.

아니, 견디는 정도가 아니었다.

정작 맞은 놈은 저렇게 미친 듯 뛰어오는데, 때린 자신은 아직도 오른 주먹이 얼얼하게 저려왔으니까.

십성의 공력을 들여 복마대력수를 발휘해 봐야 결과는 달라지지 않을 것이다.

아니, 어쩌면 다른 사람들의 비웃음을 살지도 몰랐다.

'그럼 어쩐다.'

생각은 많은데 시간은 없었다.

어느덧 진완의 신형이 발만 뻗어도 닿을 만큼 가까워져 있었다.

2

생각보다는 몸이 빨랐다.

공동파의 무공은 음험함과 공력의 깊이로 세상에 이름을 떨쳤고, 죽현자가 공동파에서 검을 들고 휘두른 지도 벌써 수십 년이 넘었다.

손에 검을 들고 있진 않았지만, 이미 죽현자의 빈손은 검과 다름이 없는 경지였다.

얼른 오른발을 뒤로 빼내고 허리를 비틀었다.

부웅~

방금 전 죽현자의 가슴이 있는 자리에 진완의 커다란 주먹
이 바람을 가르며 스쳐 지나갔다.

죽현자의 오른 손바닥이 진완의 팔을 쓰다듬듯 타고 미끄러
지며 어깨 뒤 두툼한 근육을 움켜쥐었다.

왼손 역시 비스듬히 기울어진 진완의 왼쪽 옆구리에 매의
발톱처럼 박혀들었다.

이대로 움켜쥔 손을 비틀어낸다면 진완의 척추는 부러질 것
이고 멋진 선풍인(旋風引)이 완성되는 것이다.

하지만…….

퉁―

역시나 진완의 몸에선 기이한 기류가 회오리치듯 치솟으며
죽현자의 손을 튕겨내었다.

치갑고 따뜻하며 청명한, 이질적인 기운들이 한데 섞여 있
는 괴상하기 짝이 없는 반탄지력이 또 한 번 발휘된 것이다.

"간지럽다, 이놈아!"

진완이 크게 고함을 치는 것과 동시에 몸을 반대편으로 기
울이며 왼 주먹을 크게 휘둘렀다.

죽현자가 인상을 찡그리며 가볍게 고개를 젖혀 피해내고는
손을 들어 진완의 명치를 손가락으로 가리켰다.

찍―

무언가 바람이 갈라지는 소리가 나더니, 진완의 허리가 절
반으로 접혔다.

공동이 자랑하는 건곤지(乾坤指)였다.

‘통하는가?’

한 발 뒤로 물러난 죽현자가 긴장된 눈빛으로 진완을 쳐다보았다.

저런 가공할 반탄지력이라면 손과 손이, 근육과 근육이 맞붙는 싸움은 무의미했다.

그렇다면 허공을 격하고 공격하는 방법밖에 없는데, 솔직히 죽현자의 경지는 빈 공간을 뛰어넘을 만큼 높지는 못했다.

아니나 다를까, 진완이 고개를 들었다.

인상을 잔뜩 찡그린 진완이 얼굴을 보고는 죽현자가 한숨을 내쉬었다.

‘안 통하는군!’

예상대로라면 놈은 그저 인상을 구기는 대신 이미 거품을 물고 까무러쳐 있어야만 했다.

아픈 것이 분노로 변한 것일까?

“이 자식이!”

진완이 크게 외치며 두툼한 두 손을 위로 들어올렸다.

커다란 덩치에 양손까지 위로 들어올리자 영락없는 커다란 곰이었다.

덩치만 그런 게 아니라 힘 또한 곰과 다름없었다.

양손으로 아무 곳이나 붙잡은 다음에 우두둑 부러뜨려 주면 되지!

말은 없어도 진완의 번뜩이는 눈동자를 통해 생각을 읽을 수 있었다.

죽현자는 옆으로 가볍게 돈 다음, 진완의 왼 손목을 신풍귀조(神風鬼爪)의 수법으로 가볍게 잡은 후 긁어내렸다.

여기까진 쉬웠다.

무공도 모르고 단순한 놈은 죽현자에겐 그저 귀찮기만 한 파리에 지나지 않았다.

단지 문제는 이 빌어먹을 파리가 쇠보다 더 단단하다는 점이었다.

게다가 실수라도 한다면? 말벌보다 더 독한 침을 몸에 찔러 넣을 것이다.

진완의 상체가 숙여지는 순간, 죽현자의 왼손이 가볍게 날아올라 조심스럽게 진완의 관자놀이에 얹혔다.

순간, 진완의 몸이 마치 선불맞은 것처럼 펄쩍 뛰어오르더니 뒤로 붕 날렸디.

죽현자가 긴장된 시선으로 뒤로 밀려 날아가는 진완의 신형을 쫓았다.

진완은 정신이 없었다.

뇌가 흔들리고 눈앞에 모든 것이 빙빙 돌았다.

등이 땅에 스치며 일 장여 넘게 뒤로 주욱 밀려나는 것이 느껴졌다.

파란 하늘과 흰 구름이 눈앞에서 바람에 나부끼는 잎새처럼 끊임없이 진동하고 있었다.

무언가 허연 것이 불쑥 눈앞에 나타나더니, 흔들리는 모든 것들이 제 형태를 잡아갔다.

“…….”

아무리 봐도 눈앞에 보이는 건 개대가리 반두홍의 낯짝이었다.

그 옆엔 거지도사 허주의 낯짝도 있었다.

진완의 정신이 돌아온 걸 확인한 반두홍이 세모꼴 눈을 더욱 치켜떴다.

“거봐, 내가 뭐랬어.”

“……?”

“떡 된다고 했지!”

“끄응…….”

진완이 상반신을 일으켜 세웠다.

아직도 머릿속은 어질어질했다.

거지도사 허주가 답답하다는 듯 눈살을 찌푸렸다.

“미친 조장! 힘만 가지고 되는 게 아니라구!”

“형님.”

허주 등 뒤에서 염혼이 고개를 내밀고 진완을 불렀다.

“으응?”

진완이 고개를 들어보니 허주가 염혼을 들쳐 업은 채 괴상한 미소를 지었다.

여차하면 도망가려고 그랬는지, 어디서 용케 구한 기다란 천으로 염혼의 허리를 감은 후 허주 자신의 가슴에 단단히 엇갈려 묶은 채였다.

“형님, 몸을 보중하십시오.”

염혼이 걱정스런 눈길로 진완을 쳐다보았다.

진완이 벌떡 일어나 몸을 손으로 탈탈 털고는 씨익 웃어 보였다.

"형님, 안 죽는다!"

일단 큰소리를 치고 나서 고개를 돌려 죽현자를 쳐다보았다.

죽현자는 왼 손목이 시큰거리는지 오른손으로 쓰다듬으며 고개를 절레절레 내젓고 있었다.

상대의 반탄지력을 보았기에 일부러 내공을 끌어올리지 않았다.

바람을 빵빵하게 불어넣은 공은, 누르면 누르는 힘만큼 튀어오르는 법이다.

그 안에 공기를 빼내려면, 힘을 빼고 가볍게 눌러주는 걸로 충분할 거란 생각을 했다.

하지만 생각은 반밖에 맞지 않았다.

살짝 꽂아 넣은 손은 시큰거리다 못해 힘줄이 늘어난 것 같았다.

맞는 순간 진완의 몸에서 노도와도 같은 내공이 튀어나오는 걸 생생히 느낄 수가 있었다.

게다가 분명 자신이 잘못 본 것이겠지만, 놈의 몸에서 은은한 흰색까지 튀어나오는 걸 보았다.

'괴상하다, 괴상해!'

죽현자가 이해 못할 일에 인상을 잔뜩 찌푸릴 때, 정작 진완은 불끈 쥔 주먹을 쳐다보며 말했다.

"힘만으로는 안 된다? 그럼 뭐가 더 필요하지?"

진완의 한마디에 일제히 어이없다는 듯 입을 쩍 벌렸다.

이놈, 무공은 고사하고 싸움에 기초도 되어 있지 않은 놈 아닌가!

모두들 어이없어할 때 진완이 말했다.

"말해봐, 뭐가 필요하지? 배우는 건 관심없지만, 꼭 필요하다 싶으면 내가 잘 배운다고."

모두들 말이 없었다.

하다못해 뒷골목 싸움에도 요령이란 게 필요했다.

그런데 공동파 장로를 앞에 두고, 무공을 가르쳐 달라니.

무공이란 게 언제든 품 안에서 꺼내 먹을 수 있는 육포 같은 걸로 아는 게 틀림없었다.

모두들 한심하다는 표정으로 진완을 쳐다보고 있을 때, 그래도 한 사람은 입을 열었다.

"형님, 무공이란 게……."

"응, 그래."

염혼이 파리한 안색으로 진완을 쳐다보며 최대한 머리와 몸이 기억하는 무공에 대해 빠르게 정리한 후 몇 단어로 압축하고는 간단하게 설명하려 노력했다.

"그러니까 말입니다."

"응, 그러니까."

"에, 먼저……."

“응.”

“그러니까네…….”

“…….”

“아웅…….”

“…….”

설령 염혼이 지금보다 몇 경지를 더 뛰어넘는다 해도, 짧은 시간 단 몇 마디 말로 무공을 알려줄 수는 없었다.

염혼의 얼굴이 시커멓게 변할 때쯤, 그래도 차분한 성격을 지닌 사람이 대신 나섰다.

기련소마 옥기영이었다.

옥기영은 아무 말 없이 허주의 주먹을 손으로 잡아 들어올려 자신의 얼굴 가까이 대며 말했다.

“주먹은 단단하지. 하지만 그 주먹의 뿌리가 되는 어깨 아래, 그러니까 겨드랑이 부분은 상당히 약한 부분이야.”

옥기영이 허리를 살짝 비틀고 고개를 숙여 빙글 돌며, 허공에 떠 있는 허주의 주먹을 피하는 흉내를 내며 말했다.

“적이 강한 부분은 피하고…….”

허리를 숙인 채, 옥기영이 고개만 살짝 들어 위를 쳐다보았다.

바로 눈앞에 허주의 겨드랑이가 드러나 있었다.

옥기영이 손가락을 모아 꼿꼿이 펴고는 허주의 겨드랑이를 쑤시는 듯한 동작을 해 보이며 말했다.

“상대의 약점엔 최대한 가까이. 일단 여기서부터 시작하자.

또 내가 아는 무공이 사실 그게 다거든. 모든 무공의 흐름은 서로 어울려 돌아가는 데 있지. 상대의 강함을 피해 빠르게 돌아가기 위해 신법과 보법이 필요해. 또 상대의 약점을 파고들 때도 보법이 필요하지. 이건 허주나 손형인에게 묻는 게 낫겠군.”

허주가 눈을 씰룩거리며 옥기영을 쳐다보았다.

옥기영의 곱상한 얼굴이 웬일인지 잔뜩 굳어진 채 허주를 쳐다보았다.

하긴, 진완의 상대가 공동파 장로쯤 되면 지금 이 일이 장난이 될 수 없었다.

할 수 없이 허주가 한숨을 쉬고는 차근차근 이야기를 시작했다.

“무량수불, 자네 열심히 뛰다 보면… 아니, 미친 듯 뛰다 보면 속도를 못 이기고 앞으로 고꾸라질 때가 있지? 중심이 앞에 있어서 그래. 맨 앞에 머리가, 그다음 가슴이, 맨 뒤에 다리가 있으니 중심이 앞에 있는 거지. 그래서 제 속도를 이기지 못하고 앞으로 고꾸라지는 거야. 뒷걸음질치다가 뒤로 넘어질 때도 마찬가지지. 중심이 뒤에 있으니 그렇거든. 그러니까.”

허주는 지금 이 말이 맞는 건가 회의감이 들었지만, 지금 상황에선 어쩔 수가 없었다.

“앞으로 빠르게 가려면 중심을 앞으로 둬. 뒤로 물러서려면 뒤에 두고. 맨 처음엔 곧잘 넘어지겠지만 익숙해지면… 무량수불. 에휴, 그럴 시간이 없구나!”

보다 못했는지, 망둥어 손형인이 불편한 다리를 질질 끌며 앞으로 나섰다.

"중심에 대해선 내가 조금 알아. 중심을 앞과 뒤에 놓는 것은 경신술에서 가장 중요하지. 하지만 대결에 있어선 좌우, 그리고 상하, 대각선 등 많은 방향이 있거든. 또 중심 역시 나의 중심뿐만 아니라 적의 중심도 있지. 그러니까 예를 들면……."

손형인이 얼굴을 살짝 붉힌 채 옥기영을 쳐다보았다.

옥기영이 무슨 뜻인지 알고는 괜찮다는 듯 고개를 끄덕였다.

손형인이 미안한지 다시 얼굴을 붉히고는 진완을 쳐다보았다.

"넌 초보자니까, 네 중심을 지키기는 힘들 거야. 그럼 이걸 막싸움으로 만들어야 하는데, 그러려면 적의 중심을 무너뜨리는 수밖에 없지. 이렇게."

손형인이 곧 한 발을 중심으로 몸을 빙글 회전시키더니 옥기영의 허리를 휩쓸 듯 왼발로 매섭게 찼다.

옥기영이 감히 맞받지 못하고 뒤로 한 걸음을 물러났다.

손형인이 회전하던 속도 그대로 땅을 손으로 짚고 다시 왼발로 옥기영의 허리를 노렸다.

옥기영이 다시 뒤로 두 걸음을 물러섰다.

손형인은 거기서 멈추고는 진완을 쳐다보았다.

"사람의 중심은 허리야. 어떻게든 상대의 허리를 노리면, 상대는 중심을 이동시킬 수밖에 없지. 만약 기회를 틈타 가까이 갈 수 있다면 성공이야.”

“알겠어!”

진완이 웃으며 고개를 끄덕였다.

상대의 허리를 노리는 척, 가까이 가서 겨드랑이를 콱!

듣고 보니 너무나 간단한 일이 아닌가!

옥기영이 고개를 저은 후, 양손으로 앞에 있는 손형인의 두 손을 잡았다.

“한 가지 더.”

옥 기영은 손형인의 팔을 두 손으로 이리 묶었다 저렇게 풀고, 밀다가 당긴 후 말했다.

“이게 금나수법이야. 일단 다리는 포기하고 양손에만 집중하자고.”

일단 저 곰 같은 놈이 양손 중에 하나만 붙잡을 수 있으면 부러뜨릴 수 있겠지.

그게 옥기영의 생각이었다.

진완의 입이 헤벌쭉 벌어졌다.

발로 허리를 걷어차는 척, 가까이 다가가서, 양손을 얽어맨 후, 겨드랑이를 콱!

진완의 머릿속에 완벽한 그림이 그려졌다.

“좋았어! 보고만 있으라고!”

죽현자는 어이가 없었다.

세상에 비봉수(飛鳳手)를 정통으로 머리에 얻어맞은 후, 채 일각도 지나지 않아 멧돼지처럼 달려오는 놈이 있다고는 상상조차 하지 않았다.

하지만 그런 멧돼지가 존재한다는 게 문제였고, 놈의 가죽이 상상을 초월할 만큼 두껍다는 게 더 큰 문제였다.

또 놈은 멧돼지만큼 단순했다.

오른발을 땅에 박아 넣은 후, 몸을 빙글 돌렸다.

방금 전 망둥어처럼 생긴 놈에게 배운 솜씨치고는 제법이었다.

아니, 멋지기까지 했다.

무공을 모르긴 해도, 무공에 대한 재능만은 차고 넘치는 놈이 분명했다.

죽현자가 고개를 끄덕인 후 상체를 뒤로 가볍게 젖히자 진완의 발이 힘차게 스쳐 지나갔다.

죽현자는 진완의 발뒤꿈치에서 시작되어 종아리를 타고 오르는 근육을 두 손가락으로 가볍게 집고 돌렸다.

속도가 더해지자 진완의 몸이 허공에 부웅 떠올랐다.

하지만 진완도 가만히 있질 않았다.

'금나수! 금나수! 금나수! 제발 하나만 잡혀라!'

허공에서 두 손을 끊임없이 허우적댔지만, 뻔히 상대의 수를 읽고 있는 죽현자에겐 상대가 되지 않았다.

'좋아!'

죽현자는 이를 악물고 양손으로 북을 두들기듯 빠르게 진완의 몸을 두들겼다.

칠상권(七傷拳), 추운권(追雲拳), 복마장(伏魔掌), 통천장(通

天掌), 현천신장(玄天神掌)…….

이루 헤아릴 수 없는 화려한 공동파의 비기들이 진완 몸 위로 아낌없이 쏟아져 내렸다.

펑, 쿵, 쾅, 픽…….

격렬한 타격음 사이로 하얗고 누렇고 파란 빛이 번쩍인다 싶은 순간, 두 손이 얼얼해진 죽현자가 끝내 발로 진완의 몸을 뻥 하고 차버렸다.

또 한 번 부웅 허공을 날라 떨어진 진완 주위로 십일조 조원들이 우르르 몰려들었다.

이미 온몸에 두른 옷은 갈가리 찢겨져 나가고, 얼굴은 참혹할 정도로 부풀어 올랐다.

두 눈은 망둥어 손형인보다 더 부풀어 올랐고, 주둥이와 양 뺨 역시 돼지새끼 육상산보다 더 커져 있었다.

진완이 눈을 겨우 뜨고는 마치 닭의 부리처럼 부풀어 오른 입을 오물거리며 말했다.

"저 새낀 겨드랑이가 없나 봐……. 아예 안 보여."

단순한 새끼! 일행은 뭐 이런 놈이 다 있나 싶어 입을 쩍 벌렸다.

3

보다 못했는지 한 사람이 뚜벅뚜벅 걸어나왔다.

추레한 얼굴, 더 추레한 표정, 마주 보는 것만으로도 슬퍼지는 얼굴, 투도각의 주인인 주구곡도였다.

"……?"

진완을 비롯한 일행이 고개를 돌려 쳐다보자, 곡도가 말없이 커다란 도를 꺼내 들고는 날카롭게 위아래로 그었다.

"공격은 간딴하고, 빠르고, 덩확하게!"

놀랄 일이었다. 곡도가 입을 열어 친절하게 설명을 하다니!

소검 역시 가볍게 놀란 듯 눈을 동그랗게 뜨고 곡도를 쳐다보았다.

하지만 곡도는 자신의 할 일은 다 했다는 듯 다시 뚜벅뚜벅 걸어 소검 옆에 섰다.

마치 방금 전 무슨 일이 있었냐는 듯, 표정은 조금 전과 같은 울상으로 돌아가 있었다.

소검이 껄껄 웃고는 말했다.

"좋은 얘기다. 한마디 덧붙인다면 눈을 크게 뜨고 빈틈을 찾아. 눈이 빠르면 손이 빨라지지."

소검이 고개를 돌려 죽현자를 쳐다보며 활짝 웃었다.

"아, 오해 마시오. 짬나는 대로 백팔룡 훈련을 시킨 것이니."

죽현자는 분노했다.

저런 꼬마 하나를 제대로 처리 못하니, 이런 비웃음을 당하는 것이다.

하지만 분노는 분노, 아픈 건 아픈 거였다.

마치 커다란 철판을 두드린 듯 양손이 욱신욱신 쑤셔왔다.

'오냐, 끝을 내주마!'

공동파 율법장로 죽현자.

그 이름 가운데 공동파와 율법장로를 없앤다면 자신은 아무것도 아니었다.

그런 자신이 이런 꼬맹이 하나 제대로 처리하지 못한다면, 부끄러워서라도 공동파와 율법장로란 이름을 버려야만 하리라.

그것도 무심련의 전검전 투도각의 주인과 마교 오산인 중 쌍면악살, 또한 빙궁의 궁주인 엄극인이 보는 앞이 아닌가!

이번엔 정말 끝을 내리라, 몸 한구석이 으스러지는 한이 있더라도.

죽현자가 진완을 쳐다보며 이를 으드득 갈 때, 진완은 천천히 몸을 일으키고 있었다.

손가락을 펴 평평하게 만든 손을 위아래로 가볍게 긁으며 부푼 입술 사이로 혼잣소리처럼 중얼거렸다.

"간단하고, 빠르고, 정확하게……."

진완은 이제 넝마로 변한 겉옷을 거칠게 뜯어내 땅에 패대기치고는 우뚝 허리를 세웠다.

곧 진완의 우람하고 탄력있는 근육이 드러났다.

한참 부채질하던 엄소령의 손길이 멎었다.

아니, 입까지 쩍 벌리고는 눈을 동그랗게 떴다.

"어쩜……."

말로만 백팔룡을 보았을 뿐, 실제로 본 것은 처음이었다.

진완의 온몸을 감고 돌다 가슴에 날아오를 듯 새겨져 있는 용은 지금이라도 가슴을 뚫고 튀어나올 것만 같았다.

더욱이 양 어깨와 팔뚝에 새겨진 작은 용들 역시 근육이 불끈댈 때마다 온몸을 펄떡거리며 살아 있는 듯 꿈틀거렸다.

징그럽다기보다는 아름다웠다.

단지 문신에 지나지 않았지만 이질적이면서도 거칠고 약동하는 생생한 생명처럼 느껴졌다.

용이 천천히 몸을 일으켰다.

진완이 허리를 젖히듯 세웠기 때문이다.

양손을 허리에 올려놓은 진완이 눈알을 데루룩 굴렸다.

"눈알은 빠르게!"

마음에 든다는 듯 진완의 부어터진 얼굴이 활짝 웃었다.

"역시 고수의 충고라 다르군!"

보고 있던 엄소령이 눈살을 찌푸렸다.

"멍청이!"

무공에 자질이 없어 보이진 않았다.

하지만 지금 와서 무공을 배우기엔 너무 늦지 않았느냔 말이다.

그리고도 뿌듯한 듯 만족한 웃음을 웃다니, 그것도 상대인 공동파의 장로를 두고서.

엄소령이 고개를 절레절레 저을 때, 퍼질러 앉아 있던 엄극인이 흘깃 자신의 딸을 쳐다보며 물었다.

"뭐가?"

"멍청하잖아요. 지금 배운다는 것도 그렇고, 또 저놈한테 하는 충고를 상대도 못 듣는 것도 아닐 텐데."

"그래서 질 거다?"

"당연하지요."

"그걸 누가 아느냐?"

"으응? 그럼 아빠는……."

엄극인이 고개를 돌려 진완을 쳐다보며 말했다.

"아직은 지지 않았지, 아직은! 그리고 그게 중요한 거다."

엄소령이 고개를 갸웃대다가 피식 웃었다.

"그럼 아빠는 저 자식이 이길 수도 있을 거라는……."

"그건 아무도 모르지."

엄극인이 눈을 가늘게 떴다.

"커다란 개가 어린 호랑이를 물 수도 있겠지. 하지만 문제는 호랑이는 날이 다르게 몸집이 커져 가고, 개는 날이 갈수록 쇠약해진다는 거야. 그 누구처럼."

"누구?"

"무심련주 위진천. 그가 그랬다."

엄극인이 마치 진완의 얼굴에서 위진천의 자취를 찾으려는 것처럼 가늘게 뜬 눈으로 주의 깊게 쳐다보며 말했다.

"천하무적. 그 네 글자가 그처럼 잘 어울리는 사람은 없었지. 처음 그가 나타났을 때 적들은 우습게보았다. 얼마 후 만만치 않다는 걸 느꼈고, 곧 상대하기 버겁다고 생각했지. 시간이 흐른 후, 적들은 그가 적이라는 사실만으로도 공포스러워할 정도였다. 하지만 위진천은 처음부터 적들을 우습게보았다. 시간이 흐른 후 더 우습게보았지. 나중엔 아예 신경도 쓰지 않았다. 위진천이라고 험난한 꼴을 안 당했겠느냐? 그래도 겁이 없었지. 도리어 두들겨 맞을수록 투지 넘치는 모습이었다. 그게 위진천이다. 그리고 난 저 아이에게서 예전 위진천의 모습을 본다. 어떠냐."

엄극인이 고개를 돌려 엄소령에게 물었다.

"난 저 아이가 내 사위가 되었으면 하는데?"

엄소령이 어이없다는 듯 멍한 얼굴로 아버지를 보다가, 고개를 돌려 진완을 쳐다보았다.

그때 진완이 앞으로 성큼성큼 걸어나가 죽현자를 향해 눈알을 데루룩 굴리며 큰 소리로 외치는 모습이 보였다.

"어이, 영감탱이. 다시 함 붙자!"

'멋이라곤 하나도 없는 무식한 자식!'

엄소령이 고개를 획 돌려 엄극인을 쳐다보며 앙칼진 목소리로 외쳤다.

"차라리 날보고 죽으라고 해요!"

하지만 정작 진완의 모습을 보고 죽고 싶은 사람은 따로 있었다.

바로 죽현자였다.

겉으로 보기엔 진완의 얼굴은 부풀어 올랐고, 자신은 멀쩡했지만, 그건 글자 그대로 겉모습뿐이었다.

진완의 상처는 그저 피육에 그치고 있었지만, 죽현자는 양손이 얼얼하다 못해 벌벌 떨릴 지경이었다.

거기다 반탄지력 때문에 탁해진 내기를, 연신 심호흡을 하며 내뱉느라 열심이었다.

진완이 쿵쾅거리며 다가왔다.

연신 눈알을 데루룩 굴리는 것을 보니, '눈알을 빠르게' 란 교훈을 너무도 충실히 지키는 게 분명했다.

'그렇다면!'

죽현자가 번개처럼 쏘아가며 손가락을 갈퀴같이 만들어 진완의 두 눈을 후벼 파내려 했다.

하지만 사람들이 제일 예민하게 반응하는 부분이 바로 눈이다.

진완은 허리를 뒤로 젖혀 피하는 것으로도 모자라 아랫배에 힘을 단단히 준 듯 '핫!' 하는 소리와 함께, 아예 양손을 들어 죽현자의 손을 잡으려 들었다.

'덩치는 곰이더니 행동은 비호와 같군……'

죽현자가 낭패한 표정으로 얼른 뒤로 한 발 물러섰다.

만약 한 팔이라도 잡힌다면 무슨 험한 꼴을 당할지 모를 일이었다.

하지만 한 발 뒤로 물러난 죽현자는 두 눈을 부릅뜨더니 다시 다섯 걸음을 물러섰다.

자신이 잘못 본 것이 아니었다.

걸리기만 하면 모두 작살을 내주겠다는 듯, 힘을 바짝 준 놈의 두 손에선 분명 은은한 하얀 빛이 감돌고 있었다.

하얀 빛 때문에 팔뚝을 휘어감은 용 문신이 꿈틀대는 것처럼 느껴질 정도였다.

단단한 몸, 가공할 반탄지력, 그리고 온몸에서 뿜어져 나오는 하얀 광채.

그걸 가능하게 만드는 것은 단 한 가지밖에 없었다.

오래된 전설, 그래서 낡은 먼지가 뿌옇게 얹어진 기억 때문에 이제야 깨달은 것이다.

죽현자가 경악성을 터뜨렸다.

"소… 소수마공!"

하지만 곧 죽현자는 고함치던 그대로 아래턱을 축 늘어뜨린 채, 멍하니 앞을 바라보았다.

진완의 두 손에서 빛나던 하얀 광채가 곧 누런빛으로 바뀌었기 때문이다.

마치 법당 안에 있는 부처의 손과도 비슷했다.

진완이 두 손을 늘어올리고는 피식 웃었다.

"아항, 이거. 신경 쓰지 마."

어쩌면 그렇게 태연하게 말할 수 있을까.

처음엔 양손이었던 것이 어느새 온몸에서 흰 빛으로 물들더니, 이젠 온통 황금 빛이었나.

아니, 눈 깜짝하는 사이 이번엔 은은한 청색이 진완 피부 밑에서 뿜어져 나오고 있었다.

“이… 이게 무슨…….”

죽현자가 마치 염소처럼 몇 가닥 난 수염을 부르르 떨 때, 진완 역시 두 눈을 감고 온몸을 부르르 떨며 말했다.

“으으… 짜릿하다.”

정말 짜릿했다. 차갑고 찰랑이는 듯한 기운이 온몸을 타고 돌면, 그 즉시 따뜻하고 부드러운 기운이 그 뒤를 따랐다.

곧이어 두 기운이 충돌할 즈음, 어디선가 시원하면서도 청량한 거센 기운이 폭발하듯 솟아나며 두 기운을 눌렀다.

세 기운이 돌아가며 충돌하는 느낌은 그 어떤 말로도 형용할 수가 없었다.

아니, 죽현자에게 실컷 얻어터진 이후, 세 기운의 기세는 더욱더 맹렬해진 것 같았다.

진완이 눈을 뜨고 죽현자를 쳐다보며 말했다.

“자, 이제 하던 일 마저 해야지?”

죽현자는 입을 쩍 벌렸다.

‘세상에나!’

분명 조금 전까지 진완의 얼굴은 절벽에서 떨어진 것처럼 붓고 멍들고 터져 있었다.

하지만 이상한 광채를 쏟아낸 지금, 진완의 얼굴은 어느새 원래대로 돌아가는 것으로도 모자라 반질반질 윤기까지 흐르지 않은가.

진완이 상체를 벌거벗은 채 두 손을 높이 들어올렸다.

“합!”

기운을 한데 모으는지 힘찬 기합 소리와 함께 진완의 몸에선 하얀 광채가 쏟아져 나왔다.

그 광경을 지켜보던 엄극인이 탄성을 질렀다.

"죽여주는군!"

정말 죽여줬다. 아니, 돈을 수억 만금을 준다 해도 볼 수 없는 광경이 분명했다.

지금 진완의 몸에선 하얀 빛의 용 한 마리가 꿈틀대며 천천히 빠져나오고 있었기 때문이다.

용은 마치 답답했었다는 듯 크게 기지개를 켜는 듯하더니, 느린 속도로 진완의 몸을 한 바퀴 돌고는 끝내 가슴 한가운데서 죽현자를 노려보고 있었다.

부릅뜬 눈과 커다랗게 벌린 입과 함께…….

엄소령이 놀라 엄극인을 쳐다보았다.

"아빠, 용이야, 용!"

엄극인이 눈을 가늘게 뜨고는 고개를 끄덕였다.

"그래, 날이 더워서 그런지 별게 다 튀어나오는구나!"

물론 머리로는 이해가 가는 일이었나.

밝은 불 앞에 창호지를 두고, 그 뒤에 검은 물체를 두면, 그 물체의 형태가 창호지에 그대로 새겨지듯 비추어지는 법이다.

또, 만약 밝힌 불이 밝다면 창호지뿐만 아니라 커다란 벽에도 물체의 움직임이 마치 살아 있는 것처럼 비추어질 것이다.

진완의 경우도 다르진 않으리라.

무엇인지 모르지만 운기를 하면 온몸에서 빛이 나는 특이한 무공을 익히고 있을 거고, 그 빛이 진완의 피부를 뚫고 나오는 과정 중에 몸에 특수한 용액으로 새긴 용 문신의 형태 그대로 주위를 밝히고 있는 것이다.

그게 머리로는 이해가 가는데 정작 눈으로 보면서도 믿을 수는 없었다.

정녕 괴사(怪事) 중에 괴사라 할 만했다.

엄극인뿐만 아니라, 십일조와 소검과 곡도, 그리고 쌍면악 살까지도 말을 잊은 듯 진완을 쳐다볼 뿐이었다.

아니, 에워싸고 있던 수백의 복면인들은 직접 용이 꿈틀대는 모습을 눈으로 보자 아예 무릎을 꿇을 정도였다.

그중에서 가장 놀란 건 역시 죽현자였다.

화려한 빛깔의 용 문신이 몸에서 튀어나와 꿈틀대다니!

게다가 용의 비늘 사이에서 하얀 빛이 쏟아져 나오니 영락 없는 백룡(白龍)이었다.

'아니, 황룡(黃龍)이군……. 아니아니, 청룡(青龍)?'

어느새 용의 빛깔은 누런 황금색으로 변하더니 곧 청룡(青龍)이 되었다.

하지만 정작 진완은 그런 변화 따위는 모른다는 듯 손가락 하나를 까딱거렸다.

"자, 게으름 피우지 말고 어서!"

진완의 온몸에선 다시 하얀 빛이 출렁거렸다.

빛무리의 움직임에 따라 진완의 몸 주위를 감싸고 돌던 백룡이 맞다는 듯 고개를 끄덕이는 것처럼 보였다.

용은 부릅뜬 눈을 번뜩였고, 쩍 벌린 입 한가운데에선 혀가
날름거렸다.

"무량수불! 이건 꿈, 아니, 사술(邪術)이로다!"

죽현자가 눈을 질끈 감으며 자신의 전력을 다해 일장을 쳐
내며 생각했다.

수십 년 기른 공력은 결코 가볍지가 않았다.

죽현자의 일장을 얻어맞은 백룡은 마치 마지막 비명이라도
지르는 듯 입을 쩍 벌렸지만, 끝내 바람에 스러지는 먼지처럼
흐릿하게 변할 뿐이었다.

쿠—아—앙—

엄청난 굉음과 함께, 진완의 몸이 낙엽이 떨어져 내리듯 힘
없이 뒤로 날아갔다.

第九章

용의 현신

'이젠 정말 끝이겠지.'

반탄지력 때문에 뒤로 이 장여 거리를 주욱 밀려난 숙현자는 정말로 그렇게 믿었다.

아니, 그러길 정말이지 바랐다.

관절이 뒤틀린 것처럼 양 발목에선 덜그럭거리는 소리가 몸을 타고 들릴 정도였으니까.

또 상대의 반탄지력 때문인지 핏물이 목구멍까지 울컥 솟아올랐다.

자신하건대, 공동파 역사상 이 정도 일 장을 쏟아낸 사람은 다섯 손가락 안에 들 정도일 것이다.

죽현자가 휘청이는 무릎을 곤추세우고는 천천히 두 눈을

떴다.

허리를 숙여서 그런지 제일 먼저 자신의 발 앞으로 깊게 파진 두 개의 고랑이 보였다.

아마도 자신이 뒤로 밀려나면서 파여진 흔적일 것이다.

'놈은?'

죽현자가 얼른 진완의 흔적을 쫓아 고개를 들었다.

'그럼 그렇지!'

죽현자의 파리해진 안색에 미소가 돌았다.

역시나 놈은 저 멀리서 마치 납작하게 깔린 개구리처럼 큰 대 자로 뻗어 있었다.

"형님!"

추레한 도사 등 뒤에 업혀 있던 소년이 진완을 보며 비명처럼 부르짖는 소리를 듣고서야 안도의 한숨을 내쉬며 죽현자는 생각했다.

'죽었겠지?'

죽현자가 그렇게 믿고 있을 때, 그 빌어먹을 소름 끼치는 목소리가 또 한 번 귓전을 두드렸다.

"우와아! 죽겠다. 저놈은 약점이 없어. 졸라 강해. 아이구나, 아프다. 내가 저놈보다 강한 게 있기나 한 걸까?"

죽은 게 틀림없는, 아니, 죽었어야 할 놈이 입술을 달싹이며 말하고 있었다.

반질반질 윤이 나는 머리 한가운데 전갈 문신을 해 넣은 세모꼴 눈의 청년이 반갑다는 듯 외쳤다.

"씨발, 이번엔 진짜 골로 간 줄 알았다고!"

세모꼴 눈을 가진 사내, 개대가리 반두홍이 가래를 퉤~ 뱉고는 흥분한 목소리로 말했다.

"뭐가 강하냐고? 그거야 살가죽이 두껍다는 거 외에 뭐가 있겠어. 또 맞는 건 기가 막히게 잘한다는 거?"

보다 못했는지 돼지새끼 육상산도 한마디 거들었다.

"몸이 좀 더 단단한 게 뭐가 자랑이라고! 맞는 데 편할 뿐이지!"

갑자기 진완의 감겼던 눈이 번쩍 뜨였다.

"그래! 그게 있었군!"

진완이 작대기를 일으켜 세우듯 벌떡 일어섰다.

하지만 곧 인상을 찡그리며 몸을 휘청였다.

"형님!"

"조장!"

허주 등에 업힌 염혼이 놀라 부르짖고, 십일조 조원들이 동시에 진완을 부축하려 화급히 앞으로 나실 때였다.

쒸잉―

커다란 칼이 어느새 진완과 십일조 조원 사이를 가르고 내리꽂혔다.

곡도였다.

곡도가 어느새 달려와 조원들의 앞을 가로막은 것이다.

"……?"

놀란 조원들이 한 발 뒤로 물러서자, 천천히 도를 갈무리하며 곡도가 걱정 어린 눈으로 진완을 쳐다보았다.

소검이 걱정 말라는 듯 조용한 목소리로 말했다.

"건들지 마라. 지금 너희 조장의 상태는… 으흠……."

소검이 말을 하다 말고, 신음성을 토해놓았다.

진완의 휘청이던 몸이 중심을 겨우 잡고 서고는 온몸을 부르르 떨자 또다시 진완 몸에서 용이 꿈틀대기 시작했기 때문이다.

이번엔 한 마리가 아니었다.

진완의 몸은 그저 하나의 빛만 뿜어져 나오지 않았다.

하얀 빛이 어느새 누런 빛으로, 그리고는 곧 빠르게 파란 빛으로 바뀌었다.

그 속도가 눈 끔뻑이는 속도보다 더 빠르게 느껴진다 싶었을 때, 진완의 몸을 천천히 세 마리의 용이 휘감고 돌기 시작했다.

마치 뒤가 비쳐 보이는 얇은 천 위에 각각 하얗고 파랗고 누런 용을 그려 넣고, 한데 합쳐 허공에 펄럭이는 듯한 광경이었다.

"우와아~ 씨발! 저건 또 뭐냐!"

개대가리 반두홍의 세모꼴 눈이 동그랗게 변했다.

"무량수불, 무량수불. 무량수불……."

거지도사 허주가 끊임없이 진언을 외며 고개를 절레절레 저었다.

기련소마 옥기영과 망둥어 손형인은 입을 쩍 벌린 채 말을 잊은 듯 쳐다만 보고 있었고, 돼지새끼 육상산은 그저 수건으로 이마만 열심히 훔쳐 낼 뿐이었다.

단지 염혼만이 역시 형님은 다르시구나. 하는 경외심이 담긴 시선으로 쳐다볼 뿐이었다.

진완이 크게 한번 부르르 떨고는 두 눈을 떴다.

어느덧 진완의 두 다리는 굳건히 땅을 밟고 서 있었다.

몸에서 쏟아질 듯 뿜어져 나오는 빛은 어느덧 강도가 약해져 있었다.

따라서 진완의 몸을 휘감아 돌던 용의 형체도 흐릿해졌지만, 사람들의 시선은 더 이상 용에 머물러 있지 않았다.

맑고 그윽한 눈빛.

분명 얼굴과 몸은 자신들이 알던 진완이었지만, 두 눈빛만은 전혀 다른 사람처럼 느껴질 정도였다.

거기다 거칠게만 느껴졌던 기세 역시 약간은 부드럽고 차분하게 바뀌어져 있었다.

마치 절정에 달한 검사가 고요히 멎은 채 명상에 잠긴 듯한, 아니, 득도한 고승이 깨달음을 얻었거나 도사가 높은 경지의 선경에 들었을 때와 비슷한 모습.

진완의 입술이 천천히 열렸다.

지금 분위기대로라면 고승의 멋진 선문답이나, 높은 경지에 오른 도사의 일갈이 터져 나오리라.

"제기랄, 그렇게 맞고도 살아남는 걸 보면, 나 엄청 강하지? 그지?"

그럼 그렇지, 겉모습이 어떻든 미친 조장 성질이 어디 가랴!

허주가 어이없다는 듯 쳐다보다 고개를 끄덕였다.

"강하기보다는 단단하지만, 뭐 그것도 강한 거라고 볼 수……."

"그럼 됐어!"

진완이 활짝 웃으며 고개를 돌려 죽현자를 쳐다보았다.

죽현자는 어이가 없었다.

저놈은 괴물이었다.

온몸에 용을 감고 다니는 놈이 있으리라고는 생각 못했다.

아니, 그게 용이든 뭐든 상관없었다.

또 저놈이 괴물이든 아니든 신경 쓰고 싶지도 않았다.

그저 손을 들고 쳐내면, 놈은 고스란히 맞았다.

그리고 부웅 날아가 떨어졌다.

하지만 문제는 놈이 정신을 차리고 일어서는 시간이 점점 짧아진다는 데 있었다.

처음엔 칠성도 되지 않는 일장을 맞고, 무려 일각을 넘게 넘어져 있던 것이, 이젠 전력을 다한 장을 맞고도 불과 숨 몇 번 몰아쉴 시간에 벌떡 일어난 것이다.

더욱더 생생한 모습으로.

죽현자는 힘줄이 뒤틀리고 뼈마디가 어긋나 삐그덕대는 자신의 양손을 쳐다보았다.

그리고는 다시 고개를 들어 진완을 쳐다보았다.

제법 사내처럼 생긴 얼굴에 이젠 윤기까지 흐르고 있었다.

죽현자는 결코 이해하지 못했지만, 이상한 일은 아니었다.

진완 몸속에 있는 서로 다른 세 개의 기운은 이때까지 몸 안에서 서로 기세 싸움을 한 것이었다.

서로가 서로를 이기려 들었고, 서로가 서로의 뒤를 쫓았다.

하지만 일단 진완 몸에 위기가 찾아오자, 더 이상 세 기운은 서로를 밀어내고 팅겨내며 이기는 데 신경을 쓰지 않았다.

각기 서로를 이해하고 각각의 특징을 간파해 가면서 서로 상대의 장점을 취합하기 시작한 것이다.

세 기운의 융합.

그것이 비로소 이루어지기 시작한 것이다.

하나하나가 범상치 않은 기운들이었다.

각각이 모두 무림에서 첫 손에 꼽힐 만한 아홉 가지 내공. 즉, 천하구품(天下九品), 혹은 구대극품(九大極品)이라 불리는 내공들이기 때문이었다.

더욱이 원래 소수신공과 서방정토회의 요옥정토공, 그리고 무심련주 위진천이 불어넣은 세 가지 내공은 같은 뿌리를 지니고 있었으니 하나로 융합되는 것이 이상한 일도 아니었다.

진완은 목을 우두둑 소리를 내며 빙글 돌렸다.

이상하게 감각이 더 예민해진 것 같았다.

저 멀리 서 있는 복면인들의 숨결이 목덜미에 하나하나 와닿는 것만 같을 정도였다.

게다가 왠지 눈과 귀도 밝아진 것 같았다.

하지만 제일 큰 변화는 몸속이었다.

가슴속에서 그 무언가가 용솟음치고 있었다.

거기에 따라 맥박이 뛰고 호흡이 가다듬어지며 근육에 힘이 들어갔다.

지금 같으면 태산이라도 번쩍 들어올릴 것 같은 자신감이 아랫배를 가득 채웠다.

진완이 한 발을 내디뎠다.

발아래에서 땅이 마치 숨을 쉬는 것처럼 갸르릉거리는 게 발바닥을 통해 온몸에 전해졌다.

자연과의 합일.

그 거대한 경지 초입에 막 발을 디딘 것이었고, 무림인들이 꿈에서라도 그리는 경지였지만, 진완은 그저 발바닥이 간질거린다는 생각밖에 하질 못했다.

"힘이 다가 아니다."

문득 지켜보던 쌍면악살이 입을 열었다.

"……?"

진완이 고개를 돌려 쌍면악살을 쳐다보았다.

하지만, 하얀 탈 한가운데 보이는 두 개의 눈동자엔 적의는 없었다.

쌍면악살이 다시 입을 열었다.

"힘의 조절이 문제다."

허리를 굽힌 쌍면악살이 천천히 바닥에 볼품없이 피어난 잡초의 잎을 손가락 끝으로 자른 후 손바닥 위에 올려놓았다.

쌍면악살은 손바닥을 편 자세 그대로 진완을 깊은 눈으로 쳐다보았다.

"힘은 물 같아야 한다. 부드럽고 느리다가 강하고 빨라야 한다. 또한 그 모든 것이 내 것이어야 한다. 즉, 마음먹은 대로 부릴 수 있어야 한다는 뜻이다."

쌍면악살의 손바닥 위에서 풀잎이 생명이 깃든 듯 파르르 떨며 날아올랐다.

빙글 한 바퀴를 돈 풀잎은 강물 위에 떠내려가듯 둥실둥실 떠서 진완 앞으로 날아오고 있었다.

진완이 놀랍다는 듯 눈을 크게 뜨고 천천히 손바닥을 내밀었다.

풀잎은 마치 지친 나래를 쉬려는 듯 진완의 두툼한 손바닥 위로 가볍게 내려앉았다.

진완이 눈에 잔뜩 힘을 주어 부릅뜨고는 손바닥을 노려보았다.

쌍면악살이 웃음기 머금은 목소리로 말했다.

"아직 혈도를 따라 내공을 운기하는 건 무리일 것이다. 하지만 계속 노력하다 보면……."

혈도? 내공? 많이 들었으면서도 익숙해지지 않는 단어였다.

그래도 움직인다는 게 무엇을 뜻하는지 진완은 대강 알 것 같았다.

하얀 기운을 불어넣이 줬던 위진천 마누라가 알려준, 기운을 움직이는 법이리라.

진완이 불끈 아랫배에 힘을 주자 용솟음치듯 거센 기운이 가슴까지 치솟아오른 후 어깨를 타고 팔목까지 단숨에 치달았다.

기운의 흐름에 따라 진완 어깨에 감긴 용의 문신이 비늘을 세웠고, 곧 어깨에서 팔뚝을 타고 내려온 용이 몸에서 천천히 빠져나와 팔을 감고 돌았다.

진완의 손바닥에서 흰빛으로 환해지는 듯하더니, 팔뚝을 감고 돌던 용이 풀잎을 물고 위로 솟아올랐다.

쑤웅—

마치 화살에 매달아 쏘아 올린 것처럼 풀잎은 위로 한참이나 솟아올랐다.

쌍면악살이 급히 고개를 들어올려 이미 한 점으로 멀어진 풀잎을 쳐다보았다.

진완은 입맛을 쩍 다시고는 손바닥을 툴툴 털었다.

"보기보다 어렵네. 아무튼 나중에 배웁시다."

'배우긴 내가 배워야 할 것 같군.'

쌍면악살이 씁쓸하게 웃으며 고개를 끄덕였다.

그나마 하얀 탈 때문에 자신의 놀란 기색과 쓴웃음을 감출 수 있다는 게 다행이었다.

'그래, 힘과 더불어 이 이상한 기운을 놈에게 먹여주는 거야!'

진완이 각오를 다지며 주먹을 불끈 쥐었을 때였다.

"기회를 노려라."

마치 기다란 손톱으로 쇠를 긁는 듯한 껄끄러운 목소리.

진완이 뒤돌아보자, 아니나 다를까, 타루복이 눈알을 희번덕거리며 진완을 보고 있었다.

마치 죽음 앞에 앉아 입맛을 다시는 까마귀를 닮은 눈빛이었다.

타루복이 다시 살점처럼 늘어진 입술을 오물거렸다.

"단 한 번의 기회. 거기에 모든 것을 걸어라."

"기회?"

"그래. 하지만 기회란 기다리는 게 아니야. 만드는 거지."

"……."

알 듯 말 듯한 묘한 말이었다.

타루복이 눈알을 반짝이며 말했다.

"단 한 번의 기회. 그때 죽이는 거다. 정파라고 거들먹거리던 저런 위선자는 죽어 마땅해."

진완이 고개를 저었다.

"죽이진 않아."

말을 끝낸 진완이 씨익 웃었다.

"하지만 차라리 죽는 게 낫겠다고 느낄 만큼은 만들어줘야겠지. 보고만 있으슈!"

진완이 숨을 크게 들이키고는 앞으로 걸어나갔다.

2

사실 진완의 머릿속은 빠르게 돌아가고 있었다.

눈이 빨라야 했다.

손이 빨라야 했다.

간단하고 빠르고 정확해야 했다.

기회를 잡기 위해, 또 만들기 위해.

싸움? 별거 아니야!

진완이 그렇게 생각하며 오른 주먹을 왼 손바닥에 비비며 죽현자 앞으로 걸어나갔다.

지켜보는 죽현자로서는 죽을 맛이었다.

성큼성큼 걸어오는 진완의 모습이 마치 하늘에서 내려온 신장(神將)처럼 보였다.

더욱이 진완의 몸에서 하얀 광채가 점점 진해질수록 꿈틀대며 비늘을 하나하나 곤두세우는 용의 모습이 뚜렷해지고 있었다.

이놈은 대체 누구기에 오십 년을 길러온 자신의 내력을 튕겨낸단 말인가!

죽현자는 사념을 털어내듯 머리를 흔들었다.

내력 대 내력으론 꺾을 수 없는 놈이다.

그렇다면 남은 것은 기교와 경험.

죽현자가 먼저 땅을 박차고 앞으로 쏘아져 갔다.

진완 역시 땅을 박찼다.

둘 사이의 거리가 빠르게 좁혀지자 죽현자의 갈고리처럼 활짝 편 손가락이 진완의 얼굴을 빠르게 긁었다.

동시에 다른 한 손은 꼿꼿하게 펴, 진완의 인후혈을 노렸다.

하지만 죽현자가 간과한 것이 하나 있었다.

'보인다, 보여!'

진완의 두 눈이 죽현자의 두 손을 빠르게 쫓았다.

그리고는 왼손을 들어 손가락을 활짝 펴고는 죽현자의 얼굴을 긁고, 손가락을 모아 편 오른손으론 죽현자의 목 한가운데를 노렸다.

마치 거울에 비친 또 다른 죽현자를 보는 듯한 모습이었다.

'이놈이!'

죽현자가 얼른 두 손을 회수하고는 무릎을 굽힌 발을 차올렸다.

저놈의 두꺼운 얼굴은 손가락이 아닌, 곡괭이로 내리찍는다 해도 소용없을 것이다.

하지만 진완의 두터운 손가락이 죽현자 자신의 얼굴을 긁는다면? 아마 해골만 남고 거죽이 홀라당 벗겨질 게 분명하지 않은가.

하지만 급히 차올린 무릎도 소용이 없었다.

용케도 무릎을 피한다 해도 쇄액지도, 고당필반, 외목투천의 연환결이 단단히 준비되어 있었지만, 진완의 두툼한 무릎역시 똑같이 죽현자의 명치끝을 노리고 아래에서 솟구쳐 올랐기 때문이었다.

아니, 속도도 자신보다 빠른 듯했다.

죽현자가 낭패 어린 표정을 지으며 뒤로 두 걸음을 물러섰다.

이제 갓 겨드랑이에 털이 자랐을 놈을 앞에 두고 천하의 공동파 장로가 뒤로 물러선 것이다.

다행히 진완 역시 틈을 노려 다가오는 대신, 자신과 똑같이 뒤로 두 걸음 물러선 것이 죽현자에게 한숨 돌릴 기회를 주었다.

진완은 다섯 걸음쯤 거리 앞에서 눈을 반짝이며 죽현자를 쳐다보고 있었다.

'이거 정말 재미있군!'

마치 재미난 장난감을 발견한 듯 또랑또랑한 눈으로 자신을 쳐다보는 진완을 보며 죽현자는 미간에 주름을 잡았다.

"으… 합!"

죽현자가 기운을 북돋아 손바닥을 앞으로 내밀었다.

아니나 다를까, 진완의 두툼한 손바닥이 십 년 만에 만난 서방 품에 안기는 아낙네처럼 빠르게 마주쳐 오고 있었다.

이때까지 경험으로 보아선, 진완은 제대로 된 장법을 지니고 있지 않았다.

아니, 내기를 어떻게 발출시키는지도 모를 것이다.

하지만 죽현자 자신에게 복마대력수(伏魔大力手)가 있다면, 저놈에겐 그 무엇보다 무서운 반탄지력이 있지 않은가.

부딪친다면 자신은 팔뼈가 부러지는 데 반해, 저놈은 잠깐 들어 누워 숨 몇 번 쐐액 쉬고는 다시 벌떡 일어설 게 분명했다.

더욱이 자신의 장을 마주쳐 오는 진완의 어깨와 팔에는 어느새 청룡으로 변한 용 한 마리가 아가리를 쩍 벌린 채 휘감고 있었다.

죽현자가 이를 악물었다.

동시에 득의의 빛으로 빛나던 진완은 두 눈은 믿지 못하겠다는 듯 부릅떠졌다.

분명히 하나였다. 하지만 죽현자의 손바닥은 마치 요술이라도 부린 듯 두 개로 변하더니 눈 깜빡할 순간에 네 개로 불어나 있지 않은가!

진완은 강했다. 그리고 그걸 믿었다.

그래서 같은 부위가 맞부딪치면 늙은 뼈보단 단단한 자신의 뼈가 나을 거라 생각했다.

하지만 자신은 달랑 손바닥 하나뿐인데, 어느새 열여섯 개에서 서른두 개로 변한 상대의 손바닥을 다 맞출 수는 없지 않은가.

'짝짝꿍의 고수라도 이건 어려워!'

진완의 눈앞에 별이 반짝거렸다.

동시에 주욱 다섯 걸음을 물러서야만 했다.

죽현자는 진완의 얼굴을 가격했던 오른팔을 축 늘어뜨린 채 찡그린 얼굴로 진완을 쳐다보았다.

상대의 반탄지력 때문에 내력을 쏟아낼 수가 없었다.

그렇다고 내력없이 근육의 힘으로만 겨루기에도 나이 든 자신이 아무래도 불리한 일이었다.

그때, 진완이 인상을 찡그리는 게 보였다.

제법 시원시원하게 사내처럼 생긴 진완 얼굴 한가운데, 붉은 손자국이 찍혀 있었다.

진완이 신음처럼 중얼거렸다.

"제길, 보긴 똑똑히 봤는데!"

분명히 보았다.

상대의 서른두 개의 손바닥 하나하나를 분명 눈으로 보았다.

더욱이 그중 어떤 것에 막대한 힘이 들어가 있고, 또 어떤 게 눈을 현혹하는 것인지 이상하게도 알아볼 수 있었다.

그런데도 한 수 당한 것이다.

바짝 약이 오르고 억울한지 진완이 몸을 뒤로 젖힌 채, 양 주먹을 불끈 쥐었다.

그리고는…….

"으아아아~"

분하고 억울해서, 아니, 가슴 한구석이 답답해서 미칠 지경이었다.

이렇게라도 소리 지르지 않는다면, 가슴이 폭발해 버릴 것만 같았다.

진완의 호통 소리에 몇 걸음 앞에 있던 죽현자의 장포가 마치 태풍이라도 만난 듯 거칠게 펄럭거렸다.

그리고도 모자라 죽현자가 뒤로 다시 여섯 걸음을 옮겨야만 했다.

복면인들 중에도 공력이 약한 사람들은 모두 양손으로 귀를 막고 휘청거렸고, 제법 고수라고 인정받는 옥기영조차 인상을 찡그릴 정도였다.

한참 거리에 서 있던 개대가리 반두홍이 손바닥으로 가슴을 눌렀다.

가슴속의 피가 부글부글 끓어올라 식도까지 차 올랐기 때문이었다.

소검과 곡도, 그리고 쌍면악살이 두 눈을 부릅뜨고 진완을 쳐다보았다.

더욱이 멀찌감치 떨어진 곳에서 퍼질러 앉아 구경하던 엄극인까지 벌떡 일어날 정도였다.

지금 진완의 커다란 외침은 그저 분노 때문에 고함을 지른 게 아니란 걸 알 수 있었기 때문이다.

무인이 쌓은 내력이 지극히 높은 경지에 달했을 때만 나타나는 현상, 바로 사자후(獅子吼)라 불리는 것이었지만, 정작 진완은 알지 못했다.

이렇게라도 하지 않으면 미쳐 버릴 것만 같았고, 벅차오르는 가슴은 호통이라도 쳐야 진정될 것만 같아서 내지른 고함이었다.

진완의 양쪽 태양혈이 주먹 한 개 크기만큼 부풀어 올랐다.

동시에 진완의 몸에서 뿜어져 나오던 하얀 광채가 마치 폭죽의 불꽃처럼 튀어나왔다.

그와 동시에 벌거벗은 채 뒤로 젖힌 진완 가슴에서 거대한 용이 튀어나오고 있었다.

백색과 황색, 그리고 청색이 어우러진 화려한 빛의 용은 하늘로 일 장여를 솟구치더니 천천히 거대한 몸을 돌려 죽현자를 노려보았다.

살을 찢고 힘줄을 헤집는 듯한 호통 소리와 함께, 살 떨리게 만드는 거대한 용의 출현에 죽현자가 저도 모르게 뒤로 물러났다.

"이… 이건……."

꿈도 아니고, 사술도 아니었다.

저런 게 사술로 가능하다면 죽현자가 제일 먼저 배우고 싶을 정도였다.

어느새 사자후가 멎었다.

동시에 하늘로 솟았던 용의 그림자 역시 희미하게 사라졌다.

하지만 없어진 건 아니었다.

고개를 숙인 채 서 있는 진완의 몸 주위를, 크기는 작아졌지만 조금 더 선명해진 몸통을 꿈틀거리며 맴돌고 있었다.

진완이 숙였던 고개를 들었다.

부풀어 올랐던 태양혈은 언제 그랬냐는 듯 매끈해져 있었다.

진완의 두 눈은 맨 처음 봤을 때와 똑같았다.

보다 깊어진 것도 없었고, 반짝이는 것도 없는 너무나 평범한 눈빛이었다.

하지만 그 눈빛이 왜 그런 것인지 잘 알고 있는 죽현자의 심장은 맹렬하게 뛰어야만 했다.

반박귀진(返璞歸眞).

말로만 들었던 경지였다.

이때까지 그 경지에 오른 사람은 전설 속의 인물들밖에 없었다.

아니, 지금 무림에선 어쩌면 무심련주 위진천 정도만이 경험했을 것이다.

'진짜 반박귀진인가?

죽현자가 떨리는 시선으로 진완을 쳐다보았다.

모를 일이었다.

그저 전해 내려오는 이야기일 뿐, 아무도 보지 못했으니까.

또 이제 막 약관의 나이에 반박귀진에 오른 것은 설령 달마대사도 불가능한 일이었기에.

어찌 됐든 눈앞에 진완은 더 이상 우습게 보이지 않았다.

아니, 두려웠다.

그리고 그 두려운 놈이 미친 듯 죽현자를 향해 뛰어오고 있었다.

죽현자가 얼른 양손을 들어 흔들었다.

두 개의 손바닥이 순식간에 예순네 개로 불어났다.

그러나 진완은 양 손가락을 활짝 벌린 손으로 마치 날아가는 제비를 붙잡을 때처럼 낚아채려 들었다.

하나만 걸려봐라, 손모가지를 부러뜨려 버릴 테니!

진완의 의도는 명백했다.

정녕 무식한 방법이었지만, 진완의 팔뚝 위에서 입을 쩍 벌린 채 펄떡대는 용의 얼굴을 정면에서 본 사람이라면 누구도 우습게보질 못할 것이다.

죽현자가 얼른 뒤로 날듯이 몸을 물렸지만, 진완의 쿵쾅거리는 두 걸음에 애써 벌려놓았던 거리는 단숨에 사라져 버렸다.

그리고는……

쐐애액—

죽현자가 얼른 고개를 숙이자 두툼한 진완의 주먹이 조금 전까지 죽현자의 머리통이 있던 공간을 찢어낼 듯 스쳐 지나갔다.

아니, 입을 벌린 용이 더 빨랐는지도 몰랐다.

주먹이든, 아니면 거짓말처럼 눈앞에 생생해 보이는 용이든 간에 스치기만 해도 뼈가 가루가 될 게 분명했다.

죽현자는 삼음기공(三陰氣功)을 극성으로 끌어올린 후, 행운유수(行雲流水)와 이형환위(移形換位)의 비기들을 아낌없이 쏟아내었다.

단지 진완의 무식한 주먹과 발길질을 피하기 위해서.

사람과 용이 한 덩어리로 뭉쳐 움직이는 앞에서 공동파 율법장로란 신분은 깨끗이 머릿속에서 사라지고 없었다.

그저 살아야겠다는 생각뿐이었다.

백룡과 청룡, 그리고 황룡이 어우러졌다가 곧 한 마리의 화려한 비늘의 용으로 합쳐졌다.

그리고 그 한가운데서 곰 같은 놈이 커다란 주먹질과 발길질을 하며 길길이 미친 듯 날뛰고 있었다.

죽어서 지옥에 떨어진다 해도 이런 광경을 보지 못할 거란 생각과 함께 죽현자가 얼른 허리를 비틀고 다리를 굽혀 진완의 왼쪽 옆구리 사이로 스치듯 빠져나가며 기회를 엿보았다.

하지만 비워진 진완의 옆구리에서 커다란 나뭇등걸 굵기의 용이 비늘을 세운 채 자신을 노려보고 있지 않은가.

죽현자는 감히 진완의 몸을 공격하지 못하고 얼른 신형을 날려 이 장여 거리 밖으로 물러섰다.

진완이 몸을 돌려 죽현자를 노려보며 씨근덕댔다.

마치 움켜쥐어도 손가락 사이로 빠져나가는 물과 같이 요리조리 피해 나가는 죽현자가 꽤 얄미운 모양이었다.

"좋아!"

진완이 호탕하게 소리를 친 후, 주먹 쥔 양팔을 양쪽으로 활짝 벌렸다.

온몸을 열십 자 모양으로 만든 진완이 한 발을 축으로 맹렬하게 회전하기 시작했다.

한 발을 축으로 온몸을 돌린다.

바로 조금 전 망둥어 손형인이 알려준 신법과 각법이었다.

단지 다른 게 있다면, 손형인의 멋진 발차기가 사람 대가리만한 진완의 주먹으로 대체되었다는 것인데, 위력은 진완 주먹이 더 셀 게 틀림없었다.

진완의 회전에 속도가 더해지자 발밑으로부터 흙먼지가 날리기 시작했다.

마치 바다에서 때때로 볼 수 있다는 용오름 현상처럼, 날려 올라간 흙먼지는 진완과 함께 거대한 소용돌이를 만들고 있었다.

그리고 그 위, 커다란 용이 소용돌이 속에서 똬리를 튼 채 머리를 들고 죽현자를 노려보고 있었다.

사람과 용, 그리고 먼지가 한 덩이가 된 거대한 소용돌이가 죽현자 앞으로 빠르게 밀려왔다.

속도를 이겨내지 못하고 소용돌이에서 튕겨져 나온 먼지들이 죽현자의 얼굴을 때렸다.

쌀알보다 작은 돌 부스러기였지만, 그걸 맞은 죽현자의 얼굴에선 핏방울이 튀었다.

죽현자가 미친 듯 발을 놀려 피했지만, 지금 어디로 발을 옮기는지 스스로도 알지 못했다.

휘날리는 흙먼지에 눈을 뜰 수조차 없었기 때문이다.

숨통을 조여오는 바람, 어지러운 머리, 가늘게 억지로 떠본 눈앞에선 화려한 빛깔의 용의 아가리를 벌린 채 흙먼지 속을 뚫고 나왔다.

머리털이 삐죽 곤두설 것만 같은 공포 속에서 무언가 자신의 발목을 움켜쥐었다.

"잡았다!"

진완의 커다란 호통과 함께 죽현자의 몸이 허공중에 반원을 그리며 날아가 땅에 털푸덕 떨어졌다.

쿵―

커다란 굉음과 함께 소용돌이가 멈추었다.

따라서 허공을 수놓던 용의 형상도 사라져 가고, 뿌옇게 날아오르던 흙먼지가 내려앉고 나서야 사람들은 볼 수 있었다.

마치 패대기쳐진 개구리처럼 납작하게 땅에 뻗어 있는 죽현자의 모습과 그런 죽현자의 한쪽 발목을 잡은 채 활짝 웃고 있는 진완의 모습을.

3

개구리처럼 납작해진 죽현자의 몸통 위도 신완이 냉큼 올라탔다.

한 손으론 멱살을 틀어쥐고 주먹 쥔 다른 손을 뒤로 활짝 젖혔을 때, 어디선가 다급한 목소리가 들려왔다.

"안 된다!"

"멈춰라!"

"듀기믄 안 돼!"

쌍년악살과 소김의 외침이었다.

맨 마지막, 조금 짧은 듯한 외침은 곡도의 것이 분명했다.

진완은 주먹을 들어올린 채 아무 말 없이 올라탄 죽현자의 얼굴을 내려다보았다.

피범벅이 된 얼굴, 부르르 떨리는 염소수염, 허옇게 까뒤집은 눈과 피거품을 문 입.

진완이 입맛을 다시고는 멱살을 움켜쥔 손을 풀자, 죽현자의 고개가 힘없이 뒤로 떨어졌다.

손가락으로 뺨을 몇 번 쿡쿡 찔러봤지만 죽현자는 그저 가느다란 숨을 내쉴 뿐, 아무런 반응도 없었다.

진완이 머쓱한 표정으로 몸을 일으키고는 뒷머리를 벅벅 긁었다.

"이래선 대답도 못 듣겠군."

마치 진완의 말을 기다렸다는 것처럼, 소검이 반색하며 말했다.

"으음, 어쩔 수 없군. 같은 무림 동도로서 버려둘 수는 없고, 이대로 무심련으로 모셔가는 수밖에."

아마도 죽현자는 치료를 핑계로 으쓱한 깊은 곳에 머물며 각종 협박과 회유, 그리고 고문 비슷한 걸 당할 것이고, 끝내 자신이 아는 모든 것을 다 내뱉을 수밖에 없을 것이다.

진완의 생각이 틀리지 않았다는 것은 말없이 울상을 짓고 있던 곡도가 성큼성큼 다가와 죽현자를 어깨에 아무렇게나 거칠게 둘러메는 모습을 보고 나서였다.

곡도는 죽현자를 어깨에 올려놓은 채 진완 앞으로 다가와 눈꺼풀을 들어올리고는 진완의 얼굴을 한참이나 올려다보았다.

"난 분명히 안 죽였수!"

곡도가 고개를 끄덕이고는 잘했다는 듯 진완의 어깨를 툭툭 두드린 후 다시 소검 옆으로 걸어갔다.

말없이 그 광경을 지켜보던 쌍면악살이 입을 열었다.

"무심련의 의술이 높다니, 어쩌면 기억나는 게 많을 거라 믿소. 특히 천정금와에 대해서……."

"마교에서 관심을 둘 사항이 아니오."

비록 웃는 낯이었지만 소검의 대답 소리는 냉랭하기 짝이 없었다.

쌍면악살이 콧방귀를 뀌듯 고개를 돌렸다.

"우리 관심이 문제가 아니오. 무심련 발등에 불똥이 떨어졌으니 큰일 난 것은 그쪽이지."

소검이 껄껄 웃고는 대답했다.

"불똥? 불행히도 난 걱정 안 한다오. 예전 밤하늘을 구경할 때 별똥별이 떨어져 내렸는데, 내가 발등으로 뻥 차니까 다시 밤하늘로 날라가……."

취우소검(吹牛笑劍).

웃는 낯의 거짓말쟁이란 뜻에 걸맞는 거짓말을 태연히 이어 갈 때, 진완이 불쑥 말했다.

"시답잖은 소리 집어치우고, 정신 차리면 꼭 좀 물어봐 주슈. 어떻게 내 이름을 알며, 또 왜 관심을 가지는지."

진완에겐 그게 가장 급한 일이었다.

소검이 진완을 획 돌아보며 무언가 말하려는 듯 우물거리다가 끝내 끄응 하는 앓는 소리를 냈다.

"진짜 별똥별이……. 으흠, 알았다."

저놈에겐 말로 해선 이기지 못했다는 걸 뒤늦게 깨달았기 때문이다.

그때서야 너무도 엄청난 결과에 한동안 쭈뼛대던 십일조 조원들이 우르르 달려와 진완을 에워쌌다.

"형님……."

제일 먼저 거지도사 허주 등에 업힌 염혼이 촉촉해진 눈빛으로 진완을 쳐다보았다.

처음 주인이라고 불렀을 때의 눈빛이 아니었다.

옥나찰을 볼 때도, 또 진완 앞에 처음 왔을 때도 저런 초롱초롱한 눈빛은 아니었다.

마치 자신이 꿈꾸던 인물을 눈앞에서 만났다는 듯 감격에 차서 말을 못 잇고 있었다.

지금 이 순간 진완은 진정 염혼의 우상이 된 것이다.

개대가리 반두홍이 세모꼴 눈알을 번뜩이더니 손가락을 내밀어 진완 가슴을 긁었다.

그러나 진완 한가운데 입을 벌린 채 노려보는 용의 수염도, 머리 위로 힘차게 뻗은 두 개의 뿔도 그대로였다.

반두홍이 가슴을 열어젖히고는 자신 가슴에 새겨진 용 문신을 손가락으로 긁어본 후 고개를 갸우뚱 젖혔다.

나하고 별다를 게 없잖아? 신기하고 또 한편으론 억울해서 눈빛을 번뜩이며 진완에게 물었다.

"어떻게 그럴 수 있어?"

진완이 턱을 들고 가슴을 젖히며 말했다.

"먼저 중심을 잡아. 그다음 눈을 크게 뜨고 빈틈을 찾은 다음 손을 간단하고 빠르고 정확하게 놀려!"

진완이 반두홍이 어깨를 두툼한 손바닥으로 툭툭 쳤다.

"간단해! 그게 다더군! 무공? 별거 아니야!"

진짜? 그렇게나 간단해? 반두홍이 못 믿겠다는 듯 눈살을 찌푸릴 때였다.

쌍면악살이 정중하게 포권을 취해 보이며 소검에게 말했다.

"일은 대강 마무리 지었으니 헤어져야 할 때가 온 것 같소."

소검이 이제 와서 새삼스럽게 예의를 차리냐는 듯한 표정으로 고개를 끄덕였다.

"그야 물론 일이 다 끝났으면……."

"전검전과 투도각의 무인들은 조금 시간이 지나면 만나실 수 있을 거요."

"음……."

소검이 민망하다는 듯 웃었다.

교활한 상대에게 속아 이리저리 휘둘리기만 한 부하들이 부끄러웠기 때문이다.

쌍면악살이 소검 뒤에 무릎 꿇고 있던 타루복을 손짓해 불렀다.

"너, 이리 오너라."

곡도가 울상을 지어 보였고, 소검은 어깨를 으쓱해 보였다.

쌍면악살을 눈앞에서 곱게 보내주는데, 타루복을 되돌려주
지 못할 이유는 없었다.

타루복이 가진 정보가 탐나지 않는 건 아니었지만, 죽현자
를 잘 족친다면 그 정도 정보쯤은 얻어낼 수 있으리란 생각 때
문이었다.

타루복이 쌍면악살의 눈치를 보다 성한 한쪽 손으로 땅을
짚고는 천천히 몸을 일으켰다.

타루복은 마치 마음에 걸린다는 듯 흘깃 한 사람을 쳐다보
았다.

망둥어 손형인이 활짝 웃으며 고개를 끄덕이고는 한 손을
가슴에 올렸다.

항상 마음에 담아두겠다, 결코 잊지 않겠다는 뜻이 손짓과
몸짓에 담겨 있었다.

타루복이 고개를 돌려 외면했다.

쑥스러움 때문인지, 아니면 부끄러움 때문인지 몰라도 타루
복의 시커먼 얼굴이 더욱 검게 변했다.

손형인이 웃으며 입을 열었다.

"아저씨, 웃어봐요. 그럼 훨씬 보기가 좋을 겁니다."

하지만 정작 손형인 말에 낭패 어린 표정을 짓는 건 곡도였
다.

소검이 껄껄 웃으며 곡도의 어깨를 툭 하고 쳤다.

"역시 얼굴은 웃는 얼굴이……."

그때였다.

“잠시 실례하겠소.”

쌍면악살이 소검에게 정중한 태도로 말을 건넸다.

소검이 무슨 뜻이냐는 듯 돌아보자 쌍면악살이 더욱 신중한 태도로 진완을 쳐다보며 입을 열었다.

“잠시 저 아이와 할 이야기가 있소. 얼마 걸리진 않을 것이오.”

“……?”

“비밀스런 이야기라 따로 떨어져서 해야 하오.”

소검이 즉시 고개를 좌우로 저으며 막 입을 떼려는 순간, 쌍면악살이 급히 말했다.

“천정금와에 대한 이야기요. 또 저 아이가 알아야 할 다른 이야기도 있소.”

“으흠.”

소검이 갑작스런 이야기에 신음을 토해내었다.

쌍면악살이 손가락으로 진완을 가리키며 말했다.

“저 아이는 이미 천정금와의 목표가 된 듯하오. 아무래도 그 누군가를 닮은 외모 때문이겠지. 그걸 전검전주가 설명해 줄 수 있겠소?”

“꼭 알아야 할 필요가…….”

“꼭 알아야만 하오.”

쌍면악살의 단호한 얘기에 소검이 어이없다는 듯 웃었다.

“당신을 어떻게 믿고 저 아이 하나만 달랑 내보낼 수 있겠소?”

쌍면악살이 가슴을 펴며 낮은 목소리로 말했다.

"당신도 알다시피, 난 이때까지 단 한 마디의 허언도 하지
않았……."

쌍면악살의 말은 중간에 멈추었다.

어디선가 우람한 곰 같은 체격으로 털레털레 약간은 건들거
리는 특유의 걸음걸이로 눈앞에 떡하니 나타난 진완 때문이었
다.

쌍면악살이 고요하고 깊은 눈동자로 진완을 쳐다보았을 때,
진완이 한쪽 눈썹을 씰룩 움직이며 물었다.

"날 아슈?"

"……."

진완이 코가 맞닿을 정도로 바싹 얼굴을 들이대며 다시 물
었다.

"아무래도 아는 거 같은데?"

쌍면악살이 한 걸음 뒤로 물러서며 고개를 끄덕였다.

"안다고 해두지."

진완이 그럴 줄 알았어! 라고 말하는 것처럼 씨익 웃었다.

쌍면악살은 그제야 자신이 저도 모르게 한 걸음 물러선 걸
뒤늦게 깨달았다.

왜? 진완에게 겁을 먹어서? 그건 아니었다.

일월신교의 오산인(五散人)으로 불리는 존재는 공동파의 장
로와는 차원이 다른 사람들이었다.

그렇다면 진완이 보여준 신위와 위압감 때문에?

그것도 아니었다.

자신하건대 마음만 먹는다면 진완을 죽일 수 있었다.

쌍면악살은 스스로도 이해 못하겠다는 듯 눈을 몇 번 끔뻑인 다음 멀찌감치 떨어져 있던 소검을 바라보았다.

소검이 한참이나 생각하는 듯하더니 천천히 고개를 끄덕였다.

하지만 쌍면악살은 지금 이 일이 소검과 곡도의 허락이 필요없는 일이란 걸 뒤늦게야 깨달았다.

진완이 두툼한 손으로 쌍면악살의 어깨를 다정스레 두들기며 은밀히 목소리를 낮추어 속삭였기 때문이다.

"좋수다. 나, 비밀 얘기 엄청 좋아한다우."

마치 한가로운 산책이라도 나서는 것처럼 진완이 앞장서 털레털레 걸어가는 뒷모습을 바라보던 쌍면악살이 다시 소검과 곡도 쪽으로 고개를 돌렸다.

소검이 머쓱한 표정으로 웃으며 어깨를 으쓱였고, 곡도는 마치 춥다는 듯 몸을 더욱 웅크리며 울상을 지을 뿐이었다.

내가 뭐랬어. 원래 저런 놈이었다니까! 충고하자면, 별 기대 안 하는 게 좋을 거우!

소검과 곡도의 몸짓이 그렇게 말하고 있었다.

그때 염혼이 허주의 등 뒤에서 버둥대며 힘겹게 소리쳤다.

"형님!"

마치 집 나서는 어미와 떨어지기 싫어 울부짖는 아이 같은 몸짓과 목소리였다.

허주가 곤란하다는 듯 소검의 눈치를 살폈다.

소검이 무슨 말인가 하려고 입을 막 열려고 했을 때, 진완이 큰 손을 까딱거리며 외쳤다.

"이리 데려와. 귀찮게 되었군!"

소검이 멍하니 벌렸던 입을 힘있게 닫았다.

허주는 그 순간, 애당초 소검의 허락 따윈 필요하지 않은 일이란 걸 깨달을 수 있었다.

허주가 쪼르르 달려가 염혼을 묶었던 끈을 가슴에서 풀어내며 조심스럽게 말했다.

"혼잔데… 괜찮겠어? 우리가 몰래 뒤따라가 줄까?"

"됐어."

진완이 마치 아이를 건네받는 것처럼 염혼을 안아 들었다.

허주가 쌍면악살을 흘깃 쳐다보고는 다시 제자리로 돌아가자, 쌍면악살이 아무 말 없이 염혼을 쳐다보다가 입을 열었다.

"비밀 얘기다."

"알고 있수."

진완은 퉁명스레 대답하며 천천히 염혼을 등 뒤에 업은 채 끈을 염혼 엉덩이 아래로 돌려 가슴에서 묶었다.

쌍면악살이 다시 입을 열었다.

"비밀……."

"아! 안다니까!"

진완이 답답하다는 듯 고함을 지르고는 쌍면악살을 쳐다보았다.

쌍면악살이 한참 동안 진완과 염혼의 얼굴을 쳐다보다가 한숨을 쉬고는 천천히 발을 옮겼다.

쌍면악살이 진완의 옆을 스쳐 앞서 걸어나가자, 진완이 묵묵히 뒤를 따랐다.

그제야 쌍면악살은 가슴이 홀가분해진 것을 느낄 수 있었다.

이제야 처음으로 진완을 앞서 걷고 있는 것이다.

진완을 만나고 이야기를 나눈 뒤로 처음 상황을 주도해 나갈 수 있었기 때문이다.

비록 앞서 걷는 것이긴 하지만… 소검과 곡도는 이마저도 하지 못했지 않은가 말이다!

축 처진 탈바가지 뒤로 쌍면악살이 흐뭇한 미소를 짓고 있었다.

第十章

천정금와

'이놈 더 가벼워졌군.'

등으로 느껴지는 염혼의 무게가 마치 새털처럼 가벼워서 진완의 코끝이 찡해졌다.

엉망으로 망가진 몸보다, 어쩌면 자신에 대한 걱정이 염혼의 영혼과 몸을 갉아먹었을 것이다.

그런 몸과 영혼으로도 쌍면악살과 함께 가는 진완이 걱정되어 따라나선 것이다.

하지만 진완의 생각과는 달리, 염혼의 몸무게가 준 것은 아니었다.

진완의 급격한 내공 증진으로 인해, 아니, 정확히는 하나로 융합되어 가는 내공 때문에 상대적으로 가볍게 느낀 것이다.

염혼이 진완의 목을 꼭 껴안으며 귀에 대고 속삭였다.

"신형이 안정되어 있습니다. 대단한 고수군요."

"고수?"

염혼이 눈을 가늘게 떠 쌍면악살의 등을 바라보며 말했다.

"보폭이 일정하고 중심이 확실합니다. 만약 제가 몸이 성했다 해도 감히 겨뤄볼 생각조차 못했을 겁니다."

"그렇게나 고수야?"

진완이 무인을 평가하는 방법은 다섯 손가락이었다.

엄지부터 차례대로 위진천, 무심련의 원로원, 소검과 곡도, 미친 세 교두, 그리고 마지막 새끼손가락인 옥기영과 손형인.

조금 전 때려눕힌 공동파의 죽 뭐시기란 도인은 진완 평가대로라면 중지와 약지 사이 정도가 될 것이다.

미친 세 교두보다는 나을지 몰라도, 소검과 곡도보다 낮은 건 분명했으니까.

그렇다면 저놈은? 소검과 곡도도 만만히 보고, 그 둘과 겨루어 비겼다고 했으니 검지손가락은 충분했다.

즉, 무심련의 원로원 늙은이들 실력.

직접 손으로 겨뤄보진 않았어도 눈치로 때려잡아도 얼마나 가공할 실력인지 충분히 알 수 있었다.

염혼의 퀭하게 들어간 눈에 광채가 번뜩이더니 다시 감탄을 했다.

"부드러우면서도 힘이 있습니다. 적어도 신법에 있어선 전 주인보다 낫군요."

전 주인이라면 옥나찰이리라.

서방정토회의 일인자를 꿈꾸는 무지막지한 고수.

눈앞에 허연 탈바가지를 덮어쓰고 시뻘건 옷을 걸친 놈이 그 정도 고수라고?

진완이 눈을 몇 번 끔뻑거리다가 못 믿겠다는 듯 고개를 저었다.

"그런 놈이 뭐가 부끄러워 낯짝을 가리고 있겠냐!"

쌍면악살의 발걸음이 순간 흐트러지는 게 보였다.

"부끄러움이 아닐지도 모르지요."

"그럼?"

"정체를 가리기 위함이 아닐까요?"

"그러니까 말이다. 뒤가 찜찜한…….”

"거기다 독특한 향기 역시."

"향기?"

진완은 콧구멍을 벌렁거리며 킁킁 냄새를 맡았다.

확실히 꽃 향기와도 비슷한 냄새였다.

아니, 발로반 들있딘 여자의 지분 냄새 갇기도 했다

익숙하면서도 향기로운, 뭐라 말할 수 없는 냄새였다.

염혼이 다시 속삭였다.

"거기다 장갑까지 끼고 있어 보이는 건 두 눈빛뿐입니다. 숨겨야 할 게 낳나는 것은 특징이 많은 사람이란 뜻이겠죠 하지만 눈을 내놓았다는 것은 눈빛만으로는 자신을 알아보지 못한다고 생각했기 때문일 겁니다."

"저 번쩍번쩍하는 눈빛을 몰라본다고?"

"그러니까 가면을 썼을 때는 본래 눈빛이지만, 안 쓸 때의 평소 눈빛은 흐리멍텅하고……."

"아!"

진완이 갑자기 탄성을 터뜨리며 발걸음을 멈추었다.

쌍면악살 정도의 실력자가 뒤에서 속삭인다고 해서 못 들을 사람은 아니었다.

순간 빠르게 몸을 돌린 쌍면악살이 진완을 노려보았다.

진완이 씨익 웃고는 말했다.

"별거 아니우. 그냥 가던 길 가시우."

쌍면악살이 주위를 둘러보았다.

"그냥 여기쯤도 괜찮겠구나."

그러고 보니 주위는 비밀 얘기를 나누기엔 안성맞춤 격이었다.

깊은 숲 속 작은 공터, 사람들의 이목으로부터는 비켜나 있으면서도, 주위 경계에는 용이한 곳이었다.

어쩌면 적당한 거리를 두고 복면인들이 누가 엿들을까 방비하고 있을지도 몰랐다.

쌍면악살이 눈을 감고 깊이 심호흡을 했다.

무언가 귀가 먹먹하고 가슴이 답답해질 즈음, 쌍면악살이 눈을 뜨고 말했다.

"이제 이야기해도 된다."

염혼의 몸이 바짝 긴장한 채 수축되는 게 등 뒤로 느껴졌다.

더욱 낮아진 염혼의 목소리가 날카롭게 날을 세운 것처럼 파르르 떨리고 있었다.

“강기막입니다.”

“으응……?”

강기막이라니? 진완에겐 낯짝 한번 보지 못한 바다 건너 작은 섬에 최씨 막내딸 이름만큼이나 낯선 단어이자 존재였다.

“내력을 내뿜어 주위의 공기막을 차단한 겁니다.”

그게 얼마나 대단한 수준인지 진완은 당연히 알지 못했다.

노려보는 쌍면악살의 시선에 맞추어 ‘너 정말 별거별거 다 하는구나!’ 라는 눈빛으로 쳐다볼 뿐이었다.

‘뭐 이런 놈이 다 있냐!’

쌍면악살이 입맛을 쩝 다시고는 진지한 목소리로 말했다.

역시나 뱃속 가득 무언가를 담고 억지로 소리를 비틀어 짜는 듯한 특유의 목소리였다.

“우리 이야기를 방해할 사람은 없으니 편하게 얘기해도 된다.”

진완이 고개를 끄넉이고는 쌍면악살을 말없이 바라보았다.

쌍면악살이 내심 고개를 절레절레 흔들었다.

이 정도 실력을 보여줬으면 최소한 저 등에 올라탄 놈처럼 반쯤은 긴장하고, 또 반쯤은 경외심이 담긴 눈으로 쳐다봐 줘야 하는 것 아닌가.

그것도 아니라면 겁을 집어먹고 무릎을 달달달 떠는 모습도 괜찮았다.

하지만 민숭민숭한 눈빛은 도대체 뭐란 말인가!

'거참 이야기할 맛이 안 나는군.'

괜히 겸연쩍어진 쌍면악살이 또 한 번 입맛을 다시고 있을 때, 진완이 불쑥 말했다.

"뭐 하슈?"

"……?"

"얘기하슈."

으응? 아항 그랬지. 쌍면악살이 저도 모르게 고개를 끄덕였다.

먼저 비밀 이야기를 하자고 청한 것은 자신이었다.

하지만 어떻게 된 게 이놈 앞에만 서면 정신이 없어지는 것 같았다.

쌍면악살이 다시 고개를 흔들어 상념을 털어냈다.

벌써 몇 번째 고개를 절레절레 내젓는 것인지 스스로도 알지 못했다.

쌍면악살이 천천히 입을 열었다.

"너는 일월신교에 대해 어떻게 생각하느냐."

퍽이나 진지한 목소리였다.

하얀 탈 구멍 사이로 보이는 눈빛엔 약간의 긴장과 염려, 그리고 기대감이 담뿍 담겨 있었다.

진완의 대답은 간단하고 빨랐다.

"아무 생각 없수."

쌍면악살 고개가 간만에 위아래로 끄덕여졌다.

하긴 네놈이 무슨 생각을 하고 살았겠냐, 쯧쯧. 쌍면악살이 내심 혀를 차며 다시 말을 이어갔다.

"일월신교가 마교라 칭해진 것이 불과 삼십 년도 되지 않았다."

"알고 있수."

"그전엔 법당에서 불공을 드리고, 도관에서 향을 사르는 것처럼 암부에 들어 절하는 것을 이상하게 여기지 않았다."

진완이 무심한 표정으로 손가락을 들어 귓구멍을 후볐다.

마교 역사에 관한 이야기는 항상 똑같군.

진완에겐 익숙한 이야기였다.

다른 사람도 아닌 무심련에서 세상에 몰라도 될 잡다한 것까지 꿰차고 있는 한심한 노인네, 삼기수사 심상천으로부터 들었던 바로 그 얘기였다.

잠시 말을 멈추고 진완을 바라보는 쌍면악살의 눈빛에선 '이거 내가 계속 이야기를 해야 할까'에 대한 진지한 고민이 담겨 있었다.

한동안 망설이던 쌍면악살이 낮은 한숨과 함께 다시 입을 열었다.

"너도 대강 아는 얘기인 듯싶구나. 좋아, 그럼 큰 뼈대만 이야기하지. 아무튼 마교로 몰린 일월신교의 신자들은 무참히 살해되었다. 겉으론 정파라 내세우는 가증스던 인산틀에게 일방적으로 학살을 당한 것이지. 일월신교, 다른 말로는 명교로 불리는 종교를 믿는 사람들은 간절히 바라기 시작했다. 월지

후(月地后)가 내려와 자신들의 복수를 해주고, 일천군(日天君)
이 새 세상을 열어줄 거라고. 하지만, 그들은 나타나지 않았
지.”

 그때의 기억이 다시 떠올랐는지 쌍면악살의 어깨가 바르르
떨렸다.

 고개를 들어 하늘을 쳐다보는 쌍면악살의 두 눈빛엔 그때의
슬픔과 분노가 다시 떠오르고 있었다.

 “세상은 혼란으로 가득 찼다. 사실 정파무림인들 중에서도
일월신교를 믿는 사람들이 많았으니까. 또 일월신교의 신자들
중에도 싸움을 피하자는 쪽과 맞서 싸우자는 쪽이 갈려 스스
로 분란에 휩쓸렸지. 그 와중에 한 무리의 사람들… 그러니까
어디 가나 있는 과격한 주장을 하는 사람들이 일월신교 내에
도 있었다. 그리고 그들이 일을 저질렀지.”

 쌍면악살이 고개를 내려 진완을 노려보았다.

 “대립보다는 화해를, 다툼보다는 평화를 추구하는 온화한
정책을 펴던 교주를 암살하고 자신들이 일월신교 내에 권력을
쥐게 된 것이다. 어둠이 태양을 삼킨 격이지. 그들이 바로 암
종을 추종하는 세력이었다. 물론 대다수 명교의 신자들은 분
노했지만, 그들의 뜻을 좇을 수밖에 없었지. 안의 적보다는 밖
의 적들이 더 흉흉했으니까. 살아남아야 했으니까. 또한 다른
것은 몰라도 그들의 주장, 그러니까 자신들이 일천군과 월지
후를 불러오겠다는 황당한 말을 믿고 싶었으니까. 그래
서……”

쌍면악살이 잠시 말을 잇지 못하고 연거푸 한숨만을 내쉬었
다.

그때 진완이 불쑥 입을 열었다.

"이건 좀 새로운 이야기네. 그런데 얘기가 기우?"

"왜 그러느냐."

"앉아서 합시다. 왠지 팔다리가 뻐근해서."

진완이 염혼을 업은 채 한쪽 구석에 있는 바위 쪽으로 걸어
가서는 털썩 주저앉았다.

한바탕한 사람이 다른 사람도 아닌, 명색이 공동파 율법장
로였으니 팔다리가 뻐근할 만도 했다.

하지만 그 때문만은 아니었다.

갑작스레 하나로 융합되어 가는 내공 때문에 약간의 피곤함
과 나른함을 함께 느꼈기 때문이다.

바위 위에 퍼질러 앉아 맹숭맹숭한 표정으로 자신을 쳐다보
는 진완을 보며 쌍면악살은 다시 고개를 젓기 시작했다.

아아, 이놈은 재앙이야. 틀림없어. 쌍면악살이 다시 한숨을
내쉬었다.

하지만 지금 와서 되돌아갈 수도 없는 일, 쌍면악살의 이야
기는 다시 이어지고 있었다.

"어떻게 되었든 혼란을 수습한 일월신교의 힘은 무서웠다.
그들이 복수를 위해 똘똘 뭉치자 그들을 막을 자는 아무도 없
어 보였지. 더구나 명문정파 중에서도 일월신교에 뜻을 같이
한 자들이 있었기에 정파의 작전과 계략은 불과 몇 시진 되지

않아 일월신교 수뇌부들 손에 들어올 정도였으니까. 정파는 뒤로 밀리기 시작했다. 한번 뒤로 밀리자 수습이 불가능할 정도였지. 또, 한번 피 맛을 본 일월신교의 교도들은 피에 굶주린 악귀처럼 변해 버렸단다. 누가 봐도 명문정파라 거들먹거리던 세력의 패배가 분명해 보일 때, 그가 나타났다."

그가 누군지 진완은 물론 알고 있었다.

"진천벽부 위진천, 무심련의 주인."

"맞다, 바로 그다. 단 한 사람이었지만 그 단 한 사람이 모든 것을 바꾸어놓았지. 그전까진 존재하는지조차 모르던 기인이사들까지 위진천 밑에 몰려들었고, 멸문지화를 걱정해야 했던 문파들이 그의 그늘로 숨어들었다. 그렇게 탄생한 게 바로 무심련이지. 위진천이 련주가 되었고, 그 밑에 몰려들었던 열두 명의 기인이사와 명문정파의 수뇌부가 원로가 되었다."

진완이 잠시 생각을 정리하느라 눈을 껌뻑거렸다.

몇 가지 새로운 사실을 알게 되었지만 그렇다고 달라질 건 없었다.

뭐 이 정도 이야기가 비밀인가 싶어 진완이 인상을 찡그리며 물었다.

"뭐 참신한 얘기는 없수? 이건 뭐 재미도 없고……."

"그래? 그렇다면 천정금와 얘기는 어떠냐."

"……?"

"그들이 말도 안 되면서도, 매우 그럴듯한 재미있는 주장을 하고 있거든."

"주장?"

"그래. 그들이 말하기를……."

쌍면악살이 매우 재미있는 이야기를 들려주려는 듯 진완 쪽으로 상체를 기울이며 낮은 목소리로 말했다.

"무심련의 주인, 진천벽부 위진천이 바로 일월신교가 그토록 기다리던 일천군이라 하더구나!"

진완의 눈이 처음으로 동그랗게 변했다.

2

쌍면악살의 눈이 가늘게 접혔다.

"그들 말대로라면 마교를 때려잡은 사람이 마교의 수호신이 되니 얼마나 재미있는 이야기냐."

하지만 쌍면악살의 기대와는 달리 진완은 그저 피식 웃기만 했다.

쌍면악살은 그 웃음을 터무니없는 주장을 하고 있는 천정금와에 대한 비웃음일 거라 나름대로 해석하고는 다시 말을 이었다.

"맞다. 모두들 미친 소리라고 생각했지. 더구나 그 주장을 펴는 사람들이 공동파, 아미파, 청성파 등등 일월신교에게 극심한 피해를 입어 무심련을 세우는 데 아무런 힘도 보태지 못했던 문파들이었으니, 시기심에 그런 주장을 하는 거라 생각했지. 하지만 그들은 그 주장을 버리지 않았다. 아니, 맹신하는 듯 보였지. 사람들이 그들을 비웃어 정저지와(井底之蛙), 즉 우물 밑에 개구리라 하늘 넓은 줄 모른다고 놀리자 그들은 스스로를 천정금와(天井金蛙), 즉 하늘 우물 속 금 개구리라서 하늘 아래 일을 모두 내려다본다고 주장했지. 그래서 그들을 천정금와라 부르게 된 것이다.”

“그럼 그들이…… . 아! 그러고 보니 아까 공동파 뭐 어쩌구 하던 늙은이도…… .”

“맞다. 그들이 보는 무심련은 마교가 얼굴에 탈을 쓰고 있는 것과 다름없었다. 그 가면을 벗기고자, 그래서 무심련의 주인인 위진천이 마교의 일천군이란 걸 밝혀내고자 발버둥 치고 있지. 사실 위진천 련주가 이십 년 폐관을 선언한 것 역시 그들 때문에 골치 아파서 그런 것이란 소문 역시 돌았을 정도니까.”

“거의 몰락한 문파라고 했잖수? 그럼 무심련 정도의 규모와 힘이라면 그들의 입을 다물게 할 수도 있을 텐데?”

쌍면악살이 가볍게 코웃음을 쳤다.

“무언가를 미친 듯이 믿고 숭양하는 게 광신도라면, 그들 역시 광신도다. 무언가를 미친 듯이 미워하고 없애는 데 눈이 돌아가 있으니까.”

끄덕끄덕. 진완은 고개를 주억거렸다.

당장 등에 업고 있는 염혼 또한 광신도와 다를 게 없었으니까.

진완의 고갯짓에 힘을 얻은 듯 쌍면악살이 다시 이야기를 이어갔다.

"사람들은 당연히 마교 척살에 앞장선 위진천이 일천군이란 말을 믿지 못했지. 그럴 때면 천정금와는 이렇게 말했다. 일월신교가 믿는 존재는 둘, 즉 명존과 암존이다. 그 둘은 하나이면서 둘이고 둘이면서 하나다. 일천군은 명존을 따르는 명종파고, 그래서 일천군인 위진천이 암존을 따르는 암종파를 제거한 것이다. 왜냐, 암종파가 혁명을 일으켜 전대 교주를 죽이고 윗자리를 차지했으니까. 그들은 그렇게 설명했지. 그리고……."

쌍면악살은 말을 잠시 끊고 진완을 쳐다보았다.

하얀 탈, 두 개의 구멍 사이로 보이는 눈동자는 알지 못할 빛으로 이글거리고 있었나.

지금 이 대목을 이야기하기 위해 진완을 부른 게 틀림없는 듯했다.

쌍면악살이 숨을 고르려는 것처럼 잠시 호흡을 약하게 이어가더니, 곧 힘주어 말했다.

"나 역시 그렇게 생각한다."

쌍면악살은 짧은 말을 툭 뱉고는 진완을 노려보았다.

마치 개구리가 땅에 비친 솔개의 그림자를 보고 놀라 펄쩍 뛰듯, 진완의 놀라는 모습을 기대했는지도 몰랐다.

하지만 진완은 그저 두툼한 손가락을 들어 다른 쪽 귓구멍을 쑤실 뿐이었다.

"그렇수?"

마치 지금 하는 얘기보다 귓구멍 안에 아슬아슬 걸쳐져 빠지지 않는 귀지 한 조각이 더 중요하다는 듯한 태도였다.

도리어 놀라 버린 것은 쌍면악살이었다.

"넌 하나도 안 놀란 것 같구나!"

"놀랄게 뭐 있수? 살다 보면 그런 일도 있을 수 있는 게지."

당연한 일이었다. 진완은 도리어 위진천이 일천군이란 말을 듣는 순간, 아항! 그랬구나! 하고 무릎을 툭하고 칠 뻔한 걸 참아야 했다.

더구나 동굴 안 깊숙이 스스로를 가둬두고 있는 노인 역시 보지 않았던가.

필시 마교의 사람, 그것도 꽤나 높은 자리에 올라 있는 게 분명한 노인을 대하는 위진천의 자세는 사부를 대하는 듯 친절하고 공경하는 태도였다.

그걸로 미루어보면, 위진천은 그저 마교를 때려잡은 게 아니라 꽤나 깊숙한 관계를 맺고 있음이 확실했다.

아니, 어쩌면 위진천 마누라가 소수나찰일 수도 있었다.

온몸에서 하얀 빛이 번쩍번쩍 나는 무공은 소수마공이라 하지 않았던가.

게다가 둘 사이엔 세상에 알려지듯 아들이 있는 게 아니라, 역시 하얀 빛이 번쩍번쩍거리는 딸내미 하나도 있었다.

그 딸 하나를 보호하고 세상의 이목을 가리기 위해 백팔룡이 탄생했다는 사실도 알고 있었다.

그런 사실을 알고 있는 자신이 더 이상 뭘 놀래야 한단 말인가.

아니, 진짜 백팔룡은 죽어버렸고, 자신이 가짜 백팔룡 노릇을 하고 있다는 걸 안다면, 모두들 더 놀라 자빠질지도 몰랐다.

가만히 따져 보니 진완이 알고 있는 비밀이 적지 않았다.

아니, 어찌 보면 진완 자체가 비밀덩어리였다.

'그런 내가 뭘 더 놀랄 게 있다고.'

진완이 피식 웃자, 쌍면악살의 눈빛이 흐릿해졌다.

"넌 참 세상을 편하게 사는 듯하구나. 궁금한 것도 없고."

쌍면악살의 어이없다는 듯한 중얼거림에 진완이 눈을 크게 떴다.

"아참, 그거 좀 물어봅시다."

"……?"

쌍면악살이 너란 놈도 궁금한 게 있었구나! 하고 놀란 듯 아무 말 없이 진완을 쳐다보았다.

"거 말이우. 검단하(黔湍下)가 뭐우?"

"일월신교의 총단을 뜻한다. 아니, 그 이전에 우리의 이상향이지. 글자 그대로 검은 여울 아래 한데 뭉쳐 정을 나누고 차별도 없는, 끝나지 않는 평화와 안온함만이 있는 곳이 바로 검난하다."

아항, 그럼 극락이랑 비슷한 얘기로구나! 진완이 그제야 알겠다는 듯 고개를 끄덕였다.

하지만 뭔가 이상했다.

동굴 속 노인은 신교 사람을 만나면 손속에 사정을 두라 했다.

신교 사람을 만날 일이 있겠냐 했지만, 결국 만났고 약속대로 죽이진 않았다.

그리고 또 다른 약속, 분명 동굴 속 노인은 자신을 보고 검단하에 가보라고 하지 않았는가.

그렇다면 그게, 죽어서 극락에 가보라는 뜻?

그건 아닌 듯싶어 진완이 인상을 찡그릴 때, 쌍면악살이 눈살을 찌푸린 채 물었다.

"그런데 넌 어떻게 검단하를 알고 있느냐."

"내가 알면 안 되는 거였수?"

"그렇지. 검단하, 그 이름을 들어본 지도 나 역시 오래된 일. 넌 어찌 알고 있느냐."

"그게 뭐 대수요? 내가 모르는 게 어디 있다고."

진완이 의미있는 웃음을 머금은 채 쌍면악살을 보며 은근한 목소리로 말했다.

"사실, 난 댁도 알 것 같은데?"

"……?!"

쌍면악살이 신형이 약간 뒤로 젖혀졌다.

굳이 얼굴을 가린 하얀 탈을 벗기지 않아도, 그 뒤에 있을 놀란 표정을 읽을 수 있었다.

진완이 대수롭지 않다는 듯 어깨를 으쓱 올려 보이며 말했다.

"달라진 눈빛, 감추어진 손, 변형된 목소리, 그리고 무엇보다 진하게 풍기는 향기. 그리고도 모른다면 바보지!"

"으흠, 그래 내가 누구라고 생각하느냐."

쌍면악살이 호기심과 불신이 깃든 목소리로 되물었다.

진완이 한쪽 눈을 찡긋해 보이며 말했다.

"먼저 가면으로 얼굴을 가렸다. 요건 낯짝이 잘 알려진 사람이란 뜻 아니겠수? 그것도 무지막지 잘 알려진. 아마도 댁은 무림에 큰소리깨나 땅땅 치며 사는 사람일 거우."

"그 정도야 누구든지……."

"또 있수. 바로 그 향기 말이우. 거 뭐냐, 여자도 아니면서 향기란 것을 온몸에 덕지덕지 처바르고 다닌다면, 보통 때는 냄새가 난다는 뜻 아니겠수? 그렇다면 독특한 냄새일 텐데… 그때 갑자기 한 사람이 퍼뜩 떠올랐수. 그 사람 눈빛은 댁과 달리 흐리멍텅해 보였지."

"그래 무슨 향기냐."

"향기는……."

진완이 피식 웃었다.

"악취지!"

"……!"

쌍면악살이 순간 몸이 굳어지는 게 느껴졌다.

진완이 그런 쌍면악살을 보며 나시 입을 열었다.

"그리고 장갑 말이우. 왜 얼굴도 모자라 손까지 가렸을까 궁금했는데, 얼마 전 이상한 이야기를 하나 들었던 게 기억났수."

"무슨……?"

"바로 손톱! 독을 오래 만지다 보면 독특한 하얀 가로줄이 손톱에 생긴다는."

"……!"

"악취, 흐리멍텅한 눈빛, 손톱에 하얀 줄. 내가 그런 노인네 하나를 본 적이 있다우."

잠시 말을 잊은 채 서 있던 쌍면악살의 몸이 순간 부르르 떨렸다.

진완이 마치 못을 박아 넣듯 짧게 말했다.

"무심련의 원로이자, 개방의 고수라는 독개(毒丐) 소상춘(蘇常春)."

"놈!"

쌍면악살의 일갈이 터져 나오는 것과 동시에 주위 공기 온도가 싸늘하게 내려갔다.

폭발할 듯 뿜어져 나오는 살기에 제일 먼저 반응한 건 진완 등 뒤에 염혼이었다.

"형님!"

염혼은 마치 매의 발톱처럼 손가락을 세워 진완의 어깨를 움켜쥐었다.

쌍면악살의 살기에 저도 모르게 반응한 탓이었다.

"형님, 저를……."

아마도 등 뒤에서 내려달란 뜻이겠지. 또 자신이 쌍면악살을 막는 동안 도망가란 뜻일 거고. 진완이 그렇게 생각하며 고개를 저었다.

쌍면악살의 붉은 옷이 팽팽히 부풀어 오르고, 두 손은 숨통을 움켜쥐겠다는 듯 갈고리 모양으로 굽혀졌다.

새파란 화염이 이글거리는 듯한 눈빛으로 쌍면악살이 천천히 자신의 얼굴을 가리고 있던 탈을 위아래 방향을 바꾸어 거꾸로 쓰며 차갑게 소리쳤다.

"놈! 살려둘 수 없겠구나!"

묘한 탈이었다. 쌍면악살의 얼굴에서 빙글 돌아가 위아래가 바뀐 탈은 또 다른 표정을 짓고 있었다.

슬픈 듯 한없이 아래로 처진 두 개의 눈이 빙글 돌아 아래로 내려가자, 살풋 다문 채 활짝 웃는 입으로 바뀌었다.

한없이 아래로 꺼졌던 눈꼬리는, 웃는 입꼬리로 바뀌어 양 뺨까지 뻗어 있었다.

반대로 슬퍼서 울먹이는 듯했던 입은, 위로 올라가자 날카롭게 옆으로 째진 채 웃고 있는 눈이 되었다.

단지 위아래를 바꾸어 썼을 뿐인데, 슬픈 표정을 짓고 있던 표정이 비열하게 활짝 웃는 얼굴로 바뀐 것이다.

그제야 진완은 왜 상대가 쌍면악살(雙面惡殺), 즉 두 개의 얼굴을 가진 악살로 불리는지 알 수 있었다.

아마도 살인을 결심할 때면, 항상 탈을 거꾸로 쓰고 잔인하게 손을 놀렸던 게 틀림없었다.

활짝 웃고 있는 탈을 썼다는 것은 진완을 살려두지 않겠다는 뜻.

하지만 진완은 팔짱을 낀 채 심드렁한 태도로 입을 열 뿐이었다.

"댁의 발광은 조금 독특하구려!"

"발광? 독특?"

혼란스러운지 쌍면악살의 눈가가 살짝 찌푸려졌다.

쌍면악살은 처음 겪는 일이겠지만 진완에겐 그렇지 않았다.

저런 위압감, 폭발할 듯 터져 나오는 살기, 비밀을 들켰을 때의 당혹감, 미친 듯 노려보는 눈길.

동굴 속 노인이 위진천의 딸 얘기에 길길이 뛰어대던 모습과 너무나 똑같았기 때문이다.

쌍면악살의 무공이 높다 하지만, 솔직히 동굴 속 갇혀 있던 노인에 대자면 손색이 있었다.

동굴 속 노인은 천하제일고수로 인정받는 위진천마저 무공에 조언을 얻기 위해 찾았을 정도니 얼마나 대단한 솜씨겠는가.

그 조언이란 게 자신의 내공을 봉인해 놓는 거라서 문제였지.

그런 노인 앞에서도 태평스레 대거리질을 하고도 살아남은 진완이, 눈앞에 쌍면악살의 위압감에 기죽을 리가 없었다.

진완이 그때의 광경이 떠오르는지 다시 피식 웃었다.

"어쩜 그렇게 반응이 똑같수? 에휴, 아무튼 저래서 뒤가 찜찜한 사람들은 함부로 찌르면 안 된다니까."

부풀어 오른 쌍면악살, 아니, 독개 소상춘의 붉은 소매가 파르르 떨렸다.

자신이 쌍면악살이란 사실은 그 누구도 모르는 비밀이어야만 했다.

그 비밀 하나에 자신의 목숨이 달려 있으니 그 무게가 가볍지 않았다.

그런데 그런 비밀을 저놈은 태연히 팔짱을 낀 채 대수롭지 않다는 듯 말하고 있지 않은가.

마치 마을 청년들이 모여 '어젯밤 냇가에서 보니까 옆집 처녀 엉덩이에 커다란 점이 있더군' 하고 킬킬거리며 쑥덕이는 만큼의 무게도 느껴지지 않았다.

너무나 황당하고 어이가 없어 쌍면악살이 멍하니 진완을 쳐다볼 때, 진완이 자기 옆자리를 손바닥으로 두드렸다.

"이이고 노인네, 그때 보니 나이도 적지 않은 것 같던데 이렇게 길길이 뛰어다니려면 꽤나 힘들겠수. 자자, 이 옆에 와서 앉아요. 널찍하니 엉덩이 깔고 앉기엔 그만이라우."

쌍면악살의 기세가 눈에 띠게 수그려졌다.

뭐 이런 놈이 다 있냐! 쌍면악살이 질렸다는 듯 진완을 쳐다보다가 말없이 진완 옆에 엉덩이를 깔고 앉았다.

일단 얘기를 해보는 게 중요했다.

이놈이 어디까지 아는지, 또 무엇을 아는지 알아보고 죽이더라도 늦진 않을 것이란 생각 때문이었다.

한결 부드러워진 쌍면악살의 기세에 염혼이 그제야 숨통이 트이는지 진완 귓전에 가느다란 숨을 토해내었다.

이때까지 바짝 긴장한 채 지켜보고 있었던 모양이다.

마치 얼이 빠진 것처럼 한동안 말이 없던 쌍면악살이 천천히 물었다.

"어떻게 알았느냐."

그게 제일 궁금한 일이었다.

이때까지 쌍면악살로 살아오면서, 이렇게 간단히 정체가 발견되리라곤 생각하지도 못했었다.

무언가 의심되는 일이 있더라도 개방의 고수요, 무심련의 원로인 자신에게 캐물을 사람은 없었다.

그런데 이 덜떨어져 보이는 놈이 딱 집어 자신의 정체를 알아보다니! 쌍면악살은 너무도 허무해서 화낼 기력도 없었다.

"그게 뭐 대단할 게 있수. 생각 못한 사람들이 바보지. 이럴 때 보면 나도 참 똑똑하지 않수?"

"퍽이나."

하지만 반문하는 쌍면악살 목소리엔 힘이 들어 있지 않았다.

더욱이 어깨까지 축 처진 상태였다.

진완이 마치 쌍면악살을 흉내라도 내는 듯 고개를 들어 먼 하늘을 쳐다보며 혼잣소리처럼 중얼거렸다.

"사실 온갖 괴상하고 이상한 일을 겪다 보니 그 정도 추측은 그리 어렵지 않더구랴."

이 노인네야! 사실 비밀로 따지자면 당신은 낯짝 한번 들키면 그만이지만, 내 정체가 들키면 엄청 복잡해지거든!

진완의 속마음이었다.

스스로 큰 비밀을 가지고 있었고, 또 다른 큰 비밀을 알고 있다 보니 이런저런 일에 머리가 빨리 돌아가고, 없던 눈치도 하루하루 다르게 늘어나는 게 사실이었다.

진완이 고개를 돌려 쌍면악살을 쳐다보며 말했다.

"그런데 그 얼굴 계속 그러고 있을 거우?"

"아참!"

쌍면악살이 얼른 탈을 고쳐 쓰려다 문득 고개를 갸웃거렸다.

자신이 왜 이놈 말을 고분고분 듣고, 이렇게 휘둘려야 하는지 알 수 없었다.

그제야 왜 소검과 곡도가 진완을 보내며 그토록 씁쓸하게 웃었는지 이해할 수 있었다.

쌍면악살은 자신의 정체가 이렇게 간단하게 간파당하자, 노리어 홀가분한 기분이 들었다.

독개 소상춘과 쌍면악살.

그 두 가지 외술을 살아타며 위태위데 살아온 삶이었다.

쌍면악살이 얼굴에 쓴 탈을 천천히 떼어낸 후, 고개를 숙여 손에 들고 있는 탈을 한참이나 바라보았다.

떼어낸 것은 가벼운 탈바가지 하나였지만, 마치 만 근이 넘는 족쇄를 풀어낸 듯한 상쾌함이 느껴졌다.

진완이 쌍면악살, 아니, 이젠 독개 소상춘으로 돌아간 추레한 얼굴을 보며 활짝 웃었다.

"반갑수!"

독개 소상춘이 진완을 마주 보았다.

"하나도 안 반갑다! 이 망할 놈아!"

3

진완이 눈을 동그랗게 떴다.

"어? 목소리가?"

독개 소상춘이 어이가 없어 피식 웃었다.

세상에 일월신교의 신비인 오산인, 그중 쌍면악살의 정체가 독개 소상춘이란 사실에도 눈 깜빡 안 하던 놈이 겨우 목소리가 바뀌었다고 저토록 놀라다니.

"복화술입니다. 내공으로 뱃속과 기도를 울려 목소리를 만들어내는 것이지요. 목소리를 숨기는 데 좋습니다."

귓전에 들리는 염혼의 설명에 그제야 이해가 갔다.

"거참 신통방통한 재주일세!"

진완의 감탄에 독개 소상춘의 초라한 얼굴에 기가 차지도 않다는 표정이 떠올랐다.

내가 볼 땐 네놈 몸뚱이가 더 신통방통하다! 소상춘이 고개를 절레절레 저으며 다시 천천히 하얀 탈을 얼굴에 썼다.

진완이 깜빡했던 사실을 뒤늦게 깨달았다는 듯 불쑥 물었다.

“아참, 뭐 좀 물어봅시다. 혹시 백팔룡을 죽일 계획이우?”

뚱딴지같은 질문이라 생각했는지 소상춘이 진완 얼굴을 물끄러미 바라보았다.

도대체 이놈에겐 적응이 안 돼! 소상춘이 가늘게 한숨을 내쉬며 천천히 말했다.

“아니다. 내가 왜 그러겠느냐.”

“그럼 다행이고.”

진완이 안심했다는 듯 고개를 주억거렸다.

자신이 가짜 역할을 하고 있는 진짜 백팔룡은 아무런 상처 없이 죽었다고 했다.

그때 예모검 범소 형님은 혹시 독개 소상춘의 독에 중독되어 죽은 게 아닌가 하는 의심을 했다는 말이 뒤늦게 떠오른 것이다.

그런데 독개 소상춘 스스로의 입으로 아니라고 말했으니, 혹시 중독되어 죽을 걱정은 하지 않아도 되었다.

누구 말로는 이미 자신은 금강불괴, 만독불침의 몸이라 했지만 겪어보기 선까진 모를 일이 아닌가.

진완의 그런 모습을 재미나다는 듯 쳐다보던 소상춘이 입을 열었다.

“나도 한 가지 물어보마.”

“……?”

“넌 위진천 련주와 무슨 상관이냐.”

“어라? 평소 일월신교와 무심련은 앙숙인 줄 알았더니, 그

래도 말끝마다 련주 자를 꼭 붙이는 걸 보면 그렇지도 않은가
보구랴."

"……."

소상춘은 마치 아픈 곳을 찔리기라도 한 것처럼 아무 말도
없었다.

그저 툭 뱉어본 말인데, 그리 틀리진 않았나 보다.

독개 소상춘은 분명 일월신교의 오산인 중 한 명이면서, 동
시에 무심련 원로였다.

원한도 있겠지만 오랜 세월 동안 가깝게 지내면서 키워온
정(情)도 얕지는 않은 모양이었다.

'오늘따라 찍는 것마다 잘 맞는군!'

진완이 흐뭇하게 웃었을 때, 소상춘이 탄식처럼 말했다.

"세상에 그와 같은 사람이 있을까……. 또 그런 무공이 있을
까……. 솔직히 그가 우리 신교의 일천군이 분명하다는 증거
는 없다. 하지만 그런 무공은 일천군이 아니고서야 불가능한
것이지. 그래서 난 그가 신교의 일천군이길 간절히 바라면서
도, 만약 진짜 일천군이라면 그가 너무나도 미울 것 같다."

"그런데 무심련 사람이 어쩌다 일월신교를 믿게 됐수?"

"순서가 반대다. 일월신교 사람이 무심련에 들게 된 거지.
아니, 원래대로라면 개방의 거지가 신교를 믿었고, 나중에 무
심련에 들게 된 것이다."

소상춘이 과거를 회상하듯 먼 하늘을 쳐다보았다.

소상춘은 고아였다. 하지만 부모가 없는 것은 아니었다. 아니, 부모보다 더한 사람이 있었다.

바로 스승이란 존재였다.

소상춘의 스승은 겉으론 별 볼 것 하나 없는 거지에 불과했다.

하지만 보통 거지가 아닌, 강호제일방이라는 개방의 높은 직함을 지닌 거지였다.

개방이 가장 중요하게 여기는 것이 의기와 협행이었지만, 스승이 소상춘을 거둔 것은 그런 이유 때문이 아니었다.

스승은 독실한 신교의 제자였고, 어렵고 불쌍한 사람을 네 몸처럼 여기라는 가르침을 따른 것뿐이었다.

만약 개방에 먼저 들지 않았다면 신교에 투신해 꽤나 높은 자리를 차지했을 사람이었다.

또 개방이 각자 부처를 믿든 원시천존을 믿든 상관하지 않는 독특한 분위기가 아니었다면, 당장 개방을 떠났을 사람이었다.

소상춘은 스승의 손 밑에서 동냥질을 배웠고, 무공을 배웠고, 독을 능숙하게 다뤘으며, 개방의 제자가 되었고, 또한 신교를 열심히 믿었다.

소상춘에게 있어 그 일은 법당에 가 시주하고, 도관에 가서 향을 사르는 깃만큼이나 자연스러운 일이었다.

하지만 하루아침에 신교가 마교가 되자, 소상춘은 골치 아파졌다.

신교를 믿는 개방 거지에서, 신교를 믿는 보통 거지가 되던가, 신교를 안 믿는 개방 거지가 되는 일밖에 남지 않은 것이다.

그 어느 것 하나 소상춘이 원하는 일은 아니었다.

고민 끝에 소상춘이 무림을 떠나려 했을 때, 신교에서 오산인 중 하나가 되기를 청했다.

소상춘은 결코 원하지 않는 일이었지만, 어쩔 수 없이 맡아야만 했다.

어느 날 스승이 눈물과 함께 자신이 신교의 오산인이란 걸 밝히는 순간, 이건 자신의 운명이라고 생각했다.

개방은 타 문파의 가입을 금지했다. 오래지 않아 무심련의 등장으로 깨질 규칙이었지만, 그 당시엔 엄연하고 꼭 지켜야만 하는 규율이었다.

하지만 소상춘은 신경 쓰지 않았다. 아무런 갈등도 없었다.

신교의 오산인이 형편이 어려워 조금 동냥질을 하는 것뿐이라 생각했다.

아니면 거지가 출세해서 오산인이란 직위를 맡았으니 칭찬받아 마땅하다 생각했다.

솔직히 소소한 갈등보다는 기력 다한 스승의 눈물 한 방울의 무게가 소상춘을 짓눌렀기 때문이다.

그 즈음 개방 역시 신교를 돕자는 쪽과 무너뜨려야 한다는 편으로 갈려 매일같이 으르렁댔다.

개방이 두 조각나는 것은 시간문제처럼 보였다.

정파무림 역시 지금 무심련의 전신인 무림맹을 조직하려 할 때 쯤, 교주로부터 무림맹에 잠입해 달라는 비밀 부탁을 받았다.

소상춘은 생각하지도 않고 그 부탁을 따랐다.

자신은 개방 사람이었고 동시에 신교 사람이었다.

둘 중 하나를 선택받는 시기에, 그 둘 모두를 떠나고 싶었는지도 몰랐다.

또 무림맹에 있다면, 미리 신교와 개방의 충돌을 알아서 막을 길이 있을 거라 생각했다.

하지만 그건 생각뿐이었다.

정파무림인의 가식적인 면에 질려 신교로 되돌아가려 할 때 교주의 살해 소식을 들었다.

믿을 수 없었다.

무림도 신교와 정파무림으로 반 동강이 났고, 개방 역시 두 패로 나뉘기 일보 직전이었다.

그런데 이젠 신교도 명종파와 암종파로 나뉘어 암종파가 득세한 것이다.

소상춘은 은거를 생각했다.

세상이 싫고 무림이 싫었다.

그저 자신이 하던 독과 무공에 대한 연구를 하며 묻혀 살고 싶었을 때, 바람결에 교주가 살아 있다는 소식을 들었다.

헛된 소문일지도 몰랐다. 호사가들의 입방정일지도 몰랐다.

하지만 그냥 흘려보낼 수는 없는 소식이었다.

소상춘이 교주의 소식을 쫓아 미친 듯 중원을 돌아다닐 때, 위진천의 소식을 들었다.

무심련이 세워졌다는 소식도 들었다.

점차 몰락해 가는 신교의 모습도 눈으로 보았다.

그리고 정파무림인 중 일단의 무리들이 위진천이 마교의 일천군일지도 모른다는 주장을 한다는 것도 들었다.

물론 귀담아듣는 사람은 없었고, 감히 주장이 맞는지 뒤를 캐려는 사람도 없었다.

우물 안 개구리란 놀림을 뒤로하고, 그들은 스스로를 천정금와라 칭하고는 사라져 버렸다.

마치 종달새가 짧게 울 듯, 금방 스러져 버린 주장이었지만 소상춘은 가볍게 넘길 소식이 아니었다.

소상춘은 다시 한 번 무심련에 들었다.

무심련 안이라면 보다 빨리 교주의 소식을 들을 수 있을지 몰랐다.

또 신교 사람들의 목숨을 살릴 길이 있을지 몰랐다.

위진천이 기다리던 일천군이라면? 그에게 신교 중흥을 부탁하리라.

만약 위진천이 일천군은커녕 신교 사람들의 학살을 즐기는 자라면? 죽여 없애리라 각오도 했다.

그리고 드디어 위진천을 만났다.

그는, 정녕 소상춘이 꿈꾸던 일천군 모습 그대로였다.

공평무사함, 가공할 무위, 세상 그 무엇도 두려워하지 않는

담력, 거칠 것 없는 행보.

그의 손아래 죽어가는 사람들은 비록 암종파라 해도 분명 신교의 사람, 지켜보는 소상춘의 마음은 불편하기 짝이 없었다.

그것만 제외한다면 꿈꿔오던 일천군 그대로의 모습이었다.

게다가 위진천은 단순히 학살을 즐겨 하지 않았다.

죽어 마땅한 사람이라면 신교와 무심련을 가리지 않고 징벌했으며, 살려야 할 사람이라면 설령 신교에서 높은 자리를 차지하고 있다 해도 꼭 살려주었다.

소상춘은 솔직히 위진천이 마음에 들었다.

그가 아니었다면 흘려야 할 피가 몇십 곱절은 더 많았을 게 틀림없었으므로…….

위진천, 그 이름 하나와 도끼 하나가 무림의 혼란을 대강 평정시킨 후 소상춘은 예전에 알고 지내던 신교 사람들을 비밀리에 탐문하고 모으기 시작했다.

신교가 이대로 사라지면 안 되었다.

암종파가 망가뜨린 신교를 다시 건강한 모습으로 되돌려놓아야만 했다.

그렇게 찾아낸 명종파는 모두 건강한 삶을, 각자 어울리는 곳에서 열심히 살고 있었다.

원래 혼란과 분열, 그리고 살인을 싫어하던 성품상 당연한 일이었다.

하지만 암종파는 그 어디에도 찾을 수가 없었다.

소상춘은 알 수 있었다.

그들은 어둠 저 너머로 사라진 것이다.

그렇게 숨어들어 아무도 알지 못하는 곳에서 일천군에 맞설 존재, 즉 월지후를 탄생시키려는 망상을 꿈꾸면서 숨죽이고 있는 것이었다.

소상춘은 조용히 무심련 안으로 돌아와야만 했다.

자신이 찾아낸 신교 사람들을 보호하려면 무심련 안에 있는 게 유리했기 때문이다.

오랜 시간이 흐른 후, 암종파들이 다시 은밀한 행동을 시작한 걸 알았다.

놀란 소상춘이 백방으로 뛰어 알아보니, 그들은 예전 신교를 믿었던 사람들이 맞지만 더 이상 신교 사람이 아니었다.

소상춘이 진완을 바라보았다.

제발 이것만은 알아달라는 듯한 진지한 눈빛이었다.

"진짜 암종파, 살인에 미친 지도자들은 모두 어둠 속으로 사라진 지 오래. 그들을 조종하는 사람들이 누구인지 조사한 후, 나는 그게 천정금와란 걸 알 수 있었다. 그들이 예전 신교 사람들을 움직여 무심련과 충돌시키려 하는 것이지. 바로 오늘처럼, 네가 겪고 본 대로 말이다."

"그럼……."

"그렇다. 지금 멀리 떨어져 우리를 호위하는 사람들은 모두 신교 사람들이 맞다. 자신을 지휘하는 존재가 신교의 새로운 교주라 철석같이 믿고 있는 가련한 사람들이지. 죽일 놈들은 그런 신교 사람들을 주사위처럼 가지고 노는 천정금와다. 그래서 내가 바빠졌지. 그들의 음모를 막고, 신교의 무의미한 죽음을 막기 위해서 말이다. 바로 오늘처럼! 사실 이러한 사정은 무심련의 전검전주나 투도각주도 어렴풋이 알고 있다. 그래서 내가 너와 이야기를 나누겠다고 할 때, 묵묵히 인정해 준 것이지.”

진완이 안됐다는 듯 소상춘의 어깨를 토닥였다.

왠지 그 손길이 따뜻하게 느껴져 소상춘이 저도 모르게 빙그레 웃었다.

자신은 독을 다루는 사람, 자연히 사람들은 어깨를 다독이기는커녕 일 장 안으로 들어오려고도 하지 않았다.

그런데 이놈은 진심으로 어깨를 다독여 주지 않은가 말이다.

그때 진완이 입을 열었다.

“댁도 참 고달프게 사셨구라. 그런데 그런 놈들이 천정금와라면 제일 윗대가리를 족쳐 보지 그랬수?”

고달프게 살아? 소상춘은 순간 멍해졌다가 곧 그 말도 그리 틀린 게 아니란 생각이 들었다.

소상춘이 고개를 끄덕이며 말했다.

“그자가 누군지만 알면 내가 제일 먼저 족쳤을 것이다. 하지만 그자는 구름 위의 신룡처럼 꼬리조차 내밀지 않더군.”

“구름 위의 신룡이라… 너무 멋지게 표현해 준 것 같지 않수?”

소상춘이 빙그레 웃었다.

"아미, 공동, 청성. 그들의 공통점이 뭔지 아느냐? 한없이 높은 자존심과 꼬장꼬장한 성질이지. 그들이 항상 위진천을 가리켜 근본도 출신도 모르는 비천한 인간이라 욕한다. 그런 자들이 따르는 사람이라면 누구겠느냐. 아마도 거창한 위명을 떨치는, 겉으로나마 존경할 수 있는 사람일 게다. 자신들의 우두머리로 삼아도 부끄럽지 않을 그런 사람 말이다. 단지 그런 사람이 누굴지 내 머리로는 떠올릴 수 없어 찾지 못하겠구나. 아, 그런데……."

뭔가 이상했다.

얘기를 나누다 보니 정작 물은 것은 자신인데 또박또박 놈의 얘기에 대답을 해주는 꼴이 아닌가!

소상춘이 미간에 주름을 잡으며 다시 물었다.

"그러고 보니 넌 내 질문에 대답을 하지 않았구나. 넌 위진천 련주와 무슨 관계냐."

"뭐 관계라고 할 게 있겠수?"

"대단한 관계지. 특히 네놈 몸에서 나는 파란 광채, 난 그것을 예전에 본 적이 있다."

"으잉?"

"위진천의 외호가 왜 진천벽부(震天霹斧)인 줄 아느냐? 그의 도끼에선 푸른 광채가 어렸지. 네 몸에서 나는 푸른 광채, 그건 련주만이 할 수 있지. 특히 너의 무공! 그건 련주의 개정대법이 아니라면 불가능한 일이다. 또한 너의 가공할 내공, 그건 분명 개정대법을 거쳤다는 증거이고. 폐관수련에 들었다는 련주가 왜! 그리고 어떻게! 너에게 개정대법을 베풀어주었느냐!"

"개정대법 좋아하시네!"

진완이 씨근덕댔다.

"그 좋은 걸 내가 받았으면 내가 개자식이우!"

"음?"

소상춘은 순간 혼란스러웠다.

분명 그동안 지켜봐 온 진완의 태도와 말에는 순박함과 무식함만 가득할 뿐, 간교함과 거짓말과는 거리가 멀었다.

"흥, 개정대법? 그따위 물건은 개나 물어가라지!"

당연한 일이었다.

진완이 알기로는 위진천 마누라가 불어넣어 준 하얀 광채 나는 힘을 봉인하기 위해 넣어준 것이지, 결코 개정대법이 아니었으니까.

흥분을 가라앉히려 한참 동안 씨근덕대던 진완이 소상춘을 보고 물었다.

"그런데 그 천정금와가 도대체 내 이름을 어떻게 알고 있는 거우?"

"글쎄다."

소상춘은 이렇게 흥분 잘하는 단순무식한 놈은 처음 봤다는 듯 또 한 번 고개를 젓고는 대답했다.

"그들이 그런 주장을 할 때, 이미 그들의 세력은 거의 없어진 후였지. 위진천이 이루어놓은 공적에 질투로 인해 눈이 멀어 그런 주장을 했다고 사람들은 생각했다. 또 그들의 주장이 설령 사실이라 해도 그 누가 있어 위진천에게 따져 묻겠느냐. 혈혈단신으로 신교를 때려 부순 사람에게! 그들은 그렇게 조용히 잊혀진 존재였다. 그들에게 신경 쓰는 사람은 아무도 없었다. 하지만 련주의 폐관수련 즈음해서 다시 활동하기 시작했지. 그들이 이렇게 세력을 키우리라곤 아무도 생각하지 않았다. 그래서 나 역시 바빠졌지, 그들 손에 놀아나는 신교 사람들을 보호하고 지키느라.”

“그놈들 어디 있는지만 알려주슈.”

“왜, 찾아가서 한바탕할려고?”

“말로 안 되면 주먹이야 오갈 수도 있지만, 뭐 좀 물어볼 게 있어서 그렇수.”

무림에서 사라지기 전에 찜찜한 게 남아 있으면 안 되었다.

제비랑 만나 알콩달콩 사는 동안 천정금와라는 놈들이 찾아오면 골치 아파지지 않겠는가.

하얀 탈 뒤로 소상춘의 빙그레 웃느라 축 처진 눈꼬리가 보였다.

“알면 나 역시 이러겠느냐. 하지만 어디쯤 있을지는 알고 있지.”

“어디우?”

소상춘이 허리를 굽혀 진완 귓전에 속삭였다.

“무심련!”

“으응?”

"엉뚱한 소리 같지만 그리 틀리진 않을 것이다. 신교 사람인 나 역시 무심련 안에 있으니까 천정금와 역시 무심련 안에 있 겠지. 아니, 어쩌면 사라진 암종파 역시 무심련 안에 있다고 믿 는다. 무심련의 눈을 피해 이토록 오래 숨어 지내려면, 무심련 안이라야 가능한 일이지. 내 생각엔 무심련이 너무 커졌다, 그 들이 숨어 살 만큼. 위진천 련주가 무심련을 떠나려는 이유 중 엔 그런 것도 있겠지."

소상춘이 붉은 장갑을 낀 손가락을 하나하나 꼽았다.

"신교의 오산인은 서로를 모른다. 각기 비밀리에 신교를 지 키는 임무를 띠고 있어 서로의 신분을 알지 못했지. 그중 나는 쌍면악살이자 무심련 원로로 남았고 다른 하나는 무림을 떠났 다. 아마도 죽었겠지. 하지만 암종파와 함께 활동하던 다른 셋 은 어디 있는지 나도 모른다. 그러나 그중 적어도 하나는 분명 무심련 안에 있다고 믿고 있다. 어쩌면 무심련 원로 중 하나일 수도 있고, 어쩌면 전검전주나 투도각주 중에 하나일 수도 있 지. 아무도 모를 일이다."

하긴 그럴 수도. 진완이 고개를 끄덕였다.

진완 눈에도 무심련은 이미 무림 그 자체가 되었다.

산에 온갖 짐승과 꽃과 나무가 깃들여 살 듯, 어쩌면 무심련 안에 영웅과 간웅, 그리고 천정금와와 마교가 모두 엉덩이를 비비며 살고 있을지도 몰랐다.

아니, 그중에 마교 사람 하나는 알고 있었다.

바로 동굴에 스스로를 가둬두고 있는 신비의 노인.

한참 생각을 정리하던 진완이 불쑥 물었다.

"그런데 곡도는 왜 그런 거우? 애를 완전 조져 놨던데."

소상춘과 투도각주 곡도를 떠올리자 자연 짧은 혓바닥이 머릿속에 떠오른 것이다.

소상춘이 껄껄 웃었다.

"신교 사람들을 때려잡으니 자연 미워서 그랬지. 발음이 짧다고 고민하기에 살살 꼬였더니 납죽 낚싯대를 물더군. 반 토막 정도 잘라냈을 거야. 나로서는 투도각주가 말을 한다는 것 자체가 신기한 일이네."

"그렇게 된 거구랴."

진완이 몸을 일으키고는 몸을 툭툭 털었다.

"그런데 얘기는 잔뜩 들었는데… 왜 날 부른 거우?"

이놈아! 다른 건 눈치가 빠르더니! 소상춘이 눈을 동그랗게 뜨더니 끼잉 하는 한숨과 함께 말했다.

"난 모든 걸 밝혔다. 아니, 네 힘으로 밝혀진 사실도 있고. 비록 천정금와의 계략이긴 하지만 신교 사람들이 악한 짓을 하고 있는 것 역시 사실이다. 지금 신교를 책임진 사람으로 그들에게 넓은 아량과 용서를 부탁한다. 내가 분명히 말하지만 지금 암종파라고 무심련에서 믿는 사람들은 사실 천정금와 손에서 놀아나는 불쌍한 신교 사람들뿐이다. 진짜 암종파는 아무도 모를 곳에 숨어든 지 오래니까."

"아니, 그걸 왜 나한테……?"

소상춘이 몸을 일으키고는 공손히 두 손을 맞대 포권을 취한 후 고개를 숙였다.

"개방 제자 소상춘이 아닌, 일월신교 오산인 중 쌍면악살로서 무심련주의 아드님께 정중히 부탁합니다. 부디 손속에 정을 두시고 저와 함께 손을 합쳐 천정금와를 무너뜨리기를 또한 부탁합니다."

아이고, 아저씨, 그건 아니라우!

진완은 입을 쩍 벌렸다.

소상춘은 지금 진완을 위진천의 아들이라고 철석같이 믿고 있었다.

뭐 그렇게 본다 해도 이상할 건 없었다.

낯짝도 똑같은데다가, 온몸에서 위진천의 특징인 청광이 번쩍거리니 누가 봐도 그럴 것이다.

게다가 백팔룡 안에서도 진완에게만 은밀하게 베풀어지는 특혜를 따져 보면 진완으로서도 할 말이 없었다.

하지만 소상춘은 진지한 눈빛을 발하며 다시 입을 열고 있었다.

"련주의 아드님, 아니, 무심련의 다음 주인이 되실 분께서 영민하사 제 못난 정체를 밝히시니 이 못난 거지는 놀랐습니다. 하지만 이것 역시 명존의 뜻, 도리어 잘됐다고 생각합니다. 이제 제 모든 것은 진 대협의 손에 있습니다. 그래서……."

진완이 서둘러 손사래를 쳤다.

"악악! 말 편하게 하슈. 도대체 적응이 안 되네!"

소상춘이 빙그레 웃고는, 모아 쥐었던 손을 풀고 뒷짐을 졌다.

"하하, 그럴까? 좋네. 그러도록 하지. 솔직히 네가 내 정체를 쉽게 밝혀냈을 때 많이 놀랐다. 너같이 단순한 놈도 알아낼 정도니 앞으로 몸가짐에 더욱 신경 써서 조심해야겠구나. 아무튼 넌 싹수있는 놈이다."

"싹수?"

"사람의 생명을 귀하게 여기는 모습을 보았기에 그렇다. 또한 네 밑에 있던 다리 불편한 아이가 타루복에게 따뜻하게 대하며 네게 배운 대로 행한다 하더구나. 그것만 봐도……."

"손형인 말이구라. 내 밑에 있는 게 아니라 친구요!"

"그래그래."

소상춘이 고개를 끄덕였다.

"그것 역시 네 아비를 쏙 빼닮았구나. 련주 역시 주위 사람을 친구로 여겼지 부하로 다루진 않았다. 그렇기에 무림 최고 위치까지 오른 것이지. 부디 그 마음을 잊지 말거라. 또한 그 마음을 우리 신교에게도 베풀어주고."

"부담 엄청 되네! 그런 말은 나중에 합시다."

사실 나 가짜라우. 그러니까 지금 노인네 하는 짓은 한마디로 헛지랄이란 말이지! 진완은 답답했지만, 그렇다고 솔직히 털어놓을 수도 없었다.

더욱이 신교를 대할 때 사정을 돌보라는 말은 벌써 두 번째 듣는 얘기였다.

동굴 속 노인의 첫 번째 조건이 그것이었으니까.

그때만 해도 신교 사람 내가 머리털 빠지긴 전엔 만날 일 없다고 생각했는데, 지금 눈앞에 보는 낯짝이 바로 신교의 오산인 중에 하나 아니던가.

손속에 정을 두라는 말 하나 때문에 이 고생을 했는데, 또 그런 부탁을 받으니 왠지 그 말을 들을 때마다 생고생을 할 것 같아 찜찜해졌다.

소상춘이 커다란 곰 같은 놈에게도 귀여운 면이 있다는 듯 울상을 짓고 있는 진완을 보며 싱긋 웃었다.

"일월신교 쌍면악살로 한 가지 약속하마. 천정금와의 손에서 최대한 너를 지켜주겠다. 또한 이미 월지후를 불러내고자 하는 살인귀가 되어버린 암종파의 마수로부터도 지켜주겠다. 무심련 밖뿐 아니라 안에서도. 단, 네가 내 정체를 비밀로 지켜주어야 가능하겠지만."

진완이 소상춘의 정체를 밝혀내지 않는다는 것은, 곧 소상춘에게 호의를 가지고 대한다는 뜻과 같았다.

진완이 당연하다는 듯 고개를 끄덕였다.

소상춘이 빙그레 웃자 눈꼬리에 주름이 잡혔다.

"고맙다. 지금 네 행적은 천정금와에게 발각된 듯하니 이대로 무심련으로 돌아가는 게 어떠냐? 나 역시 오늘 새롭게 발견한 신교 사람들을 보살피고 옳은 길로 이끈 다음 천천히 무심련으로 되돌아갈……."

"안 되우!"

"……?"

"무슨 일이 있어도 온서 땅에 가야 한다우!"

"온서엔 왜? 볼일이 있느냐?"

"한 사람을 만나야 돼서 그렇다우."

소상춘의 눈에 기이한 빛이 돌았다.

"누군지 나에게 말해주어도 괜찮겠느냐?"

"뭐, 말 못할 것도 없지!"

진완이 만나려는 사람은 온서 땅에서 허운화방을 하는 칠섬검 광씨 사내였다.

제비를 데리고 있는 예모검 범소 형님이 나뭇조각 파먹고 사는 구범학을 통해 만나라고 서찰로 알려준 사내.

이미 소상춘의 비밀도 알고 있고, 더구나 그런 사실은 소검과 곡도도 아는 사실이니 굳이 비밀로 할 필요도 없었다.

범소 형님과 제비를 만나는 순간, 강호를 훌쩍 떠나 버릴 계획을 세워놓았으니까.

"온서에 허운화방이 있수?"

소상춘이 고개를 끄덕였다.

쌍면악살로 활동하면서, 개방 거지일 때 경험이 톡톡히 도움이 된 게 있다면 그건 중원 지리와 사람들을 잘 알고 있다는 점이었다.

사람이 있고, 돈이 있는 곳엔 어김없이 거지가 있기 마련이었으니까.

"들어봤다. 가만 허운화방이라고 했느냐?"

"맞수."

"그럼 네가 만나려는 사람이 허운화방의 칠섬검 광가가 맞느냐?”

“맞수! 아이고, 보기보다 똑똑하시구랴! 어찌 그리 잘 아시우?”

소상춘의 눈빛에 당혹감이 어렸다.

“네가 만나려는 그 사람은……”

“……?”

“죽었다.”

“으잉?”

진완이 너무도 놀라 입을 쩍 벌렸다.

소상춘이 공교롭다는 듯 턱을 긁으며 말했다.

“오늘 아침, 살해된 채로 발견되었지. 온몸이 갈가리 찢겨져 죽었다더구나.”

“거짓말! 구라쟁이!”

진완의 놀란 외침에, 소상춘이 곤란한 표정을 지었다.

“천정금와의 계략을 파헤치고 무심련과 신교, 그리고 북해빙궁과의 충돌을 막기 위해 온서에 갔을 때 우연히 알게 되었다. 혹시 천정금와의 짓이 아닌가 싶어 나름대로 알아보아서 잘 알고 있지. 목과 몸, 그리고 팔과 다리가 찢겨진 참혹한 죽음이더군. 그런데 그자와 네가 무슨 상관이 있기에……”

“천정금와!”

진완이 큰 목소리로 울부짖듯 소리쳤다.

우리 제비는? 또 범소 형님은? 허운화방의 주인이 죽었다니 이제 어디 가서 찾는단 말인가!

진완이 덥석 소상춘의 손목을 잡았다.

"뭐냐!"

소상춘이 놀라 진완을 쳐다보았을 때, 핏발 선 눈으로 진완이 으르렁거렸다.

"갑시다!"

"어딜?"

"온서 허운화방!"

"내가 왜?"

"내가 가자고 했으니까! 빌어먹을 천정금와 놈들! 불쌍한 제비! 멍청한 형님! 게으른 백대가리! 가만두지 않겠어!"

멍청한 형님은 예모검 범소였고, 게으른 백대가리는 무외자 교욱이었다.

하지만 그런 사실을 모르는 소상춘은 그저 눈만 끔뻑이며 붉게 달아오른 진완의 얼굴만을 쳐다볼 뿐이었다.

『검단하』 제3권 끝

다세포 소녀 원작 만화 출간!!

입소문을 통해 아는 분은 다 알고 계십니다!
올 한해 공인중개사 최고의 화제작!

1~2권 합본 | 이용훈 지음
3~4권 합본 | 이용훈 지음
5~6권 합본 | 이용훈 지음
용 어 해 설 | 이용훈 지음
1~2차 문제풀이집 | 이용훈 지음

수험생 기본 필독서
만화 공인중개사

제목 : 만화공인중개사 쓰신 분에게 감사드립니다.

학원을 두달 다녔어요. 근데 과연 그 숫자 와우기 그런게 몇 문제나 나올까 생각을 했어요.
아니라는 생각이 드네요. 학원강의를 뒤로 하고 서점을 갔어요. 내 머리에 가장 이해될수 있는
책이 없나 하구요. 거기서 만화를 발견했어요. 무조건 세번 봤어요. 3개월 걸렸어요. 문제 집을
보라고 했는데 그건 시행을 못했어요. 근데 합격을 했네요.

어떻게 감사의 말을 해야 될지…

도서관에서 만화책 들고 다니니까 사람들이 바웃더라구요. 만화책으로 공인중개사를 공부한
다고 미친사람처럼 보더라구요. 근데 그거 다 감수하고 했던 내가 자랑스럽습니다.

어떻게 감사의 말을 해야 할지 정말 감사합니다.

부디 행복하세요. 제 나이 41살에 좋은 스승을 만난 거 같습니다.

엎드려 감사드립니다.

—본사 홈페이지에 독자분이 올린 메일 中에서 발췌—

잘나가고 싶은 사람은 읽어라!

그에게 한눈에 반했다! 그것은 분위기 탓?
애인과 나란히 걸어갈 때 당신은 좌, 우 어느 쪽에 서는가?
이성은 왜 서로 끌리는 걸까? 그 심층 심리를 해명한다!

30초의 심리학

■ 30초의 심리학
아사노 하치로우 지음 / 계일 옮김 | 값 8,500원

처음 본 사람인데 와 닿는 느낌이
너무나도 강렬한 사람이 있다.
흔히 하는 말로 '필이 꽂힌 사람',
그래서 잊혀지지 않는 사람,
한눈에 반했다고 하는 것이 바로 그것이다.
이런 인간의 감정을 논하는 데
남녀의 구분이 있을 수 없다.
사랑하는 그, 혹은 그녀를
생각하는 것만으로도 가슴이 두근거린다.
이상할 것 없다. 당연히 그럴 수 있는 것이다.
그렇기에 인간을 감정의 동물이라 하지 않는가.
그러나 그렇게 좋아하는 그 사람이
어느 날 갑자기 싫어지는 경우는 왜일까?

Psychology